# 青銅とひまわり

曹文軒 作　中 由美子 訳

樹立社

もくじ

この本を
苦しいめにあった人たちとその子孫にささげる

# 第一章　小さな木の船

## 1

七つの女の子ひまわりが、大川へ向かって歩きだしたとき、雨季のあいだ何日も見なかった日の光が、澄《す》んだ水の流れのように、サーッと空いっぱいにあふれた。ずっとたれこめてどんよりしていた空が、たちまちひらひらと上がっていって、高く明るくなった。草はじっとり、花もじっとり、風車もじっとり、家もじっとり、牛もじっとり、鳥もじっとり……なんでもが、まだじっとりしている。

ひまわりは、じっとりした空気を通りぬけていく。すぐに、頭から足先までじっとりになった。もともと少ない髪《かみ》の毛が、べったりと頭にはりついて、いっそうやせて見える。でも、やや青ざめた小さな顔は、しっとりしたせいで、いつもより元気そうだ。

道ばたの草には、どの葉にも水の玉がぶらさがっている。ひまわりのズボンのすそは、すぐにびっしょりぬれた。道はぬかるみ、何度かくつをとられてからは、思いきってぬいでしまい、両手に片っぽずつつかんで、はだしで、ひんやりした泥《どろ》んこの中を歩いていく。

カエデの木の下を通りかかったら、サーッと風が吹いてきて、たくさんの水の玉をゆりおとし、いくつか首のなかに落ちこんだ。ひまわりはぶるっとふるえ、思わず首をすくめる。それから、あおむいて、頭上の木の葉をながめやる。葉っぱたちはみんな、連日の雨に洗われてホコリひとつなく、つやつやで、うれしくなる。

すぐそこの大川が、水の流れる音でひまわりをひきつける。

ひまわりはカエデの木を離《はな》れ、川に向かってかけだした。

ひまわりはほとんど毎日、大川のほとりへかけてくる。川の向こうに村があるからだ。その村には、大麦地《タアマイティ》というステキな名前がある。

大川のこっち側には、ひまわりひとりだけ。

ひまわりはひとりぼっち。一羽の鳥が広い大空をひとり占《じ》めしているのに、ほかにはどんな鳥も見えないような孤独《こどく》。その鳥は広々とした大空を飛びながら、羽が空気を切るときのさびしい音だけしか聞こえない。広々と果てしない大空。いろいろな形の雲が、まわりに浮《う》かんでいる。ときには、空はピッカピカで、ひとすじの傷もなく、巨大《きょだい》な青い石の板のよう。さびしくてたまらないとき、たまにひと声鳴いてみる。でも、その鳴き声は空の広さをいっそう際立たせ、いっそうさびしくさせる。

大川のこちら側は、もともと見わたすかぎりのアシ原だった。今もやっぱり見わたすかぎりのアシ原。

その年の春、コサギの群れが驚《おどろ》いて、何世紀も静かだったアシの茂《しげ》みからビューと飛びたった。そして、アシ原の上空をぐるぐる飛びまわり、大麦地の上空まで旋回《せんかい》していき、ガーガーと鳴いた。大麦地の人たちに何かを知らせるように。コサギたちは、飛びたったところには二度と降りなかった。そこには人が――たくさんの人がいたからだ。たくさんの見知らぬ人たち。どの人も見たところ、大麦地の人とはまるっきり違《ちが》っていた。

都会の人たちだ。その人たちは、ここに家を建て、荒《あ》れ地を開墾《かいこん》して種をまき、池を掘《ほ》って魚を育てた。

その人たちは歌を歌った。都会の人が歌う歌を、都会の歌い方で。歌声は澄《す》んでよくとおり、大麦地の人たちはみんな耳をそばだてた。

数か月が過ぎ、七、八棟《とう》の赤い瓦《かわら》のレンガ造りの家が、アシ原の中に鮮《あざ》やかに現れた。

まもなく、一本の高いポールが立ち、その日の朝、赤い旗が空にあがった。火のかたまりが、静かにアシ原の空高く燃えているようだった。

その人たちは、大麦地《タァマイティ》の人とかかわりがあるような、ないような。別の種類の鳥の群れが、どこからかやってきて、ここに足を止めたような。その人たちは、もの珍《めずら》しそうな目で大麦地の人を見、大麦地の人も、もの珍しそうな目で、その人たちを見た。

その人たちには、自分たちの活動範囲《はんい》があり、自分たちの話があり、自分たちの仕事があり、何をするにも自分たちのやり方があった。昼間は仕事をし、夜は会議。深夜になっても、相変わらず灯がともっているのが、遠くに見えた。一面真っ暗ななかに、明かりがチカチカして、川や海の漁火のようで、神秘的だった。

そこは、大麦地とは別の世界だった。

まもなく、大麦地の人たちはそこを「五七幹部学校(1)」と呼ぶようになった。

しばらくすると、「幹校、幹校」と言うようになった。

「おまえんちのアヒルが、幹校の辺へ泳いでったぞ」

「あんたんちの牛が、幹校の人らの作物を食って、つかまえられたよ」

「幹校の養魚池の魚が、一斤《きん》にもなったぞ」

「今晩、幹校で映画があるよ」

……。

そのころ、このあたり百五十キロ四方のアシ原に、いくつもの幹校があった。

その人たちはみんな、大都会からきていた。大都会のいくつかは、ここからとても遠かった。全員が幹部ではなくて、作家や芸術家もいた。その人たちは主に肉体労働をした。

大麦地の人たちは、何を幹校というのか、どうして幹校が必要なのか、よくわからなかった。わかってもわからなくてもかまわなかった。その人たちがやってきても、大麦地に不利なこともないようだし、かえって大麦地の暮らしが面白くなった。幹校の人が大麦地へやってくることがある。子どもたちが見つけると、次々にかけてきて、小道に立ってぽけーっと見ていたり、あとについていったり。その人がふりむいて笑いかけると、子どもたちはサッと藁《わら》におのかげや、大きな木の後ろにかくれた。幹校の人は、大麦地の子は面白い、かわいくもあると思うと、おいでおいでと手招きする。大胆《だいたん》な子は出ていって、そばへいく。幹校の人は、手をのばして、その子の頭をなでる。ときには、ポケットからアメを取りだしたりする。それは都会のアメで、きれいな紙に包んである。子どもたちはアメを食べ終わっても、その紙をすてるのがおしくて、平たくのばし、宝物みたいに教科書にはさんでおく。幹校の人は、大麦地《タアマイティ》から果物や野菜、塩漬《しおづ》けにしたアヒルの卵なんかを買っていくときもある。大麦地の人たちも、川の向こうをぶらついて、あっちの人が稚魚を繁殖《はんしょく》させるのをながめたりする。大麦地のまわりは水だらけ。水があれば魚がいる。大麦地の人は魚に不自由していない。もちろん、稚魚《ちぎょ》を繁殖させるなんて思いもしない。できもしない。なのに、このおとなしげな都会の人たちは、稚魚を繁殖できるのだ。魚に注射をする。注射された魚は興奮して、池の中でじゃれあうようにはねまわる。オスとメスがもつれあい、池の中には水しぶきが飛びちる。静かになるのを待って、網《あみ》でメスをつかまえる。メスの腹には卵がいっぱいで、真ん丸くふくらんでいる。手でそっとメスの腹をしごく。メスは腹が張ってたまらなくなっていたようで、気持ちよさそうに、おとなしくしごかれている。しごいた卵を、しぶきのあがっている大きな水がめにほうりこむ。はじめは無数のキラキラ光る白い点々だったが、しぶきの中で転げまわっているうちに、無数のキラキラした黒い点々になった。何日かすると、その黒い点々が、一匹《ぴき》いっぴきのちっちゃな稚魚になった。これには、大麦地の大人も子どもも目を丸くして、口をあんぐり開けた。

大麦地の人たちの目には、幹校の人は魔法《まほう》使いのように映った。

幹校が大麦地の子どもたちに好奇心をもたれたのは、そこにひとりの女の子がいたからだ。

子どもたちはみんな、その子の名前が「ひまわり」だと知っていた。

## 2

それは、田舎の女の子の名前だ。大麦地の子どもたちにはわからない。都会の女の子が、どうして田舎の女の子にしかつけない名前をつけられたのか。

ひまわりは、すっきりした女の子だ。おとなしくて、ほっそりした女の子。

この子にママはいない。二年前に病気で亡くなった。パパが幹校にくることになり、連れてくるしかなくて、いっしょに都会から大麦地へやってきた。パパのほかには、ひとりの親戚《しんせき》もいない。女の子の両親はどちらもひとりっ子だったから。パパはどこへいくにも、女の子を連れていった。

ひまわりはまだ幼い。未来にどんな運命が自分を待ちうけているのか、自分と向こう岸の大麦地にどんなつながりが生まれるのか、想像することもできない。やってきたばかりの日々、まわりのなにもかもが珍《めずら》しかった。

なんて広ーいアシ原！

世界中ぜーんぶがアシ原みたい。

女の子は背が低く、遠くが見えない。両手を広げて、「だっこ」とパパにねだる。パパはかがんで女の子を抱《だ》きあげ、高く持ちあげた。

「ほら、はしっこがあるかい」

はしっこは見えなかった。

季節は夏のはじめ。アシはもう長い剣《つるぎ》のような葉をのばし、見わたすかぎり緑色。パパは海を見に連れていってくれたことがある。女の子は今、別の海を見ていた。緑の波がわきたつ広い海を。この海はすがすがしくいい香りがする。女の子は都会にいたとき、アシの葉で包んだちまきを食べたことがある。あの香りだ。でも、あれは淡《あわ》い香《かお》りだった。今かいでいるのとはくらべものにならない。すがしい湿《しめ》り気をおびた空気が、女の子をくるむ。女の子は鼻をくんくんさせて力いっぱい吸いこむ。

「はしっこがあるかい？」

女の子はかぶりをふる。

風が起こり、アシ原はたちまち戦場のようになった。何千何万の武士が、緑の長剣をふるって、大空の下で真っ向から切りつけてくるみたいで、あたりからザワザワと音がする。水鳥の群れが、驚《おどろ》いて上空へ飛びあがった。

ひまわりはこわくなって、両手でパパの首にしがみついた。

広いアシ原は、ひまわりをひきつけもすれば、わけのわからない恐《おそ》れも感じさせた。ひまわりはいつもパパから一歩も離《はな》れず、ついてまわった。自分が〈アシ原に食べられてしまう〉のを恐れるかのように。とくに大風の日、あたりのアシの波がわきたつように空に上がっていき、空からまた幹校にどっとおりてくるとき、ひまわりはパパの手か服のはしっこをぎゅうっとつかむ。ふたつの真っ黒なひとみは、不安でいっぱい。

けれど、パパはいつもいつもいっしょにはいられない。パパがここへきたのは、働くため。それもたいへんな肉体労働をするのだ。パパはアシを刈《か》る。たくさんの人といっしょに、アシ原を田畑や養魚池にするのだ。空が白みはじめるころ、アシ原に起床《きしょう》ラッパが鳴りひびく。そのころ、ひまわりはまだ夢の中。パパはわかっている。目が覚めて自分がいなかったら、ひまわりはきっとこわがって、泣きだすにちがいない。でも、夢の中から呼びおこすのもかわいそうだ。パパは力仕事であれた手で、そっとひまわりのやわらかであたたかいほっぺをなでる。それから、ため息をひとつ。工具を持って、そっとドアを閉め、ほのかな朝の光の中、娘《むすめ》のことを案じながら、大勢の人たちといっしょに、作業場へ向かう。仕事が終わるのは、たいてい月の光がアシ原に降りそそぐころだ。このまるまる一日の間、ひまわりはひとりで歩きまわるしかない。養魚池のあたりへいって魚を見たり、食堂へいって炊事《すいじ》係の人がご飯を作るのを見たり。こっちの棟《とう》から、別の棟へ歩いていったり。たいていの部屋の戸はカギがかかっている。たまにいくつかのドアが開いている――病気の人がいるか、仕事場が幹校の中にある人かだ。そんなとき、ひまわりは戸口までいって、なかをのぞいてみる。ひょっとすると、「ひぃちゃん、入ってらっしゃい」と弱々しいけど親しみのある声がするかもしれない。ひまわりは戸口に立ったまま、かぶりをふる。しばらく立っていてから、またほかのところへ歩いていく。

ひまわりがしょっちゅう、黄色い野菊《のぎく》の花と話をしたり、木の上におりたカラスと話したり、葉っぱの上のきれいなテントウムシたちとしゃべったり……するのを、見かけた人がいる。

夜、ほの暗い明かりの下で、やっとひまわりと出会ったとき、パパは悲しい気持ちになる。いっしょに晩ご飯を食べおわると、また、ひまわりを部屋の中に置きざりにしなければならない――会議にいくのだ。会議ばっかり。ひまわりにはわからない。大人たちは昼間働いて疲《つか》れているのに、どうして夜にまた会議をするんだろ。会議にいかなかったら、パパは自分といっしょに寝られる。腕《うで》を枕《まくら》にして、お話をきかせてくれる。そんなとき、部屋の外は、物音もなくシーンとしているか、アシが風に吹《ふ》かれてサワサワ鳴っているかだ。パパとは、もう一日も離《はな》れていた。ひまわりは知らず知らず、パパに体を寄せる。パパは何度も力いっぱい抱《だ》きしめてくれて、ひまわりの心は満たされる。灯を消して、ふたりはおしゃべりをする。それは、一日のうちでいちばんあたたかく、すばらしい時間だ。

でも、まもなく、疲れがどっと襲《おそ》ってきて、パパはむにゃむにゃ言ったあと、ついに疲れに負けて、いびきをかいて眠《ねむ》ってしまう。でも、そんなときのひまわりは、パパがお話を続けてくれるのを待っている。ひまわりは利口な子だ。怒《おこ》ったりしないで、目をくるくるさせて、静かにパパの腕を枕にして、汗《あせ》の匂《にお》いをかぎながら、〈眠り虫〉が飛んでくるのを待っている。待っている間、ひまわりはちっちゃな手をのばして、パパのひげもじゃの顔をそっとなでている。

遠くで、かすかに犬の鳴き声がする。大川の向こう岸の大麦地《タァマイティ》から聞こえてくるような、遠くの油麻地《ヨウマァティ》か、もっと遠くの稲香渡《タオシアントゥ》から聞こえてくるような。

こうやって、一日一日が過ぎていった。

そんな日々、ひまわりがいちばん好きな居場所は、大川べりだった。

一日のうち、大部分の時間、大麦地村《タアマイティ》をながめて過ごした。

大麦地は大きな村で、アシに囲まれている。

かまどの煙《けむり》、牛や犬の鳴き声、楽しそうなかけ声……そんなものみんなが、ひまわりにとっては、逆らえない魅力《みりょく》だった。とくに、子どもたちの姿や楽しそうな笑い声は、ひまわりをいっそうひきつける。

それは楽しくて、ひとりぼっちのさびしさのない世界だ。

大川、はしっこの見えない大川。水はどこから流れてきて、どこへ流れていくのかもわからない。昼も夜も流れ、水は青いほど澄《す》んでいる。両岸はアシばかり。アシたちは、流れる水を見守っている。西から東へと流れていくのを。さらさらと流れる水の音と、アシのサワサワ鳴る音は、つきることのない愛の語らいのよう。水はアシの間をゆるやかに流れている。仲よさそうに。でも、しまいにはやっぱり流れていってしまう——前のが流れていくと、あとのがまた流れてきて、きりがない。アシは流れる水にゆすぶられている。ふるえる葉っぱは、水にくすぐられてるみたいだ。一日一日、一か月も、一年も、水とアシはこんなふうに、あきることなくたわむれている。

ひまわりは、この大きな川が大好き。

ひまわりは大川をながめている。川の流れを。水面の波もようやしぶきを。カモたちや葉っぱたちを連れていくのを。大小さまざまな船が、その胸の上を過ぎていくのを。川面を真昼の太陽が金色に染め、夕日がえんじ色に染めるのを。無数の雨粒《あまつぶ》が川面に落ち、銀色の水しぶきをあげるのを。魚が緑の波からはねあがり、青い空に、優美な弧《こ》を描いてから、落ちていくのを……。

川の向こうは大麦地。

ひまわりは川べりのニレの老木の下にすわって、静かにながめている。川をいく船から、どこまでも続く岸の上に、小さな女の子がひとりすわっているのを見た人は思った。空は大きいなぁ、大地は大きいなぁ、でっかい空と大地の間は広々と果てしがないなぁ……と。

3

ひまわりは大川べりへいった。

大麦地は、向こう岸のアシの茂《しげ》みの中に停泊《ていはく》している、巨大《きょだい》な船のようだ。

高い藁《わら》におが見える。小山のよう。あっちにひとつ、こっちにひとつ。センダンの木も見える。ちょうど水色の小さな花が咲《さ》きほこっている。花は、はっきりとは見えない。ただ、ひとかたまり、ひとかたまりの水色が見えるだけ。雲のようにふんわりと梢《こずえ》をおおっている。かまどの煙《けむり》が見える。ミルク色の煙。あっちの家、こっちの家のかまどの煙。濃く淡く、大空へ立ちのぼっていき、だんだんとひとつになって、アシの上空にただよっている。

犬が村の小道をかけている。

一羽のおんどりがクワの木の上に飛びあがって、時を告げる。

どこもここも、子どもたちのクックックッという笑い声。

ひまわりは、大麦地《タァマイティ》に会いたくなった。

ニレの老木には、小船が一そうつながれている。川べりにきたときには、もう見えていた。小船は水面でゆらゆらゆれている。ひまわりに気づいてほしいみたいに。

ひまわりの目は、もう大川や大麦地は見ないで、小船だけを見ている。心の中にひとつの思いが芽ばえた。湿《しめ》った土に小さな草が芽ばえるように。小さな草は春風の中でゆれながら、ぐんぐんのびる、のびていく。ひとつの思いがひまわりの心を占《し》めた。

船に乗りたい、大麦地にいきたい！

その勇気はない、でも、いきたくてたまらない。

ひまわりはふりむいて、遠くにある幹校を見やった。それから、緊張《きんちょう》して、でも心高ぶらせて、小船に近づいていく。

船着き場はない。切りたった、といってもそれほど急でもない土手があるだけ。水辺まで川のほうを向いて、すべっていこうか、それとも土手のほうを向いたがいいかな……。しばらくためらってから、土手のほうを向くことにした。両手で岸の上の草をつかみ、両足を斜面《しゃめん》におろしてさぐってみる。斜面にも草が生えている。ひまわりは思った。草をつかんで、ちょっとずつ、ちょっとずつ、水辺まですべっていったらいいや。動作はのろかったが、まあうまくいった。まもなく、ひまわりの頭が川岸より低くなった。

川面をいく船があった。船の上の人がこの様子を見ていて、ちょっと心配になった。でも、ただ遠くからながめるだけで、心配しながらも、船は風のままに流れていった。

ひまわりはゆるゆると、土手の真ん中あたりまですべってきた。もう体じゅう汗《あせ》びっしょり。ザアザアと流れる水が、すぐ足もとにある。ひまわりはこわくなった。ふたつの小さな手で、土手の草をぎゅうっとつかんだ。

一そうの帆《ほ》かけ船がやってきた。舵《かじ》を取っていた人が、子どもがヤモリみたいに土手にはりついているのを見て、思わず声を張りあげた。

「どこんちの子だー？」

驚《おどろ》かしてはいけないとも思い、もう一度声をかけようとはしなかった。心配しながら見ていた。その子が見えなくなるまでずっと。安心できないまま。

大川の向こうで、水牛がモーモーと鳴いた。都会の工場で鳴らす汽笛のようだ。ちょうどこのとき、ひまわりの足もとの、やわらかい表土がゆるみ、ズズズーッと下へすべりだした。ひまわりは次々と草をつかんだが、みんな表土に生えた草ばかり、根っこごと引きぬかれた。ひまわりは目をつぶった。こわいよー。

けれど、すぐに自分の体が土手の上で止まったのを感じた——足が土手に生えた低木を踏《ふ》んづけていた。斜面《しゃめん》に腹ばったまま、長いこと身動きできなかった。足もとの水の流れる音は、あきらかに大きくなっていた。顔を上げて岸を見やった。岸は、もうずっと高いところにあった。はいあがったらいいのか、このまますべり降りるほうがいいのかわからない。このとき、岸の上にだれか——いちばんいいのはパパ——が現れることだけを願った。ひまわりは草むらに顔をふせ、身じろぎもしない。心の中で、パパを思っていた。

お日さまが高くなった。背中がホカホカする。

そよ風が土手の斜面にそって吹いてきて、ひまわりの耳もとで音をたてる。軽やかに流れる水の音みたいだ。

ひまわりは歌いはじめた。都会の歌ではなくて、大川の向こうの女の子たちに習った歌だ。その日、ひまわりが岸にすわっていたら、向かいのアシの茂《しげ》みから、女の子たちの歌声が聞こえてきた。いい歌だなぁと思った。女の子たちを見たかったけれど、見えなかった――女の子たちはアシのかげにかくれていた。たまに、アシのすき間から女の子たちの姿がチラッと見えた。赤や緑の服が、ひらっと過ぎていく。女の子たちはアシの葉をはいでいるみたいだ。まもなく、ひまわりはその歌を覚えてしまった。ひまわりはこっちで、女の子たちは向こうで。いっしょに歌った。

ひまわりはまた歌いだした。声がふるえている。

ちまきは　香《こう》ばしい
香ばしい　台所。
ヨモギの葉っぱは　かぐわしい

かぐわしさが　家じゅうに満ちるよ。
桃《もも》の小枝を　表戸にさして
出てみると　ムギが黄色く実ってる。
こっちは　端午《たんご》のお節句
あっちも　端午のお節句よ
…………

声は小さくて、湿《しめ》った土に吸いこまれていく。

ひまわりは、やっぱり船に乗りたい、大麦地《タァマイティ》にいきたい。また、下へすべってみる。まもなく、両足がやわらかな川辺の砂地をふみつけた。くるりと向きなおると、もう水辺だった。何歩か歩いたら、水が寄せてきて、両足をひたした。涼《すず》しさがサァーッと体じゅうをかけめぐる。ひまわりは思わずベロをだした。

小船はゆらゆらとゆれている。

ひまわりは小船に乗りこんだ。もう、急いで大麦地へいこうとはしない。小船の上にしばらくすわっていたかった。いいなぁ！　小船の中の横木に腰《こし》かけて、ゆられながら、うっとりする。

大麦地がひまわりを呼んでいる。生涯《しょうがい》ずっと、大麦地はひまわりを呼び続けるのだ。

ひまわりは船をこいで大麦地へいこうとした。このときになって、小船の上には竹ざおも櫂《かい》もないのに気づいた。思わず顔を上げてともづなを見た。ともづなは、しっかりとニレの老木にくくられている。ひまわりはホッと息をついた。よかった、ともづなはまだくくられてる。もし、先に解いてたら、この小船はどこまで流れていったかしら！

今日は大麦地へはいけない。向こう岸をながめ、また竹ざおも櫂もない小船をながめ、ちょっと残念だった。ただ船の上にすわっていることしかできない。しかたなく、大麦地の上空のかまどの煙《けむり》を見、村の小道から聞こえてくる子どもたちのにぎやかな声を聞いていた。

いつからだか、船が動いているような気がした。はっとして、顔を上げてみると、ともづながいつのまにか、ニレの老木からはずれていた。小船はもう岸からずいぶん離《はな》れ、ともづなが細長いしっぽのように、小船の後ろにぶらさがっている。

ひまわりはおそるおそる船のともへかけよって、わけもなくともづなを取りあげた。ついに、なんの意味もないとわかって、手をゆるめたら、ともづなは水中に落ちていき、まもなく、また細長いしっぽになった。

このとき、岸の上にひとりの男の子が見えた。
十一、二歳《さい》の男の子が、ひまわりに向かって意地悪そうに笑っている。あとから、ひまわりはその子の名前が「カァユイ」だと知った。
カァユイは大麦地の子だ。先祖代々アヒルを飼っている。

アヒルの群れが、潮のように、アシの茂《しげ》みからどっと出てくるのが見えた。カァユイの足もとまでくると、羽をバタバタさせ、ガァガァガァと鳴きわめき、すぐに、そこらじゅう大騒《おおさわ》ぎ。

ひまわりは、「どうして、ともづなを解いたの」とききたかった。でも、きかなかった。ただ、すがるようにカァユイを見あげていた。

ひまわりのまなざしへの反応はなく、カァユイはかえって、よけい楽しそうにハハハと笑っている。笑い声のなか、カァユイが引きつれていた何百羽ものアヒルが、土手にそって、ゆらゆら、よろよろと川におりてくる。賢《かしこ》いのは、羽をばたつかせて、そのまま川にとびこみ、バシャン、バシャンと水しぶきをあげた。

雨のあとの大川は、水がいっぱいで、流れも速い。小船は横になって水面を流れていく。

ひまわりはカァユイを見あげて、泣いた。

カァユイは足を交差させて立っている。両手を、アヒルを追うためのスコップの長い柄《え》の上に重ね、その上にあごをのせて、ベロでかわいたくちびるをなめなめ、平気な顔で小船とひまわりを見ている。

かえってアヒルたちのほうが心根がいい。小船に向かって、ぐんぐん泳いでくる。

それを見たカァユイは、スコップの先で泥《どろ》をすくうと、両手で三メートルほどもある長い柄をつかんで、空中にふりあげ、体をそらして、力いっぱいほうった。泥のかたまりが、ちょうど先頭のアヒルの目の前に落ちた。アヒルはびっくりして、あわてて向きを変え、羽をばたつかせ、ガァガァと鳴き声をあげ、反対のほうへ泳いでいった。あとに続いていたのもみんな、いっせいに向きを変えた。

ひまわりはあたりを見まわし、人っ子ひとりいないのを見て、泣き声を上げた。

カァユイは背を向けてアシの茂みへ入っていき、なかから一本の長い竹ざおを引きずりだした。その竹ざおは、たぶん人に船をとられないように、持ち主がアシの茂みにかくしてあったのだろう。カァユイは小船を追いかけてきて、竹ざおをひまわりに投げるようなしぐさをした。

ひまわりは感謝の思いで、涙《なみだ》にかすむ目を向けた。

カァユイは小船にいちばん近いところまで追っかけ、岸から川原へすべり降りた。水の中へ歩みいり、竹ざおを水面に置いて、そっと手でおす。竹ざおのもう一方が、小船にあたりそうだった。

ひまわりが船べりにへばりついて、竹ざおに手をのばした。

ひまわりの手が今にも竹ざおをつかもうとしたとき、カァユイはニヤリとして、竹ざおをそっと引っこめた。

ひまわりはつかみそこねて、カァユイを見る。しずくが指先からポトポトと水に落ちた。

カァユイは、ぜひとも竹ざおをひまわりの手にわたしたそうなそぶりをして、竹ざおを手に小船のあとから浅い水の中へ歩いてくる。

カァユイはちょうどいい距離《きょり》を選んで、もう一度竹ざおを小船にのばした。

ひまわりは船べりにへばりついて、もう一度手をのばす。

そのあとは、ひまわりの手が今にも竹ざおに届きそうになると、カァユイは竹ざおを引っこめる——ひどく引くのではなく、ひまわりの手が届きそうで届かないぐらいに。そして、ひまわりがもう竹ざおをつかもうとしなくなると、カァユイはまた竹ざおをのばしてきた――竹ざおのはしが今にも小船にあたりそうなところまで。

ひまわりはずっと泣いている。

カァユイが、心から竹ざおをひまわりの手にわたしたそうにした。

ひまわりはもう一度信じた。竹ざおがのびてきたとき、できるかぎり身を乗りだして、一気につかもうとした。

カァユイがぐいっと竹ざおを引き、ひまわりは水に落ちそうになった。

カァユイは、何度も自分にからかわれるひまわりをながめて、大声で笑いだした。

ひまわりは船の中の横木に腰《こし》かけたまま、声を上げて泣きだした。

アヒルたちがもう遠くへ泳いでいったのを見て、カァユイは竹ざおを引きあげた。そして、竹ざおを川原に立てて、土手にとび、竹ざおを支えに、さっさと岸の上まで上がった。

最後にチラッとひまわりを見て、竹ざおをぬき、それをアシの茂《しげ》みに投げこむと、ふりむきもしないで、アヒルの群れを追っかけていった……。

4

小船は横むきのまま、東に向かって流れていく。

ひまわりの目に映るニレの老木は、ますます小さくなってきた。幹校の赤い瓦《かわら》の家もだんだんと、数えきれないほどのアシの後ろに消えていく。ひまわりには、もうこわいという感覚はなくなっていた。ただ船の上にすわって、声もなく涙《なみだ》を流している。目の前は、一面ぼんやりとしたみどり色——水が空から流れくだってきたようなみどり色。

水面がふいに広くなった。霧《きり》が立ちこめている。

あとどのくらい流されていくのかなぁ、ひまわりは思う。

たまに船が一そう過ぎていく。そんなときでも、ひまわりはボケっとしていた。立ちあがって、けんめいに手をふったり、叫《さけ》んだりもせず、相変わらずすわったままで、軽く手をふる。向こうは、この子は大川に船を浮《う》かべて遊んでいるのだと思い、それほど気にもしないし、不審《ふしん》に思ったりもせず、先を急ぐ。

ひまわりは泣きながら、小声でパパを呼ぶ。

一羽の白い鳥が、アシの茂《しげ》みから飛びたち、ひとりぼっちで水面に飛んできた。鳥は何かを感じたようで、小船からそう遠くないところを、低く飛んでいる。ゆったりと。

ひまわりには、鳥の長い羽が見えた。胸の羽毛が川風にひらひらゆれるのも。細い首や黄金色のくちばし、赤い爪《つめ》も。

鳥はしきりに首をかしげ、茶色の目でひまわりを見ている。船は水の上をただよい、鳥は空を飛んでいる。天と地の間は、どこもここも底のない静けさとさびしさばかり。

そのうちに、鳥はとうとう船の上に降りてきた。なんて大きな鳥、長い脚《あし》、つんとした感じ。ひまわりは泣きやみ、鳥をながめた。ひまわりは、それほど驚《おどろ》かない。ずっと前からの知り合いみたいで。ひとりの女の子と、一羽の鳥、広い空の下で、無言で見つめあい、どちらも相手のじゃまをしようとはしない。大川の清らかな流れの音だけが聞こえる。

鳥はまだ先を急ぐ。ずっとひまわりにつきそってはいられない。優雅《ゆうが》にうなずくと、ひとつ羽ばたいて、斜《なな》めに飛びあがり、南へ飛んでいった。

ひまわりは鳥が遠くへいくのを見送ってから、東のほうをふりかえった。果てしない水。ひまわりは「泣かなくっちゃ」という気がして、また泣きだした。

ほど近い水辺の草地で、牛を放牧している男の子がいた。牛は草を食べ、男の子は草を刈《か》っている。男の子はもう、水の上を流れてくる小船に気づいていた。草は刈らず、鎌《かま》をつかんで、草むらの中に立って静かにながめている。

ひまわりにも、もう牛と男の子が見えていた。男の子の顔はまだはっきり見えなかったが、ひまわりの心にはわけもなく親しみがわきおこり、心の中に希望が生まれた。ひまわりは立ちあがって、黙《だま》って男の子を見つめた。

川風が、男の子のぼさぼさの黒髪《くろかみ》を吹《ふ》きなぐる。賢《かしこ》そうなふたつの目が、しきりにたれさがってくる髪の毛の中で、黒々ときらめいている。小船がますます近づいてきたとき、男の子の心も少しずつ緊張《きんちょう》しだした。

長い角のある牛は、草を食べるのをやめ、主人といっしょに、小船と女の子をながめている。

男の子は小船をはじめて見たとき、もう何が起こったかがわかった。小船が近づいてくるにつれて、地べたから牛の手綱《たづな》を拾いあげ、牛を引いて、ゆっくりと水辺へ歩いていった。

ひまわりはもう泣かない。涙《なみだ》のあとは、もう風に吹かれてかわいていた。顔がこわばっている感じ。

男の子は牛の背中の長い毛をつかむと、いきなり飛びあがり、パッと牛の背にまたがった。

男の子は大川を、小船と女の子を見おろしている。女の子はただ男の子を見あげるしかない。青い空が男の子を際立たせ、白い雲のかたまりがいくつも男の子の背後でゆれている。男の子の目ははっきりとは見えなかったが、女の子は、そのふたつの目はとりわけ明るく光っているように感じた。夜空の星のように。

ひまわりは心の中で決めこんだ――この男の子はきっと自分を助けてくれる。ひまわりは「助けて」と叫《さけ》ばなかったし、助けを求めるしぐさもしなかった。ただ、船の上に立って、いとおしくなるような目で、じっと男の子を見つめていた。

男の子は手で、力いっぱい牛の尻《しり》をたたいた。牛はおとなしく水の中へ歩いていく。

ひまわりは見ている。見ているうちに、牛と男の子がちょっとずつ低くなってきた。まもなく、牛の体がすっかり水中に沈《しず》んだ。耳と鼻と目とひとすじの背骨だけが出ている。男の子は手綱をつかんで、牛の背にまたがっている。ズボンは水につかっていた。

船と牛が近寄り、男の子と女の子が近づいた。

男の子のひとみはびっくりするほど大きくて、光っていた。ひまわりはこのひとみを、一生忘れなかった。

小船の近くまできたとき、牛は大きな耳をばたつかせた。一面に水しぶきがあがり、ひまわりの顔じゅうにはねた。ひまわりはスッと目を細め、手で顔をおおった。顔から手をのけ、目を開けたとき、男の子は牛に乗ったまま、もう船尾《せんび》まできていて、腰《こし》をかがめると、すばやく水中でゆれているともづなをつかんだ。

小船はかすかにゆれて、動きを止めた。

男の子はともづなを牛の角にくくりつけると、ひまわりをふりむき、目ですわっているように合図した。それから、牛の頭をポンポンとたたいた。牛は男の子を乗せたまま、小船を引っぱって、流れてきたほうへ泳いでいく。

ひまわりはおとなしく船の横木に腰《こし》かけている。ひまわりには男の子の背中と頭の後ろだけしか見えない。丸くて、形のいい頭だ。背中はピンとして、力がありそうだった。

川の水は牛の頭の両側を流れ、背中へ流れ、男の子のお尻《しり》で分けられてから、お尻の後ろでまたひとつになる。それから、牛の尻へすべっていって、そっと小船にぶつかり、パチャパチャと音を立てた。

牛は船を引いて、一定の速度で、ニレの老木に向かって進んでいく。

ひまわりは、とっくにこわくなくなっていた。すわったまま、心高ぶらせて大川の風景を見ている。

太陽が大川を照らし、水面で無数の金色の点々がきらめいている。そのきらめきは、波の上下につれて、生まれたり消えたり。両岸のアシは、大空の雲の動きにつれて、日の光が照りわたったり、雲の影《かげ》にさえぎられたり。雲は大きかったり、小さかったり。遠かったり、近かったり。ときに、太陽をすっかりさえぎってしまうと、いっとき、空は暗くなり、大川のきらめきはサッと消えてしまい、ただ一面の青となる。でも、そんなに長くさえぎってはいられない。雲が去り、太陽が顔を出すと、きらめきはいっそう明るく、鋭《するど》くなるようだ。まぶしくて目を開けていられないほど。雲が太陽の一部だけをさえぎると、アシの茂《しげ》みは一部明るく、一部暗くなる。明るいほうは、したたるような緑色。暗いほうは濃い緑色で、遠くはほとんど黒に近くなる。雲と太陽の光と水と、どこまでも続くアシは、とりとめもなく変化して、ひまわりを夢中にした。

モオーという牛の声で、ひまわりは自分と今の状況《じょうきょう》を思いだした。

花穂のついた長いアシが一本、水の上を流れてきた。男の子はひょいと体をかたむけてつかむと、その手を高くあげた。びっしょりぬれたアシの花は、はじめ、でっかい筆のように青空をさしていた。しばらく風に吹《ふ》かれてかわいてくると、どんどんぼさぼさになってきた。太陽がそれを照らし、銀色にきらめく。男の子は旗をかかげるように、ずっとそれをあげていた。

まもなくニレの老木に近づくというとき、カァユイとアヒルの群れが現れた。カァユイはアヒルの放し飼い用の小船をこいで、思いのままに水面をすべりまわっている。牛と小船を見ると、のけぞって笑いだした。笑い声はのどの奥から出ていて、アヒルの群れのオスの鳴き声のようだった。そのあと、カァユイは船の上で横になり、頭を上げて、黙《だま》ったまま見ていた。小船を、牛を、男の子を、女の子を。

男の子はカァユイを見ようともしない。ただ、ゆったりと牛の背にまたがり、牛に小船を引かせて、ニレの老木に向かっていく。

ニレの老木の下に、ひまわりのパパが立っていた。気をもみながら、様子を見ている。

男の子は牛の背に立って、小船をニレの老木につなぎなおした。そして、牛の背からおりると、船べりをつかんで、小船をぴったりと岸に寄せた。

ひまわりは船を降りると、土手をはいあがる。パパが、かがんで手をのばした。

土手はやわらかい土ばかり、ひまわりはすぐには登れない。男の子がやってきて、両手でひまわりのお尻《しり》を支え、力いっぱいおしあげて、ひまわりの両手をパパの大きな手にわたした。パパがぐっと引きあげ、ひまわりは土手の上に上がった。

ひまわりはパパの手をつかんだまま、ふりむいて男の子をながめ、牛と船をながめて、泣いた。涙《なみだ》をぼろぼろこぼして。

パパはしゃがんで、ひまわりを胸に抱《だ》き、そっとその背中をたたいた。このとき、見あげている男の子の顔が見えた。パパはドキンとして、手がひまわりの背で止まった。

男の子は背を向けて、牛のほうへ歩いていく。

パパはたずねた。

「きみ、名前は？」

男の子はふりかえって、ひまわり父子をながめたが、何も言わない。

「きみの名前はなんと言うんだい」パパはもう一度たずねた。

どうしてだか、男の子はふいに顔を真っ赤にして、うつむいた。

アヒル飼いのカァユイが、大きな声で言った。

「そいつは青銅《チントン》。しゃべれないんだ、まるっきり！」

男の子は牛にまたがると、牛を水の中へうながした。

ひまわりとパパは、ずっと見送っている。

幹校へ帰る道々、パパはずっと何かを考えているようだった。もうすぐ幹校に着くというとき、パパはまたひまわりの手を引いて、あたふたと川べりへもどった。男の子と牛はとっくに影《かげ》も形もなかった。カァユイとアヒルの群れもいなかった。ガランとした大川があるだけ。

夜、灯を消してから、パパはひまわりに言った。

「あの子、なんであんなに、おまえのお兄ちゃんに似てるんだろ？」

ひまわりはパパから聞いたことがある。お兄ちゃんがひとりいたけど、三つのときに脳《のう》膜炎《まくえん》で死んじゃったって。ひまわりはお兄ちゃんに会ったことがない。パパが、あの男の子がもうこの世にいないお兄ちゃんに似てると言ったあと、ひまわりはパパの腕《うで》を枕《まくら》に、真っ暗ななかでずっとふたつの目を見開いていた。

遠くから、大川のかすかな水の音と、大麦地《タァマイティ》の犬の鳴き声が聞こえてくる……。

（1）　五七幹部学校　文化大革命の時期に全国各地に設立された農場で、幹部や知識人たちの思想教育がなされた。

# 第二章　ヒマワリ畑

## 1

青銅《チントン》が五つの年の真夜中、ぐっすりと眠《ねむ》っていたとき、いきなりベッドから抱《だ》きあげられた。青銅は、母さんのふところでゆれているのを感じ、母さんのハアハアという息づかいがぼんやりと聞こえた。秋も深まってきたころで、夜中の屋外は寒気がきつい。青銅はついに母さんのふところで目を覚ました。

あたり一面、悲鳴が上がっている。

真っ赤な空が見えた。空いっぱいの夕焼けみたいだった。

遠く近く、犬たちがみな狂《くる》ったようにほえている。不安で、むちゃくちゃ騒《さわ》いでいるようだ。

「父ちゃん、母ちゃん」と泣きさけぶ声と乱雑な足音が入りまじり、秋の夜の静けさは粉々にくだかれた。

だれかが声をかぎりに叫《さけ》んでいる。

「アシ原が火事だー！　アシ原に火がついたぞー！」

みんな次々と家からかけだし、大川べりに向かって逃《に》げていく。大人は子どもを抱《だ》き、大きな子は小さな子の手を引き、若者は年寄りを支えたり、おぶったりして、道々つまずいたりぶつかったり。

大麦地《タアマイティ》を逃げだすとき、青銅《チントン》は恐《おそ》ろしい大きな火を見た。何匹《ひき》もの獣《けもの》が、うなり声をあげ、先を争って、痙攣《けいれん》するように大麦地村に襲《おそ》いかかる。青銅は、さっと母さんの胸に顔をおしつけた。

母さんは、青銅がふところでふるえているのを感じ、走りながら、背中をたたき続けた。

「青銅、大丈夫《だいじょうぶ》よ。こわくないよ、青銅……」

大勢の子どもが泣きさけんでいる。

飼い主は、杭《くい》につないでいた牛の手綱《たづな》をほどいてやる間がなかった。牛たちはものすごい火を見て、必死にもがいた。杭を引きぬいたり、手綱を通してある鼻が裂《さ》けたり。火に照らされた夜空の下を、めちゃくちゃに走りまわり、それぞれが野牛と化していた。

ニワトリとアヒルも、やたらに飛びかう。ブタはブーブー鳴きながら、あちこち逃げまどう。ヤギや羊は、人の群れにまじって大川のほうへ走ったり、田畑をあちこちかけまわったり。火に向かってかけていった羊も二頭いた。ひとりの子が、たぶん自分ちの羊だと思ったのだろう、追いかけようとした。大人にグッとつかまれ、「死にたいのか⁉」とどなられた。その子はどうしようもなく、泣きながら、自分ちの羊が火の中へとびこむのをながめていた。

青銅の父さんは大麦地から逃げるとき、家財道具など何も持たず、牛だけを引いていった。それは壮健《そうけん》で、よくいうことをきく牛だ。まだ子牛のときに、青銅のうちにやってきた。そのとき、体じゅうできものだらけだった。青銅一家はみんな牛を大事にした。いちばん新しくておいしい青草を食べさせ、毎日大川の水で体を洗ってやり、採ってきた薬草をすりつぶした汁《しる》を、できものにぬってやった。今は、体じゅうつやつやでしっとりしている。ほかの牛のようにバカみたいに暴れたりしないで、おとなしく主人についてくる。みんな、家族だ。大変なときには、ちゃんといっしょにいなければ。青銅のおばあちゃんは歩くのがちょっとおそい。牛はしょっちゅう立ちどまって待つ。一家五人、ぴったりと寄りそっていく。むやみにかけていく人の群れや、牛や羊も、一家を離《はな》ればなれにすることはできない。

　母さんのふところにもぐりこんでいる青銅《チントン》は、たまにふりむいて、チラッと見る。火の手がもう大麦地村《タァマイティ》の辺りまでおし寄せていた。

　村の手前のほうの家は火に照らされて、みんな〈黄金の家〉のようだ。秋の終わりのアシは、カラカラにかわいていて、燃えだすとすさまじい。あたり一面パチパチ、パンパン。何千何万のバクチクがはぜているようで、人の心を落ちつかなくさせる。ニワトリが数羽、火にとびこみ、たちまち焼けて金色のかたまりになり、すぐに燃えがらの中に落ちた。一羽のウサギが火の手の先をかけていく。火は長い舌をのばして、何度も火の中にまきこもうとする。ウサギはとびはねる。火に照らされて、馬ほども大きいその影《かげ》が、黒い田畑でゆらめいている。ついには、やっぱり火にのみこまれてしまった。ウサギの悲鳴は聞こえなかった。でも、聞こえたような気もした。胸が張りさけるような悲鳴が。一瞬《いっしゅん》の間に、ウサギはこの世から永遠に消えてしまった。

　数頭の羊が、火をめがけてかけていく。

「あの羊、バカか！」見かけた人が言う。

　村の手前のほうの家はもう燃えてしまった。アヒルの群れが飛びたち、何羽かは火の中に落ち、何羽かは真っ暗な大空へ飛んでいった。

青銅はまた母さんの胸に顔をおしつけた。

大麦地の人たちはみな、大川べりへ逃《に》げのびた。数そうの船が水面を行き来し、村の人を向こう岸へ運ぶ――火は、大川を越《こ》えられない。だれもが船にはいあがりたい。何度も、水の中に落ちる人がいた。叫《さけ》び声やののしり声や泣き声が、夜空の下一面に響《ひび》く。泳げる人のなかには、船に乗れないとみると、服をぬいで手に持ち、向こう岸へ泳いでいく人もいた。そのうちのひとりのお父さんは、四、五歳の息子を肩車《かたぐるま》させていた。息子は流れる川の水を見ると、必死にお父さんの頭を抱《かか》えて、ワーワー泣く。お父さんはかまわず、けんめいに向こう岸へ泳いでいく。向こう岸につき、お父さんの肩からおりたあと、息子は泣き騒《さわ》ぎもしなかった。ボケッとしているだけ――もう、肝《きも》をつぶしていたのだ。

火は大きな流れのように、大麦地村の小道を転がっていく。まもなく、村全体が一面の火の海に落ちこんだ。

青銅の父さんはやっとのことで、おばあちゃんを船に乗せ、そのあと、牛を水辺に引いていった。牛は、このとき自分が何をすべきかわかっていて、主人に指図されなくても水の中へ入っていく。母さんが青銅を抱《だ》き、父さんは、母さんを支えて牛の背に乗せてから、手綱《たづな》をにぎり、牛といっしょに向こう岸へ泳いでいった。

青銅《チントン》は母さんのふところで、ずっとぶるぶるふるえていた。

真っ暗ななか、どこの子が水に落ちたのか、悲鳴と助けを呼ぶ声が響《ひび》きわたる。果てしない夜の色、どこをさがしたらいいのか。もしかしたら水に落ちたあと、何度か水面に頭を出したかもしれない。でも、だれにも見えなかった。火の手はまだこっちへせまってくる。みんなできるだけ早く川をわたりたい。ため息をつきながら、いらいらと空き船を待っている。川に入ってその子を助けようとする人は、何人もいなかった。船の上にいる人などは、いっそうかまっていられない。子どものお母さんはヒステリックに泣きさけぶ。その声は大空を引きさきそうだった。

空が白むころ、川をわたった大麦地の人たちは見た。火の手が川岸を燃やしつくしたあと、ついにだんだんと低くなっていくのを。

大麦地《タァマイティ》は、一面むごたらしい黒一色になった。

青銅は母さんのふところで、はじめ寒がっていたが、火が消えたあと、熱を出した。このあと、高熱が五日間続いた。体温が正常にもどると、青銅はやせてしまい、もともと大きかった目がもっと大きくなったほかは、何も変わりはなかった。けれど、家の人はすぐに気がついた。もともとなめらかにしゃべっていた子が、口がきけなくなっていたことに。

## 2

このときから、青銅の世界は変わった。

同い年の子が学校に通うようになったとき、青銅は学校に上がらなかった。青銅がいきたくなかったのではなくて、学校が受けいれなかったのだ。大麦地の子どもたちがみんなカバンをしょって、喜び勇んで学校にいくとき、青銅は遠くに立って見ているしかなかった。そんなときはいつも、そっと頭をなでてくれる手があった——それはおばあちゃんの手。おばあちゃんは何も言わないけど、孫が何を思っているかわかっていた。しわだらけの、ちょっとかたくなった手で、青銅の頭を何度も何度もなでる。しまいに、青銅はおばあちゃんに手をのばす。おばあちゃんは青銅の手を引いて、くるりと向きを変え、うちにもどるか、畑や原っぱへいく。おばあちゃんは青銅につきそって、水路の中のカエルを見、川べりのアシの葉っぱの上のクツワムシを見、湿地《しっち》の脚《あし》の長い鳥たちを見、大川をいく帆《ほ》かけ船を見、川べりでぐるぐる回る風車を見る。……大麦地の人たちはいつも、ふたりがいっしょにいるのを見かけた。おばあちゃんはどこへいくにも、青銅を連れていく。孫はもうまるっきりひとりぼっちだ、よくよくそばにいてやらんと。ときには、孫のさびしそうな様子に、顔をそむけて涙《なみだ》をぬぐうこともある。けれど、面と向かっているときは、おばあちゃんはいつも楽しそうにしている。この天と地の間には楽しいことがつまっているみたいに。

父さんと母さんは一日中、野良仕事をしていて、青銅《チントン》にかまっているひまはない。おばあちゃんをのぞくと、青銅といちばん親密なのは牛だ。牛が父さんに引かれて帰ってくると、すぐに父さんの手から手綱《たづな》を受けとる。それから牛を引いて、青草がいちばん茂《しげ》っているところへいく。牛はおとなしくついてくる。どこへ連れていかれてもうれしいのだ。大麦地《タアマイティ》の人たちは、おばあちゃんが青銅の手を引いてあちこち歩きまわるのを見かけるほか、青銅が牛を引いて草を食べさせにいくのをしょっちゅう見かけた。それは大麦地の〈風景〉のひとつだった。その〈風景〉は、大麦地の人たちに足を止めさせ、かすかな、切なくもの悲しい思いを感じさせるのだった。

牛が草を食べ、青銅はそれを見ている。牛には長い舌がある。それは器用で、たえず青草を口の中にまきこむ。草を食べるとき、牛はしきりに、リズミカルにしっぽをふる。はじめは、牛に自分で草を食べさせるだけだったが、牛がいくらか大きくなってからは、草を刈《か》って食べさせるようになった。青銅が刈る草は、みんなとくべつやわらかい草。牛は大麦地でいちばんすこやかだ。いちばんきれいな牛でもある。大麦地の人は言う。「青銅のえさがいいからだ」と。「青銅！」と声をかけられると、青銅は笑顔を返す。そのなんのたくらみもない、人のいい、単純で善良な笑みは、大麦地の人の目と心をジンとさせる。

牛といる青銅に、ときどき学校から朗々とした本を読む声が聞こえる。そんなとき、青銅は息をつめてきいる。その声は、こっちで聞こえたかと思うと、あっちからも聞こえ、畑や野っぱらの上をただよっている。青銅は思う。あれは、この世でいちばん気持ちのいい声だと。青銅はうっとりと学校のほうをながめる。

そんなとき、牛は草を食べるのをやめ、やわらかい舌で、そっと青銅の手をなめる。青銅がふいに牛の頭に抱《だ》きつき、泣きだすことがある。長い毛に涙をなすりつけて。

牛がいちばんしたいことは、頭をちょっとさげて、青銅に、角をつかんで、頭に足をかけ、背中にはいあがってもらうこと。青銅を高いところにすわらせ、威勢《いせい》よく野っぱらを走らせたり、たくさんの大麦地の子どもたちの目の前を走らせたりする……。

そんなとき、青銅は得意になる。ゆったりと牛の背にまたがって、人目も気にしないふうだ。青銅の目には大空だけ、波のようにゆれ動くアシだけ。それから遠くの大きな風車。

けれど、だれも見ていないとき、青銅《チントン》のピンとした腰《こし》はぐにゃっとなり、力なく体を牛の背にうつぶせ、牛まかせでどこへでも運ばれていく。

青銅はひとりぼっち。一羽の鳥が自分だけの大空にいるみたいな。一匹《ぴき》の魚が自分だけの大川にいるみたいな。一頭の馬が自分だけの草原にいるみたいな。

そんなとき、ひとりの女の子が現れた。

ひまわりの出現は、青銅に気づかせた。そうだ、自分は、この世でいちばんひとりぼっちの子どもじゃなかったんだ。

それから、青銅はいつも牛を引いて大川べりに現れた。

そして、ひまわりのパパはいつも、「大川べりに遊びにいっといで」と言った。

青銅とひまわりそれぞれに、友だちがひとりできた。友だちはどちらも、向こう岸にいたけれど。

ひまわりはニレの老木の下にすわり、立てたひざの上にあごをのせ、静かに向こう岸をながめている。

青銅は見たところ、いつもとそんなに変わらなかった。これまでどおり草を刈《か》り、食べていい草と食べてはいけない草を牛に教える。ただ、何度も顔をあげては、向こう岸を見るのだった。

それは、声のない世界。

清らかなまなざしが大川をこえる。それが声の代わり。

一日一日と過ぎていった。青銅は、向こう岸のひまわりのために何かしらしなくちゃと思う。ひまわりのために歌を――大麦地の子どもたちが歌う歌を歌わなくちゃ。でも、歌えない。「アシ原にカモの卵を拾いにいきたいかい？」と、ひまわりにきかなくちゃ。でも、表現できない。そのうちに、青銅は自分のいるこちら側を、大きな舞台《ぶたい》にした。この舞台の上で、いろんなことをしてみせた。

お客はただひとり。そのお客は、ずっとあの姿勢。立てたひざの上にあごをのせている。

青銅が牛の背にまたがってから、手綱《たづな》をにぎりしめ、かかとでエイッと牛の腹をけると、牛は川岸にそって飛ぶように走りだす。四つのひづめが絶え間なく動き、ひとつまたひとつ、泥《どろ》のかたまりを空中にはねあげる。

ひまわりは、相変わらずそこにすわっている。けれど、頭はまなざしにつれて、ゆっくりと動いていく。

牛がアシ原の中をかけていくと、アシがザーッと両側にたおれる。

もうすぐ、ひまわりに青銅《チントン》と牛の姿が見えなくなるというとき、青銅は手綱《たづな》を引きしめて向きを変える。牛はまた、ドッドッドッとかけもどってくる。

牛が走る姿は、勇ましく、ハラハラドキドキする。

牛が空に向かって、モォーとほえると、川の水がふるえるようなときもある。

何回か行き来したあと、青銅はひらりと牛からおり、持っていた手綱をひょいとほうって、草むらで横になった。

牛はしばらくあえぎ、大きな耳をバタバタさせると、頭を低くして、のんびりと草を食べる。

ひっそりと静かななかで、ひまわりはこれまで聞いたこともない音を聞いた。青銅がアシの葉で作った笛《ふえ》を鳴らしていたのだ。その笛はずうーっとやむことなく鳴っている。

ひまわりが空を見あげたら、ちょうどカモの群れが西のほうへ飛んでいくところ。

まもなく、青銅はもう一度牛の背にはいあがった。はじめ、アシの葉笛を鳴らしながら、牛の背に立っていた。牛が動きだす。青銅がすべり落ちないかと、ひまわりはハラハラしたが、青銅は落ちつきはらって立っている。

そのあとは、アシの葉笛を投げすてて、牛の頭の上で逆だちをした。空中に上げた二本の足を、くっつけたり、離《はな》したり。

ひまわりは夢中になって見ている。

青銅がふいに牛の頭からすべり落ちた。

ひまわりは驚《おどろ》いて、立ちあがった。

しばらくして、青銅が現れた。頭から足の先まで泥《どろ》だらけ——泥沼に落っこちたんだ。顔も泥だらけで、ふたつの目だけが見えている。おかしくって、ひまわりは笑った。

一日が過ぎた。太陽が大川の果てに沈《しず》むころ、ふたりは家路についた。ひまわりはスキップしながら、口の中で歌を歌っている。青銅も歌を歌っている。心の中で……。

3

夏の夜、南風がそよそよと吹《ふ》いてくる。ひまわりのパパは、ヒマワリの花の香《かお》りをかいだ。その香りは、大川の向こうの大麦地《タァマイティ》からただよってくる。あらゆる植物の中で、パパがいちばん好きなのがヒマワリ。ヒマワリの花の匂《にお》いはよく知っている。その匂いは、ほかのどんな花にもない。お日さまの匂いのするその香りは、人にあたたかさを感じさせ、うっとりさせ、元気いっぱいにしてくれる。

パパとヒマワリの花には、生死を共にする約束があり、切っても切れない関係があるらしい。

彫刻家《ちょうこくか》として、パパの一生でいちばん成功した作品がヒマワリ——青銅《せいどう》で作ったヒマワリの花だ。ヒマワリの花を表現するのにいちばんいい材料が青銅だと、パパは思う。青銅はいつまでもすがすがしく、古風で飾《かざ》りけのない光沢《こうたく》があって、深い意味を感じさせる。暖色系ヒマワリと寒色系青銅がひとつになると、そこはかとない気品が生まれる。生気にあふれているのに、おごそかさにも満ちている。たぶん、パパがいちばん好きな〈世界〉だろう。この〈世界〉におぼれて、家に帰るのも忘れるほど。

パパがいたその市で、いちばん有名な彫刻は青銅のヒマワリ。

それは市の広場の真ん中にあった。この市の名前と青銅のヒマワリは、しっかりとつながっている。青銅のヒマワリはこの市のシンボルだ。

パパのほとんどの作品は、みんな青銅のヒマワリ。背が高いのは三十センチ以上、低いのは十センチほど、三センチぐらいのも。一本だけの、二本の、四、五本のやたくさんの。それぞれ、角度や造形が違《ちが》う。そうして、青銅のヒマワリはこの市の装飾品になった。ホテルの正門にはめこまれ、建物の大きな壁《かべ》にはめこまれ、廊下《ろうか》の柱にはめこまれ、公園の欄干《らんかん》にはめこまれた。そのあと、青銅のヒマワリはこの市の工芸品になった。大小の作業場で制作され、多種多様だが、どれも青銅で、商店の工芸品売り場にならべられ、この市へくる観光客がおみやげに買っていった。

パパは、どうも出まわりすぎだと感じたけれど、どうにもできなかった。

パパのヒマワリの花への深い愛情が、自分の娘《むすめ》に田舎の女の子の名前をつけることになった。でも、パパの目から見ると、これはいちばんステキな名前。名前を呼ぶと、親しみがあって、太陽の光でそこらじゅうが明るくなるような気がするのだ。

娘もこの名前が好きみたいだ。名前を呼ぶと、いつも大きな声で「パパ、あたしはここよ！」と答える。ときには、「パパ、ひまわりはここよ！」と、自分で自分を「ひまわり」と呼んだ。

ひまわりは、パパのたましいの一部になった。

今、この荒《あ》れはてた場所で、パパはまた、ヒマワリの花の匂《にお》いをかいだ。

大麦地《タアマイティ》一帯では、夏の夜には万物が露《つゆ》にひたされ、空気中にいろいろな草木や草花の香《かお》りが飛びちる。けれど、パパの鼻は、入りまじった香りのなかから、きっちりとヒマワリの花の香《かお》りをかぎわけた。パパは娘《むすめ》に言う。

「一本、二本じゃないぞ。何百何千もだ」

ひまわりは鼻をくんくんさせたが、どうしてもヒマワリの花の香りはしなかった。

パパは笑った。そして、ひまわりの手を取った。

「大川へいこう」

夜の大川は、静かに流れている。月が空にかかり、水面に細かい銀の粒《つぶ》をふりまいたようだ。水上に停泊《ていはく》して夜を過ごす漁船が何そうか、漁火がゆれている。その漁火を見ていると、じぃーっと見ているうちに、漁火はもうゆれなくなって、天と地、アシ原と大川のほうがゆれているような感じになる。大麦地《タアマイティ》の夏の夜は、夢のようだ。

パパは鼻をひくつかせる。大川の向こうからただよってくるヒマワリの花の香りを、いっそうはっきりと感じた。

ひまわりも感じたようだ。

ふたりは川べりに長いことすわっていた。月が西にかたむいてから、やっと引きかえした。そのとき、露《つゆ》はもう重くなり、空気中の香りも重く濃くなってきた。眠《ねむ》たかったからか、香りにうっとりしたからか、ふたりはちょっと頭がクラクラして、まわりじゅうがぼんやりと不確かな感じがした。

次の日の朝早く、ひまわりが目覚めたとき、パパはもう起きて、どこかへ出かけていた。

4

日がまだ昇《のぼ》らないうちから、パパはそっと起きだした。カルトンを手に、写生に必要な物をみんな持って、ひと晩中まきちらし、今でもまだふりまかれているヒマワリの花の香りを追って、大川をわたり、大麦地へいった。幹校を出るとき、門番のティンおじさんにひまわりのことをたのんだ――おじさんはパパのなかよしだ。

大麦地村を通りぬけ、アシ原を通りぬけたら、いきなり一面のヒマワリ畑が見えた。

このヒマワリ畑の大きさは、予想外だった。パパはたくさんのヒマワリ畑を見たことがあるが、こんなに広いヒマワリ畑ははじめて。高いところに上がって、果てしないヒマワリ畑を見おろしたとき、パパは心がおののくのを感じた。

いちばん気にいった角度を選び、イーゼルを立て、折りたたみのイスを置いた。そのとき、太陽がちょうど昇ってきた。地平線から、大きな赤いキノコが頭を出すように、ヌッと出てきた。

なんて風変わりな植物だろう。一本のまっすぐな、すじばった長い茎《くき》が、丸いお盆《ぼん》のような花を支えている。その花はかすかに下を向くか、上を向くかして、人の笑顔のようだ。夜のとばりがおり、月の光はおぼろでうす暗いとき、あたりじゅうのヒマワリがしんと立っていると、そこらじゅうに人――衛士が立っていると思うだろう。

このヒマワリ畑は、アシ原を開墾《かいこん》したものだ。土地は肥えていて、ヒマワリ一本一本みな元気に育っている。パパはこれまでこんなに背が高く、太い茎を見たことがない。こんなに大きく、弾力《だんりょく》のある花も見たことがない。花たちはひとつひとつが洗面器ほどもあった。

ここはヒマワリの森だ。

森はひと晩露《つゆ》にぬれ、太陽がまだ大地を照らす前は、一本一本がみなびちょびちょだ。ハート形の葉っぱと下を向いた花には、露のしずくがきらめいていて、一本一本のヒマワリを得難いものに見せている。

太陽は昇《のぼ》り続けている。

この世で、ヒマワリはいちばん〈心〉を感じさせる植物だと言える。鋭《するど》い感覚があり、生命と意思があると感じさせるのだ。ヒマワリはその顔を、いつまでも神聖な太陽に向けている。ヒマワリは太陽の子どもだ。一日中、少しも気を散らすことなく、太陽に顔を向け、太陽の動きにつれて、知らぬ間に動く。シーンとした中で、ヒマワリたちは太陽への心からの愛と忠誠を、最高に見せつける。

パパはいつまでも、じぃーっと観察している。太陽が昇るにつれて、ヒマワリは目覚め、うつむいていた頭が、ちょっとずつ、ちょっとずつ持ちあがってきた。すべてのヒマワリがだ。

太陽が大空へ舞《ま》いあがった。

ヒマワリが〈顔〉を上げた。花びらたちは、さっきまでぐんにゃりしていたのが、太陽の精気を得て、あっという間に、ひとひら、ひとひらがピンと広がった。色もいくらか鮮《あざ》やかになったようだ。

ひとつひとつの〈顔〉を見ながら、パパの心に感動がわきあがった。

太陽は金色の輪っかのよう。太陽の光がザーザーとヒマワリ畑に流れこんだ。ヒマワリの花はたちまち金色に光り輝く。空には大きな太陽がひとつ、地上にはたくさんの小さな太陽――ゆれる花びらに取りまかれた小さな太陽がある。大きな太陽と小さな太陽が、見おろし、見あげている。ことばはないけれど、そこには深い思いがあった。ヒマワリは、無邪気《むじゃき》で、子どもっぽい。いちずに思いを守っているようでもある。

パパはほんとうに、心底ヒマワリが好きだ。

パパは都会を思いだし、自分の青銅《せいどう》のヒマワリを思いだした。この世で、自分がいちばん、ヒマワリの性質や品性をわかっていると思う。そして、目の前いっぱいのヒマワリは、いっそうパパを感動させる。もっと多くの、ことばにできないものが見えたような。心でヒマワリたちを感じよう。いつの日か、都会にもどったときには、きっと、もっと魅力《みりょく》的《てき》な青銅のヒマワリをみんなに見てもらえるだろう。

太陽の光がますます熱くなり、ヒマワリもますます〈熱く〉なる。太陽が燃え、ヒマワリの花びらは、炎《ほのお》のようにとびはねる。

パパは画用紙に絵の具をぬっていく。しょっちゅう、目の前の情景にひきつけられては、しばしばぬるのを忘れた。

ここは、魔力《まりょく》あふれるヒマワリ畑だ。

真昼どき、太陽は光り輝いている。ヒマワリは一日の真っ盛りの状態になり、ひとつひとつの花たちは、太陽に向かい、上へ上へともがいている。一本一本の長い茎《くき》はいっそう長くなったようだ。いくつもの火のかたまりが、青空の下で燃えている。まわりの白いアシの花が、火のかたまりを際立たせ、ますます生気にあふれて見える。

ヒマワリ畑の上空に、うす紫《むらさき》色の熱気が立っているが、風が吹《ふ》くと、はかなく消えてしまう。数羽の鳥がそこをよぎると、夢の中でのように形がおぼろになる。

パパは次々に紙に絵の具をぬっていく。一枚また一枚。細かく写生しようとは思わない。思いのままにぬっていくほうが、心の中にわきあがるすべてを表現できる。

パパは娘《むすめ》を忘れた。もう昼ご飯どきだというのを忘れた。みんな忘れ、目の前にも、心の中にも、広大なヒマワリ畑だけしかない。

そのうちに、疲《つか》れてきて、たえず遠くに遊ばせたり、あたりを見まわしていたまなざしを収めた。と、そのとき、パパの目が一本のヒマワリにとまった。じっくりとながめる――あまりにも見ごたえがあった。花は優雅《ゆうが》で、厚みがあり、後ろ側はざっと見ると緑色だが、よく見ると、真ん中のところは、やわらかい白で、人肌《ひとはだ》のよう。白くてすべすべした肌。どの花びらにも、小さな苞葉《ほうよう》がある。苞葉はやわらかな三角形で、花びらよりいくらか短い。ひとつひとつがつながって、歯のような形になり、縁取りのようだ。なんと工夫がこらされていることか。〈頭花《とうか》〉も真っ平というわけではなく、中心に向かって、しだいにへこんでいく。色もだんだんと濃《こ》くなり、まん真ん中はやわらかい褐色《かっしょく》。一本についてだけでも、〈読みきれない〉ほどだ。

パパは感嘆《かんたん》の声をあげる。

「なんという造化《ぞうか》の妙《みょう》！」

生涯《しょうがい》、こんな植物とつながっていられるのは、ほんとうに幸運だ。パパは思う。自分はとても幸せだ、とても豊かだと。自分の市が、青銅《せいどう》のヒマワリに照りはえて、うるおいにあふれるのを見たようだった。

ヒマワリ畑を去ろうとしたとき、ふとある思いがわいた。パパはカルトンをほうりだし、ヒマワリ畑にとびこむと、まっすぐに歩いていった。ヒマワリたちはみんな、パパより背が高い。あおむいて花をながめるだけ。ヒマワリ畑の中をどんどん歩き、まもなくヒマワリにのみこまれた。

ずいぶんたって、やっとヒマワリ畑から出てきた。頭から足の先まで、真っ黄色の花粉だらけ。眉毛《まゆげ》まで金色になっていた。

数匹《すうひき》のミツバチが、パパの頭のまわりを飛んでいる。ブンブンという羽音に、パパはくらっとした。

## 5

大麦地村《タアマイティ》を通りすぎるとき、パパは足をゆるめた。

もう昼すぎ、みんな野良仕事に出ていて、村の小道には人っ子ひとりいない。ただ犬が数匹、だるそうにぶらついている。

パパは感覚がおかしかった。両足が大麦地村の土の道に吸いつけられたようだった。不思議な力がパパをとどめ、この村をよおーく見させようとしているみたいだ。

ここはとても大きな村だ。十幾《いく》つもの縦の小道があり、数えきれない横道がある。どの家も南向き。けれど、あきらかに貧しい村だ。こんなに大きな村に、何軒かの瓦《かわら》ぶきの家があるほかは、ほとんどが草ぶきだった。夏の太陽の下で、草ぶきの家々からは、うす青い熱気が立ちのぼっている。何軒もの新しい家の屋根は、麦わらぶきだ。今、その麦わらの一本一本が金の糸のように、お日さまの下で、めまいを覚えるほどきらめいている。小道は、幅《はば》は広くないが、みんな奥が深く、地面はレンガをしきつめてある。そのレンガはもうかなり古びているらしい。デコボコで、ツルツルだ。

ここは質素で平和な村だ。

村は見なれない感じもしたが、親しみも感じさせた。パパは何かしらこの村に言いたいことがあるような気がした。何かしら——大きなことを、この村にたのみたいような。けれど、またぼんやりとしてきた。パパは歩いていく。一匹《ぴき》の犬が頭を上げて、パパを見ている。まなざしはおだやかで、まるっきり犬のまなざしのようではない。パパは、犬にうなずいてみせた。驚《おどろ》いたことに、犬もパパにうなずき返したような。パパは心の中でちょっと笑った。ハトの群れが村の上空を飛びすぎ、黒い影《かげ》がひとつひとつ、家々の屋根をかすめていく。ハトたちは、パパの頭上でグルグル回っている。どこの家の屋根に降りるのだろう。

パパはとても長い時間歩いて、やっとこの村を出たようだった。ふりかえって見て、やっぱりぼんやりと感じた。この村にたのむことがあるみたいだと。けれど、何をたのむのか、はっきりとはしない。自分の心の中のその〈感じ〉には、きっと何かいわくがあると思った。

一面のアシ原をぬけてやっと、心の中のその奇妙《きみょう》な感覚は消えさった。

パパは大川べりにやってきた。向こう岸のニレの老木の下にすわっていると思っていたのに、娘《むすめ》の姿は見えなかった。もしかしたら、あの青銅《チントン》という男の子に連れられて、どこかへ遊びにいったのかもしれない。心にがらんどうができたような気がした。なぜか、どうしても娘に会いたくなった。パパは心の中で自分を責めた。一日のうち、娘といっしょにいる時間はとても少ない。なのに、ちょっと時間ができると、どうしても青銅《せいどう》のヒマワリのことを思ってしまう。娘に申し訳ないと思った。心が痛くなったけれど、同時にあたたかく香《かお》るような感じが、谷川のように、心の底をさらさらと流れていた。川をわたる船を待って、岸辺にすわったそのときから、心の中でずっと娘のことを思いだしていた。三つのとき、ママが亡くなり、そのあと、自分ひとりで娘を育ててきた。自分の命の中には、ただふたつ、「青銅のヒマワリと娘」だけしかない。なんて利口な、なんてきれいな、なんていとおしい娘！　娘のことを思いだすと、心は春の水たまりのようにやわらかくなる。ひとコマひとコマの情景が、目の前に浮《う》かんできて、この夏の景色に重なる——。

もう夜も更《ふ》けたのに、パパはまだ青銅のヒマワリを作っている。娘は眠《ねむ》くなった。パパは娘をベッドへ抱《だ》いていき、ふとんをかけてやる。それから、そっとたたきながら、あやす。

「ひぃちゃんはおりこうさん、ひぃちゃんはおねむだよ。ひぃちゃんはおりこうさん、ひぃちゃんはおねむだよ……」

けれど、心の中では、まだ作りかけの青銅《せいどう》のヒマワリが気にかかっている。すぐには娘《むすめ》を夢の世界へ入らせられず、しかたなく言う。

「パパはまだお仕事なんだ、ひぃちゃんはひとりでお休み」

言いおわると、アトリエにもどった。ひまわりは泣いたり、だだをこねたりしない。しばらく仕事をして、娘を思いだし、そおっと娘の部屋へいく。ドアのところまでいくと、娘の声が聞こえた。

「ひぃちゃんはおりこうさん、ひぃちゃんはおねむだよ。パパはまだおしごとよ、ひぃちゃんおやすみ……」

のぞいてみると、娘は自分で自分をあやしながら、小さな手で自分をポンポンとたたいていた。たたいているうちに、声がだんだん小さくなり、だんだんはっきりしなくなった。手は胸の上に置いている。疲《つか》れ果てた小鳥が枝に降りたようだ——娘は眠《ねむ》っていた。自分で自分を寝《ね》かしつけたのだ。アトリエにもどり、仕事を続けながら、娘のさっきの様子を思いだしては、思わず笑みをこぼした。

娘はどこででも、遊んでいるうちに眠ってしまうことがあった。抱《だ》きあげると、手も足もぐにゃぐにゃで、子羊のようだと思った。ベッドにおろすとき、娘の口もとに楽しそうな笑みがほころぶのをよく見かけた。その笑みは、さざ波のように広がってくる。そんなとき、娘の顔は、一輪の花、静かな花だと思った。

外で雷《かみなり》が鳴る。ガラガラッ。娘はパパのふところにもぐりこんで、体を丸める。パパは頬《ほお》を娘の頭に寄せ、大きな手でふるえやまない娘の背中をたたきながら言う。

「ひぃちゃん、こわくないよ。あれは雷。春がきたんだよ。春がきたら、草は緑になるよ、花が咲《さ》くよ。ミツバチとチョウチョがもどってくるよ……」

娘はだんだんと静かになる。パパの腕《うで》の中で、ゆっくりと頭をまわして、窓の外を見る。そのとき、ひとすじの青いイナズマが空を引きさいた。窓の外の木が大風にゆれているのを見て、娘はまた顔をパパの胸におしつける。パパはまたなぐさめる。娘が、雷もイナズマもこわがらなくなるまで。顔をふりむけて、びくびくしながらも、雷とイナズマが入りまじり、雨と風におおわれた窓の外の情景を見るまで。

娘はこうやって一日一日大きくなった。

なぜだか、パパはこのときとても娘を見たかった。その思いはさしせまっていて、今見なかったら、もう永遠に見られないみたいな。娘《むすめ》に言っておきたいことがあるような。けれど、ひまわりはずっと現れなかった。

青銅《チントン》といっしょにほかのところへ遊びにいっていたのだ。

パパは、この青銅という男の子がとても気に入っている。この男の子がしょっちゅう娘を連れて遊びにいくことを願った。ふたりがいっしょにいるのを見ると、わけもなくほっとする。でも、このとき、パパは娘に会いたかった。

川べりに小船が見えた――川べりに着いたとき、もうこの小船が見えていた。でも、パパはこの小船で大川をわたるつもりはなかった。小船はあまりに小さく、不安だった。大きな船を待っていた。けれど、いつになっても、大きな船は通らなかった。太陽が西にかたむくのを見て、パパはこの小船でわたろうと決めた。

すべてが順調だった。小船はそんなに心配するほどのこともなく、パパを乗せて、カルトンや写生道具をのせて、おだやかに水面を進んでいく。はじめて船をこぐのだが、いい感じだった。小船が水面をすべっていくのに、ほとんど抵抗《ていこう》がない。パパはうまくこげないまでも、どうにかこうにか竹ざおを使えた。

高い岸が見えた。

空を飛んできたカラスの群れが、パパの頭上で、ふいにカーッとひと声鳴いた。声はすさまじく、パパはびっくり仰天《ぎょうてん》。あおむいたとき、ちょうど一羽のカラスのフンが落ちてきた。身動きできないでいるうちに、白いフンはもうパパの顔の上に落ちた。

パパは竹ざおをほうりだし、注意深くしゃがむと、水をすくって、顔を洗った。そでで顔の水滴《すいてき》をふこうとしたとき、ふいに恐《おそ》ろしい情景を目にした。

つむじ風が、大川の向こうのほうから、こちらへ向かって旋回《せんかい》してくるのだ！

つむじ風は、巨大《きょだい》なじょうごのようだった。たぶん田畑の上からうずまきながら大川の上空へきたのだ。ほとんど閉《と》ざされた透明《とうめい》なじょうごの中に、たくさんの枯《か》れた小枝や葉っぱ、砂ぼこりが見えた。そんなものが、じょうごの中央で急速に回転している。このじょうごみたいな〈やつ〉は、とてつもなく強大な吸引力があるようだ。ちょうど飛んできた一羽の大きな鳥が、あっというまにまきこまれ、平衡《へいこう》を失い、枯れた小枝や葉っぱといっしょにぐるぐる回りだした。

このじょうご形の〈怪獣《かいじゅう》〉は、空中からしだいに下へ移り、そのはしが水面に接触《せっしょく》したとき、川面にたちまち口があき、川の水がザーザーとはねあがり、三十センチほどもの水のカーテンができた。そのカーテンもじょうご形だった。じょうごの真ん中に、川の水が噴《ふ》きだし、高い空へ上がっていった。何メートルもの高さに。

じょうご形の〈怪獣《かいじゅう》〉は回転しながら、前へ進み、川面をさいて、せまく深い谷間を作った。

恐《おそ》ろしさで、パパはぶるぶるふるえた。

ちょっとのまに、じょうご形の〈怪獣《かいじゅう》〉は回転しながら、もう小船のところまでやってきた。幸い、小船の真ん中は襲《おそ》わなかった。舳先《へさき》に近づき、そこに置いてあったカルトンをさっと空高くまきあげただけ。カルトンはじょうごの中央にはいなかったので、強大な気流にぐっとおしのけられた。じょうご形の〈怪獣〉が前進するにつれて、空中のカルトンが大きな鳥の羽のように開いた。すぐに、十数枚の下絵がカルトンからぬけ落ちて、大空に舞《ま》った。

パパには、空中に舞い飛ぶヒマワリの花が見えた。

下絵は空中でゆらゆらしながら、とうとう一枚一枚水面に落ちた。不思議なことに、下絵は水面に落ちるとき、裏《うら》を向いているのは一枚もなかった。ヒマワリの花ひとつひとつが、ゆれ動く青いさざ波の上で、うっとりするように咲《さ》いていた。

大空には、太陽が、きらめいていた。

パパは自分が小船の上にいるのを忘れ、自分が泳げないのを忘れて、しゃがみこみ、小船にいちばん近いヒマワリの花を取ろうと、前のめりになって手をのばした。小船は一気にひっくり返った。

パパは水中からもがき出た。岸が見えた。最後にひと目、どんなに娘《むすめ》を見たかったことか。けれど、岸にはあのニレの老木だけ……。

6

お日さまの下の大川に、ヒマワリの花がただよっている。

通りすがりの船が一そう、遠くからすべてを目撃《もくげき》した。船の上の人は帆《ほ》を張り、事故が起きた地点へけんめいに船を走らせてきた。けれど、水面には、ひっくり返っている小船が浮《う》いたり沈《しず》んだりしているほかは、カルトンにヒマワリの花、そのほかの写生用具が波のまにまに浮いているだけで、ほかには何も変わった様子はない。船の人はほかにも何か見つけようと、目で水面のあちこちをさがした。

大川は東に向かって流れ、水鳥が数羽、低空を旋回《せんかい》している。

船の人は、岸に向かって力いっぱい叫《さけ》んだ。

「だれか水に落ちたぞー！　だれかが水に落ちたぞー！」

幹校でも大麦地《タアマイティ》でも、だれかが聞きつけた。叫《さけ》び声は次から次へと伝わり、人が集まっているところへ伝わっていった。まもなく、大川の両岸で呼びあう声が大きくなり、大勢の人がそれぞれ別のほうから事故の地点へかけつけた。

「だれが落ちたんだ？」

「落ちたのはだれだい？」

だれも、だれが水に落ちたのか知らない。

幹校の人はカルトンやヒマワリを描いた下絵を見つけ、すぐに水に落ちた人がわかった。

そのとき、ひまわりはちょうど幹校の養魚池のそばで、青銅《チントン》が水中のカワガイをとるのを見ていた。大人たちが大川のほうへかけていくのを見て、ふたりもあとから大川べりへ走った。ひまわりは走るのがおそい。青銅はしょっちゅう立ちどまって待ち、ひまわりが追いつくと、また走りだした。ふたりがかけつけたとき、大川べりはとっくに人でいっぱいだった。それに、たくさんの人が川にとびこみ、水底にもぐって落ちた人をさがしていた。

ひまわりはひと目で、水面に浮《う》かんでいる下絵を見つけた。すぐに大きな声で「パパ！」と叫ぶと、人ごみの中をいったりきたり。何度もあおむいて大人たちの顔をたしかめる。

「パパ！……」

幹校の人が見つけ、すぐにやってきて、ひまわりを抱《だ》きしめた。ひまわりはその人のふところの中で必死にもがく。両手を空中でめちゃくちゃにふりまわす。

「パパ！　パパ！……」

ひまわりは二度とパパの返事を聞くことはできなかった。

幹校のおばさんが数人、ひまわりを抱きしめた男の人を取りかこんで、あわただしく大川べりを離《はな》れ、幹校へ急いだ。この子に一切を見せたくなかったのだ。道々しきりにひまわりをあやしたが、なんの役にも立たなかった。ひまわりは泣きわめき、涙《なみだ》がとめどなく流れた。

青銅は遠くからついていく。

まもなく、ひまわりはのどがかれてきて、ついにまったく声が出なくなった。冷やっこい涙が、鼻筋にそって、音もなく口もとへ流れ、首に流れこむ。ひまわりは大川のほうに手をのばし、しきりにしゃくりあげた。

青銅《チントン》はずっと幹校の塀《へい》の外に立っていて、身じろぎもしない。

川には、十数そうの大小の船がいた。数えきれないほどの人も。人びとはいろいろな方法でさがしたが、暗くなってもひまわりのパパは見つからなかった。

そのあと、捜索《そうさく》は一週間続いた。けれど、ついにさがしだせなかった。遺体も見つからなかった。大川両岸の人たちはみな、不思議で不思議でたまらなかった。

そんな日々、幹校のおばさんたちが、かわるがわるひまわりの世話をした。

ひまわりはもう泣かなかった。青白い小さな顔の、まなざしはぼんやりと悲しげだった。

真夜中、ひまわりが夢の中でパパを呼ぶのが聞こえると、世話をしている人は、思わず涙《なみだ》をこぼすのだった。

パパが水に落ちた一週間後、ひまわりがふいにいなくなった。

幹校の人みんなで、幹校のすみずみまでさがしつくしたが、見つからなかった。捜索範《はん》囲《い》を幹校のまわり五百メートルあたりまで広げたが、さがしだせなかった。「大麦地《タァマイティ》へいったんじゃないか?」と言う人がいて、ひとりが大麦地へいった。大麦地の人たちは女の子がいなくなったと聞くと、次々にさがしはじめた。けれど、村の中も外もさがしつくしても、やっぱり見つからなかった。

みんなが絶望したとき、青銅はにわかに何かに呼びかけられたように、ひらりと牛の背にまたがると、すぐさま、人だかりをおしのけ、村の前の大通りを、飛ぶように走り去った。

一面のアシを通りぬけると、牛の背にまたがっていた青銅には、ヒマワリ畑が見えた。真昼の太陽は、とても明るい。太陽の下のヒマワリ畑は、ひっそりと金色の光をたたえている。無数のハチやチョウチョが、ヒマワリ畑の中を飛びかっている。

青銅は牛の背からとびおり、手綱《たづな》をほうりだすと、ヒマワリ畑にかけこんだ。びっしりと生えたヒマワリで、すぐ近くしか見えない。青銅は走り続けた。フーフーいって、汗《あせ》びっしょりになるまで。

ヒマワリ畑の奥で、とうとうひまわりを見つけた。

ひまわりは、いく本かのヒマワリの間に横たわっていた。眠《ねむ》っているように。

青銅はヒマワリ畑からかけだすと、高台に上がって、大麦地の方向に手をふり続けた。

だれかが見つけて言う。

「女の子を見つけたんじゃないか」

みんな次々にヒマワリ畑へかけつけた。

青銅《チントン》は、みんなを女の子のところへ連れていった。

しばらくは、だれもひまわりを起こさなかった。みんなは、ただひまわりを囲んで、静かに見ていた。

ひまわりがどうやって大川をわたったのか、どうしてヒマワリ畑へきたのか、だれにもわからなかった。

ひまわりは、パパはどこへもいかない、きっとヒマワリ畑だと思ったのだ。

だれかがひまわりを抱《だ》きあげた。ひまわりはちょっと目を開けて、ぶつぶつひとり言を言う。

「あたし、パパを見たよ。パパはヒマワリ畑にいる……」

ひまわりは、ほっぺたが真っ赤だった。

抱きあげた人が、ひまわりのおでこにさわって、びっくりして叫《さけ》んだ。

「でこちんが熱いぞ！」

たくさんの人がつきそって、バタバタという足音が、病院への土の道に響《ひび》きわたる。

その日の午後、太陽はぶ厚い黒雲におおわれ、まもなく、暴風が吹《ふ》き、続いて大雨が降りだした。夕方、風が止まり、雨がやんだとき、そこらじゅうのヒマワリは、みんな黄金色の花びらを落とし、色つやをなくした花盤《かばん》がうなだれていた。花びらだらけの地面を向いて……。

# 第三章　村のエンジュの木

## 1

幹校の人たちが、はるばるこの広いアシ原にやってきたのは、野良仕事をするため。それも、さまざまな力仕事をするためだ。

先祖代々、野良仕事をしてきた大麦地《タァマイティ》の人たちは、どうしてもこれら都会の人たちの考えがわからない。なんで、申し分なく快適な都会に住まないで、この荒《あ》れてものさびしい土地へきて苦しいめにあってるんだろ。野良仕事の何がいい？　大麦地の人たちは、先祖代々野良仕事をしてきたが、こんな仕事なんか、先祖代々だれも夢でもしたくなかった。しかたがないから、一生をこの土地にしばりつけているだけだ。なのに、これら都会の人たちは、わざわざ野良仕事をしにきている。まったくおかしなことだ。大麦地の人たちは、土地のお百姓《ひやくしよう》が仕事を終えたのに、幹校の人たちがまだ働いているのをよく見かけた。もう夢の中にいた大麦地の人たちが、幹校で夜なべをしている人たちの、歌声や音頭に驚《おどろ》いて目を覚ますことも、一度や二度ではない。

「あいつら、いかれちまったか！」

目覚めた人は、つぶやきながら、また寝《ね》がえりを打って寝てしまう。

〈いかれちまった〉人たちは、風が吹《ふ》き、雨が降ると、ますます仕事に精を出した。大麦地の人たちはいつもこざっぱりしている。けれど、幹校の人たちは、いつも泥《どろ》だらけで、ぬかるみからはいだしてきたみたいだった。

幹校の人たちは、力仕事をしなければいけない。

それじゃ、いつもヒマワリ畑へいきたがる、ひまわりはどうする？　どうしたって、ひとりやふたり世話係がいる。ひまわりの両親はどちらも孤児《こじ》で、たのめる親戚《しんせき》のひとりもいない。それで、半月以上が過ぎたころ、幹校から土地の役場に話があった。大麦地にこの子を養女にしてくれるうちはないかと。役場の人は思った。幹校は大麦地にとてもよくしてくれる。あちらのトラクターを使って、ただで大麦地の土地を耕してくれた。金を出して、大麦地に橋をかけてもくれた。それに、大麦地の家々の壁《かべ》に絵を描いてもくれた。今、あちらが困っているんだ、力になってやらねばと。すぐに、「たずねてみましょう」

と答えた。

幹校の人は、大麦地《タアマイティ》の人が責任が重すぎると思うのを心配して、「里子でもいいんだが」と言った。

幹校には、「ひまわりを城内[1]に返して、だれかに育ててもらっては」と言う人がいた。

ひまわりのパパと親しくしていた友人たちが反対した。

「大麦地の人に育ててもらうほうがましだ。川ひとつへだてているだけだ。あっちで万一何かあったら、わたしたちだってこの子の世話ができる」

幹校からひまわりを連れてくるという日の前夜、大麦地では真っ暗ななかに拡声器が響《ひび》いた。村長は村の人たちに、このことを丁重に発表した。そのあと、三度もこうくりかえした。

「明日の朝八時半に、あちらが娘《むすめ》さんを連れてきなさる。場所は村の入り口のエンジュの木の下」

村長は、村の人たちみんなが見にきてくれるよう、心から願った。最後のひと言は、

「その娘さんは、とてもかわいいよ」だった。

## 2

青銅《チントン》は口はきけないけれど、耳はとてもいい。家の中にいたが、外の拡声器の言うことは、一字一句、しっかりと聞こえた。夕ご飯半ばで、箸《はし》を置いた。外に出て、牛を引いて、出かけていく。

「夜に牛を引いて、何しにいくんだ？」と父さん。

青銅はふりむかない。

青銅は、大麦地の人の目には、とても賢《かしこ》い子だが、することがとても変わった子と映っていた。ほかの子たちと同じように、喜怒哀楽《きどあいらく》があるけれど、その表現のしかたは違《ちが》っていた。何年か前、青銅は悲しいことがあると、しょっちゅうひとりでアシ原の奥にもぐりこみ、どんなに呼んでも、出てこなかった。いちばん長いときは、アシ原の中に三日もいてやっと出てきた――そのとき、青銅はやせこけてサルみたいだった。おばあちゃんは涙《なみだ》がかれてしまうところだった。

うれしいことがあると、青銅は風車のてっぺんに上がり、大空に向かって、ひとり大笑いした。十歳《さい》になる前には、それがとりわけ興奮するようなことなら、青銅は着ているものをぬぎすて、真っ裸《ぱだか》で、そこらじゅうをかけまわった。大麦地《タァマイティ》の人たちは今でも覚えている。九つの冬、どんなことが青銅《チントン》を興奮させたのかわからない（たいていの場合、青銅がいったい何に興奮しているのか、大麦地の人たちにはわかりにくい）が、青銅はパンツ一枚で、家からかけだした。当時、地上には三十センチもの雪が積もり、空からはまだ大雪が舞《ま》っていた。大麦地のほとんどの人たちが走りでてきて、見物した。たくさんの人がながめているのを見て、青銅はいっそう喜んでかけまわった。父さんと母さん、おばあちゃんが名前を呼びながら、青銅のあとから追いかけた。青銅は耳をかさない。しばらくすると、パンツもぬいでしまい、雪の上にほうると、遠くへかけていった。雪がひらひらと舞い、青銅の動きは子馬のようだった。屈強《くっきょう》なおじさんたちが急いで追っかけていき、やっとのことでつかまえた。母さんは服を着せながら、泣いていた。なのに、青銅はまだ必死にぬけだそうとした。

青銅がうれしかったり、興奮するようなことは、大麦地の人たちにとっては、とるに足りないことかもしれない。たとえば、牛を放しがいしているとき、クワの木の上の鳥の巣に、緑色の卵を見つける。毎日、アシの茂《しげ》みの後ろにかくれて、羽のきれいな鳥が二羽、かわるがわる卵をあたためるのを見る。この日、いってみると、二羽の鳥がいなくなっていた。心配になって、鳥の巣をのぞくと、巣の卵はもうはだかんぼうの小鳥になっていた。青銅はうれしくなり、心高ぶらせた。また、たとえば、川べりにヤナギの枯《か》れ木があった――枯れてもう何年にもなる。この日、川べりで草を刈《か》っていて、ひょいと顔をあげたら、そのヤナギの木の一本の枝にちっちゃな二枚の葉っぱが出てるのが見えた。緑の葉っぱは、冷たい風の中でおずおずとゆれている。青銅はうれしくなり、心高ぶらせた。こんなふうだから、大麦地の人たちは、青銅がいったいどんなことでうれしがったり、心高ぶらせるのか、永遠にわからない。

毎日、青銅はすることがある。青銅の世界は、大麦地の子どもたちの世界とは違《ちが》うようだ。

青銅は長い時間、すきとおった水の底を見ている。そこでは、カワガイが人にはわからないほどの速度ではっている。青銅は一気に数十のアシの葉舟を折りだす。ひとつひとつ大川へおろし、〈小舟〉たちが風の中で先を争って流れていくのを見る。風や波でひっくりかえるのがあると、青銅は長いことつらい思いをする。青銅という子は、少しばかり不思議でさえある。考えられないくらい。ほかの人から見ると、魚なんかいるわけがない池の中をさぐっているのに、何匹《ひき》もの大きな魚をつかまえる。青銅がアシ原にもぐりこんで、水たまりのそばで手をたたく。たたいているうちに、十数羽の鳥がアシの茂《しげ》みから飛びたち、青銅《チントン》の頭上をぐるぐる回ったあと、水たまりに降りるのを見た人がいる。その鳥たちは、大麦地《タアマイティ》の人が見たこともない鳥で、どれもとてもきれいだった。青銅は、大麦地の子どもたちと遊ぶのがあまり好きではないようだ。大麦地の子どもたちが自分と遊びたがっているかどうかも、とくに気にしていないみたいだ。青銅には川があり、アシがあり、牛がいる。数えきれない、名前を知らない草花や虫や鳥たちが相手をしてくれる。

大麦地のひとりの子が言う。

「おいら、見たことあるよ。青銅が手を広げて、手のひらで、あたりのしおれた草の上を何度かなでたら、草たちがピンとなったんだ」

大人たちは信じない。子どもたちも信じない。その子は「誓《ちか》ってもいいよ！」と言い、ほんとうに誓いを立てた。誓いを立てても、人びとは信じない。その子は言った。

「信じないんならいいさ！」

けれど、大麦地の人は、青銅がひとりで畑や野っぱらを行ったり来たりするのをよく見かけた――その手にヤナギの枝で串刺《くしざ》しにした魚があるのを見るとき、この子はちょっとばかり〈フツウ〉じゃないと思う。

今は夜。青銅が牛にまたがって村の長い小道に現れた。

「なんか心配なことがあるんだな」見かけた人が言う。

牛のひづめがレンガをたたき、カッカッと音を立てる。

青銅の心は何にひかれているのか、牛の背にまたがっているのに、牛の背に乗っているとは思っていない。家の中から身を乗りだして、もの珍《めずら》しそうに自分をながめているいくつもの顔にも気づいていない。牛はゆっくりと歩いている。青銅の体は牛の動きにつれてゆれる。波の上の船みたいに。青銅のまなざしは、大麦地村を素通りした。見ているのは、夏の終わり、秋のはじめの夜空。それは紺色《こんいろ》の大空。広大な銀河の中に、何千何万もの星が浮《う》いたり沈《しず》んだり、きらめいている。

なんだか夢うつつのよう。

カッカッ、カッカッ……。

牛のひづめの音が、がらんとした村の小道に響《ひび》く。青銅が牛に乗ってどこへいこうとしているのか、だれも知らない。

青銅自身も知らない。牛まかせだ。牛は青銅を乗せて、どこへでも連れていきたいところへ連れていく。青銅はただ夜空の下をぶらぶらしたかった。家にいたくなかっただけ。

牛は村を通りすぎ、畑や野っぱらを通りすぎる。大川が見えた。夜の大川は、昼間の大川より大きく見える。広いだけでなく、はるかに遠い。大川の向こうに幹校が見えた。明かりがアシ原の中できらめいている。

大川の向こうに女の子がいる。明日の朝、その子がやってくる。エンジュの木の下に。月の光が水のように、川と大地いっぱいに流れこむ。草むらで、秋の虫が鳴いている。アシの茂《しげ》みで、何に驚《おどろ》いたのか、ふいに鳥が飛びたち、大空で二声三声鳴くと、どこかへ飛んでいった。空は大地からずっと遠くなった。空気はもうすがすがしい。なんでもが、秋だ。

青銅《チントン》が牛の背からとびおり、はだしで秋の露《つゆ》に湿《しめ》った草むらに立つ。

牛は頭を上げ、月を見ている。その目はキラキラしていて、ふたつの黒い宝石のようだ。青銅も月を見る。今夜の月は白い月。とくべつやさしい。

牛が頭をさげて草を食べているとき、青銅は草むらでひざまずき、牛に向かって、手まねで話をする。牛は、きっと自分の言うことがわかると信じている。青銅はいつも牛と話をする。眼と手まねで。

「おまえ、ひまわりが好きかい？」青銅はたずねる。

牛は草をかんでいる。

でも、青銅には「好きだよ」という牛の答えが聞こえた。

「あの子を、うちの子にしていいかい？」

牛が頭を上げた。

青銅はまた、「いいよ」という牛の答えを聞いた。

青銅は、牛の頭をポンポンとたたく。その頭を抱《だ》きしめたくなる。こいつは牛じゃない、青銅はこれまで牛だと思ったことはない。青銅のうちでは、みんな家族の一員だと思っている。青銅がよく話をするだけではなく、おばあちゃんも父さんや母さんも、よくこいつと話をする。ときにはとがめたり、ののしったりもするけど、子どもをとがめたり、ののしるみたいなのだ。

牛はいつも素直でおとなしいまなざしで、この一家を見ている。

「おいらたち、そう決めたぞ」

青銅は、また牛の頭をポンポンとたたいてから、牛の背にはいあがった。

牛は青銅を乗せて、村に入っていく。村の入り口のエンジュの老木の下で、止まった。

エンジュの木の下には、石うすがある。あしたの午前中、ひまわりはこの石うすにすわって、大麦地《タァマイティ》のだれかが連れていくのを待つのだ。青銅《チントン》には、ひまわりが見えるようだった——石うすの上にすわって、そばにふろしき包みがひとつ。ひまわりはうつむいている。ずっと、うつむいたまま。

月がエンジュの木の上空に移動し、なにもかもがぼんやりしてきた。

3

次の日の午前八時半、ひまわりは時間通りに幹校の人に連れられて、エンジュの木の下にやってきた。

幹校のおばさんたちは心をこめて、この女の子におめかしさせていた。すっきりして、かわいい女の子。髪《かみ》はきちんとすかれ、おさげには真っ赤なリボンが結んである。顔がやせているので、目が大きく見える。細いけれど深い二重まぶたの下には、混じりけのない真っ黒なひとみ。まなざしはおずおずしている。身じろぎもしないで、石うすの上にすわっている。そばには、ふろしき包みがひとつ。

幹校のおじさん、おばさんたちは、このところずっとひまわりと話し合い、もうなんでもちゃんと話してきかせていた。

ひまわりは泣かなかった。ひまわりは自分に言う。

「ひまわりは泣かないよ」

何人かのおばさんが、ずっとそばにつきそっている。おばさんたちは、ひまわりの服についたばかりのチリを手でそっとはらったり、頭をなでたり。ひまわりの耳もとにうっすらと涙《なみだ》のあとを見つけたおばさんは、川べりへいって、ハンカチを水にぬらしてくると、涙のあとをそっとふいた。

大麦地の人たちに向かって、おばさんたちは眼でうったえている。

「とってもいい子でしょ!」

エンジュの木の下には、とっくにたくさんの人が集まっていた。

「どこだい?　どこだい?……」

大勢の人が、まだこちらへ向かってくる。歩きながら、わめいている。けれど、エンジュの木の下まできて、小さなひまわりを見ると、何かに気圧《けお》されたように、すぐに静かになった。

人はどんどん集まってくる。男や女、年寄りや子どもで、そこらじゅうがいっぱいになった。市《いち》へきたみたいだ。市と違《ちが》うのは、騒《さわ》がしくないこと。せいぜい小声でひそひそ話しているだけ。

こんなにたくさんの人をながめ、こんなにたくさんのあたたかで善良な顔をながめて、ひまわりはいっとき自分の境遇《きょうぐう》を忘れ、今日はにぎやかだなぁと思った。ひまわりは顔を上げ、恥《は》ずかしそうに村の人たちを見る。ちょっとの間、ひまわりが見られるのではなく、見ることになった。けれど、まもなく、今日自分が、何しにきたのかをふいに思いだした。ひまわりはうつむいて、自分の足を見る——新しいくつ下とくつをはいている。おばさんたちが買ってくれたものだ。

エンジュの木の葉っぱは、もう秋風に吹《ふ》かれて黄色くなっている。風がちょっと強いと、ひらひらと舞《ま》いおちてくる。葉っぱが一枚、ひまわりの髪《かみ》に落ちた。そばに立っていたおばさんがかがんで、葉っぱをプッと吹いた。その小さな気流で、ひまわりの髪にちっちゃな渦《うず》ができた。ひまわりは自分の頭に何が落ちたのかわからず、おばさんがプッと吹いたとき、首をすくめた。このちょっとした動作は、そこで見ていた人たちに、いっそうふびんさを感じさせた。

石うすの上にすわっていて、ときには、まわりにたくさんの人がいるのを忘れ、自分がひとりでいると思ったりする。ひまわりは、パパを思いだす。ヒマワリ畑が見えた。パパがヒマワリ畑の中に立っているのが見える。このとき、ひまわりは目を細めていた。太陽の下にいるみたいに。

だれも何も言いださない。

太陽がどんどん高くなる。秋の太陽は大きくて明るい。

どこの家も、ひまわりを養女にしたいとは言わない。

大麦地《タァマイティ》のたいていの家には、子どもがいる。新鮮《しんせん》な空気に明るい日の光、新鮮な魚やエビや質のいい米が、ここの女の人を多産にした。ひとり産むと何人も。大きい子から順に出てくると、まるで列車のよう。

「朱国《チュクゥオ》は結婚《けっこん》してだいぶたつぞ。まだ子どもがいねえだろ。あそこがこの子を養女にすりゃいい」

「何が？　あいつのかかあにゃもうできたさ。腹もでかいぞ」

「ほかにどっか、息子だけで娘《むすめ》のいないうちがあるか？」

そこで、家ごとに洗いだしていく。そのうちのひとつは、カァユイのうち。カァユイんとこには、男の子がひとりだけ。見たところ、カァユイの母ちゃんはもう産みそうにない。それに、カァユイんとこは、大麦地でいちばん金持ちだ。先祖代々アヒルを飼っていて、大麦地《タァマイティ》のどのうちも持ってないほどの財産がある。だが、カァユイんちのだれも、エンジュの木の下には現れなかった。

村の人たちは、青銅《チントン》の一家を見かけた。青銅のうちは男の子がひとり。それに口がきけない。でも、だれも青銅のうちがひまわりを養女にできるかどうかなんて考えなかった。青銅のうちは、あまりに貧しかったからだ。

青銅の一家はみんな、ひまわりを見ていた。銀髪《ぎんぱつ》のおばあちゃんは、ひと目でこの女の子が好きになった。人がおし合いへし合いで、なかなか立ちどまっていられない。でも、おばあちゃんはつえをついて、立ったまま動かない。

ひまわりは、おばあちゃんを見た。これまで、青銅のおばあちゃんには会ったことがない。今がはじめてなのに、どこかで会ったことがあるような気がした。おばあちゃんがひまわりを見ている。ひまわりもおばあちゃんを見ている。ひまわりは、おばあちゃんの髪《かみ》の毛がとってもきれいだと思った。こんなにきれいな髪を見たことがなかった。一本一本が、銀色の糸のよう。風が吹《ふ》いてくると、銀色の糸がゆれて、キラキラと光る。おばあちゃんのやさしく、おだやかなまなざしが、ひまわりのほっぺをなでている。「心配ないよ、じょうちゃん！」というおばあちゃんのふるえる声が聞こえたような気がした。おばあちゃんのまなざしが、ひまわりをひきつける。

いつのまにか、おばあちゃんは身をひるがえした。人だかりの中に、息子や嫁《よめ》や孫を見つけようと。三人に話があるようだった。

まもなく正午なのに、ひまわりを養女にしたいという人は出てこなかった。

村長はちょっとあせって、人だかりの中を行ったり来たり。歩きながら言う。「なんといい子だ！」

村長はあとでわかった。大麦地の人は、この子がよすぎるから、心配になったのだと。子どもをもらいたいと思っていた人は、ひまわりを見ると、人だかりの外へ出て、ため息をついた。

「うちにゃ、こんな幸運があるはずないよ！」

みんなは思う。こんなにいい子なんだ、つり合いがとれんとな、と。大麦地は貧しいところ、どこも暮らしは楽じゃない。だれもがこの子を好きだ。とっても！　だから、大麦地の人はだれも養女にしようとはしない。あとからつらい思いをさせるのが心配なのだ。

ひまわりにつきそっているおばさんたちは、だれかが出てきてくれるのを待ちわびている。太陽が頭上にきたのを見ると、背を向けて、涙《なみだ》をこぼしながら言う。

「いこうよ。わたしたちがかわるがわる、めんどうをみよう。大麦地《タァマイティ》のだれかがほしいって言ったって、あげないわ」

でも、動かなかった。おばさんたちは、もう少し待つつもりなのだ。

ひまわりは、いっそううなだれた。

村長は、青銅《チントン》の一家を見つけ、近づいてきて言った。

「あんたとこは、みんないい人だ。この子は、あんたとこにいちばんふさわしい。けど、あんたとこは……」

村長は、「ど貧乏《びんぼう》」とは口に出さず、頭をふると歩きだした。青銅のそばまでくると、大きな手で青銅の頭を、とても残念そうになでた。

ずっとしゃがんでいた父さんが、しばらくすると、立ちあがって言った。

「帰ろう」

みんな黙《だま》ったまま。おばあちゃんは村長のことばを覚えている。もう、ひまわりをふりむかなかった。青銅のほかは、みんな早いとこエンジュの木から離《はな》れたかった。青銅が動かないのを見て、父さんは近づいてぐいと引っぱった。

そばで草を食べていた牛が、モォーと鳴いた。

エンジュの木の下の、みんなが話をやめた。みんながふりむいたとき、青銅の一家がちょうど帰っていくのが見えた。真昼の太陽の下の、この一幕は、大麦地の人たちに深い印象を残した。

おばあちゃんがよろよろと先頭を歩き、続いて母さん。そのあとに父さん——父さんは、エンジュの木から離れたがらない青銅の腕《うで》をぎゅっとつかんでいる。いちばん後ろを歩く青銅は牛を引いている。牛は動こうとしない。前足のひづめを地面につっぱり、のけぞっている。

ひまわりは、青銅の一家がだんだんと遠ざかるのを見ていた。涙《なみだ》が鼻のきわを流れていく……。

村の人たちがしだいに散っていくころ、カァユイの一家がエンジュの木の下に現れた。午前中いっぱい、カァユイ父子は遠くでアヒルを放しがいしていた。

一家は石うすから三メートルほどのところに立っている。真っ黒に日焼けしたカァユイは、しきりに両親の目つきや表情をちらちら見ている。両親はひまわりをとても気に入り、心を動かされたふうだと思った。カァユイはなんとも言えず、心が高ぶり、ひまわりにニコニコと笑いかけた。

カァユイの父ちゃんが、あおむいてお日さまをちょいと見て、カァユイに何か耳打ちした。カァユイは、くるりと向きを変えて走っていった。しばらくして、かけもどってきたその両手にはひとつずつ、ゆでたアヒルの卵をつかんでいた。

カァユイの母ちゃんが、その卵をひまわりの手にのせてあげるよう合図したが、カァユイは気恥《きは》ずかしくて、ふたつの卵を母ちゃんの手にのせた。

母ちゃんは歩いていくと、腰《こし》をかがめて、ひまわりに言った。

「おじょうちゃん、もうお昼だよ。お腹すいただろ。はやく、この卵をお食べ」

ひまわりは受けとろうとはせず、手を後ろに回して、かぶりをふった。

カァユイの母ちゃんは、卵を、ひまわりのふたつのポケットにひとつずついれた。

カァユイの一家は、そのあとずっとエンジュの木の下に立っていた。たまに、だれかやってくると、カァユイの両親はその人とひそひそと話をする。そのあと、またそこに立ったまま、ひまわりをながめる。いつのまにか、だんだんとひまわりに近づいていた。

そばに立っていたおばさんたちも、石うすに腰をおろした。もう少し待ってみようと思ったのだ。

4

青銅《チントン》の一家は家に帰った。だれも口をきかない。母さんが食卓に食事を用意しても、だれも食卓につかない。母さんもため息をつくと、よそへいった。

ちょっとのまに、青銅がいなくなった。母さんはさがしに出て、道で出会った子にたずねた。

「青銅を見なかった？」

その子は、青銅の家の東を流れる川を指さした。

「あれ、青銅じゃねえか」

母さんがふり向いて見ると、青銅が川の真ん中のセメントの杭《くい》の上にすわっていた。

数年前、ここに橋をかけるはずだったが、セメントの橋杭《はしぐい》を一本打ったところで、資金に困り、その計画は取り消された。打たれた杭は、ぬかれもせず、ぽつんと、川の中に残っていた。水鳥たちが飛びつかれると、よくここで休む。橋杭は、鳥の白いフンだらけ。

青銅は小船をこいで近づいてから、橋杭に抱《だ》きついてよじのぼった。わざと、小船を杭につながなかった。青銅《チントン》が杭《くい》のてっぺんまでのぼったとき、小船はとっくに遠くへ流れていった。

四方は水。たかーい一本のセメントの橋杭《はしぐい》。その上に青銅がすわっている。一羽の大きな鳥のように。

母さんは、すぐに父さんを呼びにいく。父さんは岸に流れついた小船に乗りこみ、橋杭の下までこいでいくと、あおむいて呼んだ。

「おりてこい！」

青銅はピクリともしない。

「おりてこねえか！」父さんが声を荒《あら》らげた。

青銅は父さんをチラッとも見ない。固まったような姿勢で、広くもない橋杭のてっぺんにすわり、ぼんやりと川の水をながめている。

まもなく、見物人が集まってきた。ちょうど昼ご飯どきで、見物人の多くはご飯茶わんを手にしていた。

これは、大麦地《タァマイティ》の初秋の〈ながめ〉、もの珍《めずら》しい〈ながめ〉だ。青銅はしょっちゅう大麦地に、こんな〈ながめ〉を作りだす。

川の水はゆれ動いている。水面の青銅の影《かげ》は、幻《まぼろし》のように、大きくなったり、小さくなったり。

父さんはカッとなって、竹ざおをふりあげておどす。

「おりてこねえんなら、竹ざおでぶったたくぞ！」

青銅は、根っから相手にしない。

母さんが岸から大きな声で呼ぶ。

「青銅、おりといで！」

何度呼びかけてもおりてこようとしないのを見て、父さんはあせった。竹ざおで青銅の尻《しり》をおし、川に落とそうとした。

青銅はとっくにかまえていた。両手で必死に橋杭に抱《だ》きつき、両足でもしっかり杭をはさみつけていた。橋杭に生えてるみたいに。

岸辺で、だれかが感心したように言った。

「もうよせよ。まだ、ときがいるわい。ふつうの人間なら、十五分もすわってられりゃ、立派なもんさ」

「そこで死んじまえ！」

父さんにもどうしようもない。しかたなく、船を岸につけ、プンプンしながら岸に上がると、牛を引いて畑へいった。

みんなも気がすむと、ひとりひとり岸から離《はな》れていった。

「そこに、すわってな！　できるんなら、一生おりてくるんじゃないよ！」

母さんも青銅《チントン》をほったらかして、帰っていった。

青銅は、世界が急に静かになった気がした。そこにすわって、両足をたらし、両手でほおづえをついている。川には風があって、しきりに青銅の髪《かみ》の毛や服をゆらす。

母さんは家にもどったあと、橋杭《はしぐい》の上にすわっている青銅を気にかけながら、家の中をかたづけていた。かたづけているうちに、手が止まった。ふいに、自分のしていることが、なんかおかしいと感じたからだ。

なんで、小さなベッドを用意しようとしてるんだろ？　なんで、青銅のベッドのかやをはずして、たらいにつけたんだろ？　なんで、戸棚《とだな》からきれいなふとんを出してきたんだろ？　なんで、枕《まくら》を出してきたんだろ？……母さんは、今用意したばかりの小さなベッドのそばにすわったまま、その眼はためらいでいっぱい。

このとき、青銅の父さんは牛に腹を立てていた。ふだんはいつもよく言うことをきくのに、今日はやっかいなことばっかり。フンをしたかと思うと、小便をする。歩かせようとすると、ぐずぐずのろのろ。それに、歩きながら、よその畑のものを盗《ぬす》み食いする。畑に着いて、父さんが牛の首にくびきをつけようとしたら、エイッと頭をひとふり、地べたにふり落とされた。

父さんは、何度も鞭《むち》をふりあげてぶとうとする。牛は頭をあげ、父さんにモォーモォーと声を上げながら、しきりに鼻から荒《あら》い息をはきだした。やっとくびきをつなぎ終わり、父さんが鋤《すき》の取っ手をとろうとしたら、牛はいきなり走りだした。鋤は地面に転がり、引きずられていく。父さんは、やっとのことで追いついた。父さんはほんとうに怒《おこ》って、鞭をふりあげ、牛の頭をビシッとたたいた。父さんは、ほとんど牛を鞭でたたいたことがない。牛は反抗《はんこう》しなかった。モォーとも鳴かないで、頭をたれた。父さんはすぐに後悔《こうかい》し、前にまわって牛を見た。牛の目に涙《なみだ》のようなものが見えた。父さんは切ない気持ちになって、牛に言った。

「悪く思うなよ、おまえが言うことをきかんからだ！」

父さんは、もう牛に仕事をさせようとはせず、くびきをはずし、手綱《たづな》を角にまきつけた。

「どこへでもいきな」という意味だ。けれど、牛はそこに立ったまま、一歩も動かない。

父さんは田のあぜに腰《こし》をおろして、いつまでもタバコを吸っていた。

おばあちゃんはエンジュの木の下からもどってきたあと、ずっと入り口のいけがきの下に立っている。つえをついて、エンジュの木のほうを向いて。

母さんがまた、青銅《チントン》に橋杭《はしぐい》からおりてくるよう言いに川べりにきたとき、おばあちゃんがやってきた。孫をながめながら、すぐには声をかけなかった。この家で、いちばん青銅をかわいがっているのは、おばあちゃん。青銅の気持ちをいちばんわかっているのも、おばあちゃん。父さん、母さんは野良仕事にいくから、青銅はほとんどおばあちゃんに育てられた。五つになるまで、おばあちゃんと同じベッドで寝《ね》た——おばあちゃんの足もとで。おばあちゃんは自分の小さな足が、このあったかく、やわらかい〈もの〉にあたると、どれだけ気持ちが満たされたことか。寒風が吹《ふ》きすさぶ冬の夜、足もとの孫は火鉢《ひばち》のようだった。大麦地《タアマイティ》の人たちはよく見かけたものだ。おばあちゃんはどこにいこうと、青銅を連れていた。ふたりはいつもおしゃべりをしていた。青銅は目つきと手まねだったが、おばあちゃんは以心伝心、なんの問題もなかった。どんなに複雑で微妙《びみょう》な意味でも、おばあちゃんは苦もなく〈聞きとれた〉。青銅の世界は、おばあちゃんだけが入れて、おばあちゃんは孫の奇妙《きみょう》な世界の中にいるのが、とても好きだった。

おばあちゃんは、高い橋杭の上にすわっている青銅を見ながら言った。

「そこにすわってたって、なんになる？　言いたいことがあるんなら、父さんに話しな。父さんは一家の主だ。言わなきゃ、そこに一生すわってたってむだだよ……よおく考えるんだ。これからはもう遊びほうけたりしないで、お金をかせぐんだ……早くおりといで、おりてこなけりゃ、だれかに連れてかれるよ……あの子によくしてやるんだ。ちょっとでもつらくあたっちゃいけない。もしも、いじめたら、わたしが許さない……さっさとおりてきて、父さんをさがすんだよ。わたしにゃ、わかってる。父さんはあの子が好きだ。ただ、うちがあまりに貧乏《びんぼう》だと思ってるだけさ……おりといで、おりてくるんだよ……」

おばあちゃんはよろよろと水辺までいくと、竹ざおで船を橋杭のほうに向けた。

青銅はおばあちゃんの言うことをきいて、小船が近づいてくるのを見ると、橋杭に抱《だ》きついて船の上にすべりおりた。

どうしてだか、父さんが牛を引いてもどってきた。父さんはもともと牛に畑を耕させるつもりだったが、耕しているうちに、やめてしまい、くびきをはずし、牛を引いて、もどってきた。

「なんでまた、もどってきたの」と母さん。

父さんは黙《だま》っている。

青銅《チントン》は父さんの目の前までいって、家族だけがわかる目つきと手まねで、切々と訴《うった》えた。

「あの子はいい子だ。とてもとてもいい子だ」

「あの子をうちに連れてこよう、連れてこようよ！」

「おいら、これからしっかり働く、きっと働くよ！」

「お正月に、新しい服はいらない」

「これからはもう、肉を食べたいって騒《さわ》がない。きっとだ」

「おいら、あの子を妹にしたい。とてもとても、そうしたい」

青銅は涙《なみだ》ぐんでいる。

おばあちゃんと母さんも涙ぐんでいる。

父さんは頭を抱《かか》えて、うずくまった。

「貧しいのは貧しいよ。けど、女の子ひとり養えないなんて思わないね。ひとりがひと口減らせば、養えるさ。わたしにゃ、ちょうど孫娘がひとり足りないんだよ！」とおばあちゃん。

青銅はおばあちゃんの手を引いて、エンジュの木の下へ向かった。

父さんは、ふたりを止めようとしたけれど、ため息をひとつついただけ。母さんはついていった。まもなく、父さんもあとに続いた。

牛がドッドッと先頭へかけていった。

一家が村の小道を通りすぎるとき、村の人が「みんなでどこへいくんだい」とたずねた。

一家は答えないで、ひたすらエンジュの木の下へ急いだ。

## 5

太陽はもう西にかたむいている。

エンジュの木の下に、人影《ひとかげ》はまばら。でも、幹校のおばさんたちはまだひまわりにつきそって、石うすに腰《こし》かけている。

カァユイの一家は、もうだいぶ近づいていた。カァユイの母ちゃんはもう石うすにすわり、手をひまわりの肩《かた》にかけ、のぞきこんでさえいる。ひまわりと話をしているようだ。

今にも決着がつきそうだった。

村長の顔には、いくらかのあせりと、うれしさが見える。

カァユイの父ちゃんはしゃがんで、細い枝で地べたに書いている。何かを計算してるらしい。さっきからずっと、父ちゃんは計算していた。この女の子を養うのに、一年で、アヒルにいったいどれほど多くの卵を産ませる必要があるか。もう長いこと計算したが、どうしても正確な数字をはじきだせない。

カァユイと母ちゃんは、とっくにめんどくさくなった。村長やそこにいる人たちも、とっくにめんどくさくなっていた。けれど、カァユイの父ちゃんはあわてず騒《さわ》がず、計算している。ときには、手を止めて、頭をあげて、ひまわりを見たりする。心では、ほんとうに気に入っている。続けて計算するときには、ニコニコしていた。

ちょうどそのとき、青銅《チントン》の一家がやってきた。

「なんでまたきたんだね？」と村長。

「この子は、もうだれかにもらわれたんかい？」と青銅の父さん。

ひまわりのそばにすわっているおばさんと村長が言う。

「まだ決まってはいないよ」

「そりゃよかった」青銅の父さんはハァーと息をついて言った。

しゃがんでいたカァユイの父ちゃんは、みんな聞こえていた。けれど平気だった。青銅のうちがひまわりを養女にするなんて、考えられなかった。あいつんちがどうやってこの子を養うんだ？　大麦地村《タァマイティ》では、だれもカァユイの父ちゃんと争う力なんかない。父ちゃんは青銅の一家を見ようともしない。

カァユイは青銅をじろりと見て、ちょっとまずいと思い、つま先で父ちゃんの尻《しり》をけった。

カァユイの母ちゃんは危機感をおぼえ、父ちゃんにせまった。

「あんた、さっさとたしかなこと言うてよ！」

「この子は、うちがもらう！」

青銅の父さんが、きっぱりと言った。

カァユイの父ちゃんが頭を上げて、青銅の父さんをちらっと見た。

「おまえんちがもらう？」

「うちがもらう！」と青銅の父さん。

「うちがもらうわ！」と青銅の母さん。

青銅のおばあちゃんが、つえでドン、ドンと地面をついた。

「うちがもらうんだよ！」

牛が大空に向かって、人の心をゆすぶるように「モォー」とひと声。たくさんの葉っぱをゆり落とした。

カァユイの父ちゃんが立ちあがった。

「おまえんちがもらうだと？」

バカにしたように「フン」と鼻をならした。

「すまんな。おまえらおそかったぜ。おれんちが、もうもらったんだ」

「村長がさっき、まだ決まってねえと言われた。うちだっておそくはねえ。うちが、あんたより先にこの子をもらうと言うたんだ」と青銅《チントン》の父さん。

「だあれもこの子を連れていくこたぁできねぇ」とカァユイの父ちゃん。「おまえんちがもらう？　養えるんかい？」

青銅のおばあちゃんが聞きつけて、前へ進みでた。

「そうさね。うちは貧乏《びんぼう》だよ。家をとりこわして売ってでも、この子を養うさ。どっちにしろ、この子はうちでもらうことに決めたんだ！」

青銅のおばあちゃんは、大麦地《タアマイティ》村の人みんなが尊敬するお年寄りだ。村長はおばあちゃんが怒《おこ》っているのを見ると、急いで前に出てきて支えた。

「怒らんでくだされ、ご相談しましょう」

それから、カァユイの父ちゃんの鼻に指をつきつけて、「まだ計算するんか？　計算しなされ！　一年で、アヒルにいったいどれほど多くの卵を産ませる必要があるかをな」

ふたつの家族の言い争いは続く。カァユイの父ちゃんはもともとためらっていた。なのに、今は勢いからもらわなければならない。そのあと、両家は大きな声で口論しはじめた。声を聞きつけて、大勢の人があたふたとやってきて、取りかこんだ。

村長もどうしたらいいのかわからない。

このとき、だれかが意見を出した。

「こうなったら、子ども自身に選ばせようや」

みんな、いい考えだと思った。

「それでいいかね？」村長が、カァユイの父ちゃんにたずねる。

「よし！」

カァユイの父ちゃんは、この方法は自分に有利だと思った。村の西のはしにある、たったひとつの瓦《かわら》屋根の家を指さした。

「ほれ、あれがおれんちだ」

「それでいいかね？」村長は、青銅の家族にたずねた。

「わたしら、子どもを困らせとうない」とおばあちゃん。

「そりゃいい」と、村長は近づいて、ひまわりにこう言った。

「おじょうちゃんや、わしら大麦地村《タァマイティ》じゃ、どこのうちもあんたを好いとる。けど、みんなあんたにつらい思いをさせるんがこわいんじゃ。大麦地の人間は、みんないい人じゃ。どこのうちへいこうと、よくしてくれる。今、自分で選びんさい」

青銅《チントン》が牛の手綱《たづな》をつかんで、向こうに立って、じっとひまわりを見つめている。

カァユイはニコニコしている。

ひまわりはチラッと青銅を見て、立ちあがった。

このとき、エンジュの木の下はシーンとしていた。だれも、ひと言も口をきかず、静かにひまわりを見ていた。ひまわりがどちらの家へいくのかを。

東のほうに青銅の一家、西のほうにカァユイの一家が立っている。

ひまわりは、ふろしき包みを手に取った。

おばさんたちが泣いた。

ひまわりはチラッと青銅を見ると、みんなの注目のなか、一歩一歩、西のほうへ歩いていく。

青銅がうつむいた。

カァユイがチラッと青銅を見た。口のはしが耳もとまで届きそうに笑っている。

ひまわりは、カァユイの母ちゃんのそばまで歩いていった。感謝のこもったまなざしで、母ちゃんを見た。それから、両手でそれぞれふたつのポケットからアヒルの卵を取りだすと、母ちゃんの服のふたつのポケットにいれた。それから、カァユイの一家を見ながら、あとずさりした。二、三歩下がると、くるりと向きなおり、青銅一家が立っているほうにやってきた。

みんなの目は、ひまわりの動きにつれて、動いていく。

青銅のおばあちゃんが、相変わらずうつむいている青銅の頭を、つえでそっとたたいた。

青銅が顔を上げたとき、ひまわりはもうすぐ近くにいた。

おばあちゃんは、ひまわりに大きく両手を広げた。おばあちゃんの目には、小さなふろしき包みをさげて、ゆっくりとやってくる女の子は、自分のほんとうの孫娘《まごむすめ》に見えた――幼いころよそへいき、今、おばあちゃんの強い思いで、もどってきたのだ。

その日の午後、大麦地の人たちはシーンとした中で、小さな隊列を見た。青銅が牛を引いて先頭をいく。牛の背にひまわりが乗っている。ふろしき包みをさげた母さん、おばあちゃん、父さんが順に牛のあとを歩いていく。

牛のひづめのレンガを打つ音が、歯切れよく心地よかった。

（1）城《チョン》　都市、都会。市や県の役所などがある。かつては城壁《じょうへき》に囲まれていた。

# 第四章　花ぐつ

## 1

大麦地《タアマイティ》の人たちが不思議に思ったのは、ひまわりがひと晩でその家庭にとけこんだこと。もっと短かったかも——青銅《チントン》の家の敷居《しきい》をまたいだそのとき、ひまわりはもうおばあちゃんの孫娘《まごむすめ》で、父さん母さんの娘で、青銅の妹だった。

青銅がおばあちゃんの〈しっぽ〉だったように、ひまわりは青銅の〈しっぽ〉になった。青銅がいくところにはどこでも、ひまわりはついていく。いくらもたたないうちから、ひまわりは青銅となんでもやりとりできた。心の中の細かい思いもふくめて。それに、そのやりとりは、水が平地を流れるようになめらかだった。

ひまな人も忙《いそが》しい人も、大麦地の人たちは、いつもふたりに注目していた。

日の光が明るく、広々とした田畑や野っぱらへ、青銅はひまわりを連れて山菜を採りにいく。ふたりは田のあぜをひとすじ、ひとすじ通りすぎていく。ときには、田のあぜにすわりこんだり、寝転《ねころ》んだり。帰りには、青銅《チントン》が大きな網袋《あみぶくろ》いっぱいの山菜をしょっている。ひまわりも腕《うで》に小さな竹かごをさげている。その中に入っているのも山菜。

ひと晩じゅう大雨が降った。どこもここも水だらけ。

青銅とひまわり、ひとりは蓑《みの》を着、ひとりは大きな笠《かさ》をかぶり、ひとりは魚を捕《と》る網を手に、ひとりはびくを背負って家を出た。糸のような雨はとぎれず、銀色のカーテンを織りなす。こんなに広い田畑に、ふたりだけ。大空の下は、一面びしょびしょで静か。ふたりは歩いては立ちどまり、止まっては歩く。しばらく、青銅が見えなくなった——水路におりて網で魚を捕りにいったのだ。ひまわりひとりがびくを抱《かか》えてしゃがんでいる。まもなく、青銅が現れた——網を引きずって上がってきた。ふたりは腰《こし》をかがめて、何を拾いあげてるのかな？　魚だ。大きな魚も、小さな魚もいる。たくさん捕れたのかもしれない。ふたりは心高ぶらせて、雨の中をかけまわる。青銅が転んだ——わざとだ。ひまわりは、青銅が転んだのを見て、自分も転んだ——やっぱり、わざと。帰ってきたとき、びくの中は生きのいい魚ばかり。

ふたりは、よくヒマワリ畑へいく。

ヒマワリたちは、もう葉を落とし、花びらも散ってしまい、ヒマワリ畑はすっきりしてきた。ひとつひとつのヒマワリの〈頭花《とうか》〉には、たくさんの種がぎっしり。種がいっぱいで重すぎるからかもしれないし、実際には死んでしまったのかもしれない。みんな頭をたれて、お日さまがどんなに強烈《きょうれつ》でも、もう〈顔〉をあげて、太陽について回れなかった。

青銅は、ひまわりにつきそってヒマワリ畑にきている。ふたりは長いこと、ヒマワリ畑のそばの高台にすわっている。見ているうちに、ひまわりが立ちあがった。パパが見えたからだ――パパは一本のヒマワリの下に立っていた。青銅がひまわりに続いて立ちあがり、そのまなざしの先を見る――青銅には、一本一本のヒマワリしか見えなかった。けれど、心の中で認めた。ひまわりはたしかにパパさんを見たんだと。大麦地村《タアマイティ》でも、月明かりの下のヒマワリ畑でひまわりのパパを見たという人がいた。だれも信じない。けれど、青銅は信じた。ひまわりの眼から、ヒマワリ畑にいきたいという思いを見つけるといつでも、青銅はしていることをほうりだし、ひまわりを連れてヒマワリ畑へ向かう。

昼間も夜も、晴れでも曇《くも》りでも、ふたりを見かける。青銅が泥《どろ》だらけだと、ひまわりも泥だらけ。

ふたりの子どもが田畑や野っぱらを歩きまわり、遊んでいる様子は、いつも大麦地の人の心にかすかな波を立てる。その波はひとつひとつ広がっていき、心がしっとり、ほっこりしてきて、清らかでやわらかくなる。

## 2

秋に入り、空は輝き、地は清らに。

ひと夏を勝手気ままに過ごした子どもたちは、ふいに思いだす。あと何日かで、学校が始まると。それでいっそうむちゃくちゃに遊びほうける。

大人たちはもう心の中で、そろばんをはじきはじめる。学校が始まってから必要になるいろいろな費用を。額は、多くはない。けれど、大麦地《タァマイティ》の大多数の家にとっては、少なくはない出費だ。大麦地の子どもは、学齢《がくれい》どおりに入学する子もいるし、学齢になってもまだ校外で遊びほうけている子もいる。それはいっぺんにお金を出せないからだ。大人たちは思う。もう一年待つとしよう。どっちにしろ、文字をいくつか覚え、自分の名前が書けりゃいいさ、と。

それで、相変わらずその子を遊びほうけさせながら、ブタのえさにする草を刈《か》らせたり、羊やアヒルを放し飼いさせたり。なかには一年また一年とおくれて、十歳《さい》、十二、三歳になる子がいる。今いかなきゃもう入学できなくなるとなって、やっと歯を食いしばって、子どもを学校にあげるのだ。だから、大麦地の小学校では、同じクラスの子でも、年の差が大きい。教室から出てくると、大きいの小さいの、背が高いの低いのがいて、一列に並んだら、デコボコだ。根っから子どもを学校にやらない家もある。何年かおくれた子のなかには、大人に学校へいかせたい気持ちがあっても、本人がいきたがらないこともある。自分はこんなに大きいのに、あんなちびたちに交じって一年生の勉強をするなんて、こっぱずかしいと思うのだ。「大きゅうなってから、勉強させせんかったたって、うちのせいにするんじゃねえぞ」と大人たちは言い、その子自身に前途《ぜんと》を決めさせた。入学した子にも、不安があった——学費が足りないと、学校はひっきりなしに催促《さいそく》する。何回か名前を呼ばれたあと、まだ学費をはらえないと、先生はその子に言う。

「自分の腰《こし》かけをもって、家に帰りなさい」

その子はみんなが見つめるなか、腰かけを手に、泣きじゃくりながら家に帰る。もしかしたら、あとから学費をはらって、またもどって勉強できるようになるかもしれないし、もう永遠にもどってこないかもしれない。

このところ、青銅《チントン》の家の大人たちは、毎晩よく眠《ねむ》れない。重苦しい気持ちが、みんなをおさえつけていた。家では、もともとまとまったお金を用意していた。それは、青銅《チントン》を城内のろう学校にいかせるためのものだ。青銅はもう十一歳《さい》、学校にいかないわけにはいかない。城内には遠い親戚《しんせき》がいて、青銅を下宿させてくれることになっていた。けれど、ひまわりももう七つ。学校にあがる年だ。ここらでは、五つで入学する子もいた。なんと言っても、ひまわりを学校にあげなければ。

父さんと母さんが、お金をためている小さな木箱を持ちだしてきた。このお金は、卵ひとつひとつと取りかえたもの、魚一匹《ぴき》いっぴきと取りかえたもの、野菜一カゴひとカゴと取りかえたもの、ふたりが食べ物を一口ひとくち節約したものだ。ふたりは箱からお金を出し、何度も数え、何度も計算したが、どうしてもふたりの子どもを同時に学校へやるには足りない。汗《あせ》の匂《にお》いのする小額紙幣《しへい》の山をながめながら、ふたりには手の打ちようがなかった。

「ニワトリを何羽か売ろうよ」と母さん。

「売るしかないな」と父さん。

「ニワトリは卵を産んでるよ。売ったって足りないさ。それに、これからお金がいるときにゃ、ニワトリたちが産む卵がたよりだ」とおばあちゃん。

「よそから借りよう」と母さん。

「どこも豊かじゃないし、それにちょうど金のいるときだ」と父さん。

「明日から、十日にいっぺんだけ、子どもたちに米のご飯を食べさせる。残った米を売ってお金にかえよう」とおばあちゃん。

けれど、こんな方法をみんな実行したとしても、ふたり分の学費はそろえられない。相談に相談をかさねても、やっぱり結論はひとつ。今年はひとりしか学校にやれない。それでは、青銅をいかせるか、ひまわりをいかせるか？　これには三人とも困り果てた。あれこれ思いをめぐらせて、ついに決めた。

今年はまず、ひまわりを学校にいかせよう。理由はというと、青銅は口がきけない。学校にいってもいかなくても、どっちでもいい。それに、どうせもうおくれてるんだ。いっそのこと、一年二年おくらせて、暮らし向きがましになってから、学校にいかせよう。口がきけないんだし、字をいくつか覚えりゃいいさ、と。

大人たちの考えは、とっくに、ふたりの敏感《びんかん》な子どもたちの目に映っていた。

青銅は、早くから学校にいきたがっていた。

ひとりで村の小道や田畑や野っぱらを歩いているとき、青銅は果てしない孤独《こどく》に包まれていた。しょっちゅう、小学校から遠くないところに牛を放した。そんなとき、本を読む大きな声が聞こえる。その声は青銅《チントン》にとって、とても心ひかれるものだ。青銅はわかっている。自分は永遠にほかの子たちといっしょに大きな声で朗読《ろうどく》することはできない。でも、みんなのなかにすわって、みんなの朗読をきけたら、いいなぁ。青銅は文字を学びたい。文字たちは魔力《まりょく》に満ちていた。夜の荒野《こうや》の火のように、青銅をひきつける。いっとき、字の書いてある紙を見つけると、拾って帰っていた。そして、ひとりでどこかにかくれて、いかにももっともらしくその紙を見る。そこにある字はどれも知っているみたいに。子どもたちがおちんちんをふりまわして、おしっこで字を書いたり、チョークでよそのうちの壁に落書きするのを見かけると、うらやましくもあり、恥《は》ずかしくもあった――恥ずかしくて、遠くに離《はな》れていた。青銅は小学校に入りこみ、こっそりきいて字を学ぼうとしたことがあった。でも、だれかに追いだされるか、からかわれるかだった。子どもたちのひとりが、ふと青銅を見つけて言う。

「ヤーパ(1)だ！」

するど、たくさんの頭がこちらを向く。それから、みんないっしょにおし寄せ、ぐるりと取りかこんで、大声を上げる。

「ヤーパ！　ヤーパ！」

みんなは、青銅のあわてた、バツの悪そうな、こっけいな様子を見たがった。青銅はあっちこっちにぶつかって、やっと囲みをぬけだし、クスクス笑いのなか、転げるように逃《に》げだした。

学校へいくのは、青銅の夢だった。

けれど、今事情ははっきりしている。自分かひまわり、ひとりしかいけないのだ。

夜、青銅はベッドの上で、目をくるくるさせて、眠《ねむ》れない。でも、昼間になると、何も考えていないように、いつもと同じように、ひまわりを連れて野っぱらへ遊びにいく。

ひまわりもなんの心配もない様子で、一歩も離れず青銅兄ちゃんについていく。ふたりはあおむいて南へ飛んでいくガンをながめたり、小船をこいでアシ原へいき、カモやキジやオシドリたちが置いていったきれいな羽根を拾ったり、枯《か》れて黄色くなった草むらへいって、いい声で鳴く虫をつかまえたり……。

この日の夜、大人たちはふたりを呼んで、自分たちの考えを伝えた。

「お兄ちゃんを先にいかせて。あたしは来年いく。あたし、まだ小さいもん。家でおばあちゃんのそばにいたい」とひまわり。

おばあちゃんはひまわりを引き寄せ、ぎゅっと抱《だ》きしめた。切なかった。青銅《チントン》はとっくに思い決めていた。表情と手まねで、きっちりとおばあちゃん、父さん、母さんに言った。

「妹を先にいかせて。おいらはいかなくていい。いったって、役に立たねえ。おいらは牛を飼う。牛を飼えるのは、おいらだけだ。妹は小さくて、牛の世話はできん」

ふたりの子どもは、こうやって言い争い続け、大人たちをつらくさせる。母さんはとうとう背を向けた——涙《なみだ》を流していた。

ひまわりはおばあちゃんの胸に顔をうずめて、泣きじゃくった。

「あたしいかない、学校へはいかない……」

父さんがしかたなく言った。

「また相談しようや」

次の日、相変わらず結論を出せないでいたとき、青銅が奥の部屋に入っていき、まもなく素焼きのつぼを抱《かか》えてきた。つぼを食卓の上に置くと、ポケットから色のついたギンナンの実をふたつ取りだした。ひとつは赤で、ひとつは緑色。ここらの子どもはよく勝ち負けの遊びをする。負けたら、ギンナンをわたすのだ。そのギンナンはどれも色がついていて、とてもきれいだ。多くの子どものポケットには、たいてい色とりどりのギンナンが入っている。青銅が手まねで言う。

「赤いギンナンと緑色のギンナンをつぼに入れるから、赤いのをつかんだほうが、学校へいく」

三人の大人は疑わしそうに、青銅を見ている。

青銅は三人にこそっと手まねをする。「心配いらないよ」

大人たちは、青銅が賢《かしこ》いのは知っているが、いったいどんなたくらみがあるのかわからない。別の結果が出たらと、ちょっと心配だった。

青銅はもう一度、こそっと三人に手まねした。その意味は「ぜったい大丈夫《だいじょうぶ》」。

大人たちは目配せをしあって、うなずいた。

青銅がひまわりにきく。「わかったかい?」

ひまわりがうなずく。

「賛成するかい?」と青銅。

ひまわりは父さん、母さんを見て、最後におばあちゃんを見た。

「わたしは、いい考えだと思うね」とおばあちゃん。

ひまわりは、青銅《チントン》にうなずいた。

「言ったこと、守れよ！」と青銅。

「守る！」

「あたしら、そばで見てるよ。ふたりとも、だだをこねちゃだめだよ」と母さん。

青銅はまだ安心できず、手をのばしてひまわりと指切りをした。

「指切りげんまん、うそついたら針千本のーます」とおばあちゃん。

ひまわりがふりむいて、おばあちゃんににっこり。「指切りげんまん、うそついたら針千本のーます」

父さんと母さんがいっしょに、「指切りげんまん、うそついたら針千本のーます」

青銅がつぼの口を下にしてゆすった。「中は空っぽ。何もない」という意味。

それから、左手を広げて、ひとりひとりの前へいき、じっくりと見せる。「手のひらには、赤と緑、ふたつのギンナンだけだよ」

みんなが、それぞれうなずく。「見えた、見えた。赤と緑、ふたつのギンナンだね」

青銅は両手を合わせて、つぼの中にさしこむ。しばらくして、手をつぼからぬきだすと、つぼの口をおさえ、耳もとで力いっぱいゆすぶった——だれの耳にも、ふたつのギンナンがつぼの中でとびはねる音がはっきりと聞こえた。

青銅はつぼをゆらすのをやめ、食卓の上に置くと、ひまわりに先につかむようながした。

ひまわりは先につかむのがいいのか、あとからがいいのかわからない。ふりむいて、おばあちゃんを見る。

「田んぼのあぜで、つばなをつむよ。あとのはかたくて、先のがやわらかい。ひぃちゃんは小さいんだ、もちろん、ひぃちゃんが先さ」

ひまわりはつぼに近づいて、小さな手をなかにさしこむ。ふたつのギンナンが真っ暗ななかに転がっている。いったいどっちをつかんだらいいのか、すぐにはわからなかった。ずいぶん迷って、やっとひとつをつかんだ。

青銅は、父さん、母さん、おばあちゃんとひまわりに言う。「心変わりはだめ！」

「心変わりはだめだよ！」とおばあちゃん。

「心変わりはだめよ！」と父さんと母さん。

ひまわりも小さな声で、「心変わりはだめ！」

声がふるえている。ギンナンをつかんだ手は、巣から出るのをこわがる鳥のように、そろそろとつぼから出た。にぎりこぶしになった手を、すぐには開こうとしない。

「開いて」とおばあちゃん。

「開いてみな」と父さん。

「開いてごらんよ」と母さん。

ひまわりは目を閉《と》じ、ゆっくりと手を開いた……。

「もう、見えたよ」と大人たち。

ひまわりが目を開けると、赤いギンナンが、汗《あせ》びっしょりの手のひらにのっていた。

青銅《チントン》はつぼの中に手をさしいれ、ひとしきりさぐってから、つぼから手をだした。そして、手を広げた。手のひらには、緑色のギンナンがひとつ。

青銅がにっこりした。

おばあちゃん、父さん、母さん、みんなが青銅を見ている。

青銅はまだ笑っている。でも、もう涙《なみだ》ぐんでいた。青銅はぜったいに、このタネを明かすことはないだろう。

3

ひまわりは、おくびょうな女の子。学校へいくのも、学校から帰るのも、少しばかりこわい。家は学校からずいぶん遠いし、途中で広い荒《あ》れ地も通らなければいけないからだ。もともと何人か同じ道をいく子がいる。でも、ひまわりは、大麦地《タァマイティ》村の子どもたちとまだ親しくない。大麦地村の子たちも、ひまわりは大麦地村の子じゃない、大麦地の子みたいじゃないと思っている。だから、どうしてもちょっとへだてがある。

ちっちゃな子が、たったひとりで学校へいくのは、おばあちゃん、父さん、母さんも安心できない。

青銅はとっくに考えていた。自分が送り、迎《むか》えると。

大麦地村ができて以来、たぶんこんな光景はなかっただろう。ひとりの女の子が牛に乗って学校へいき、小さな兄さんが送っていく。毎朝、ふたりは時間通りに出発し、学校がひけるときには、青銅と牛が時間通りに校門に現れる。朝、道々、ひまわりは牛の背で教科書を暗唱する。学校に着いたら、もうすらすらだ。帰り道では、心の中で算数の問題を解いている。家に帰ると、すぐに宿題を書き終えた。いつも、青銅が学校まで送っていくと、ひまわりは学校の中へかけていったあと、またすぐにかけだしてくる。

「お兄ちゃん、学校が終わったら、待ってるね」

ひまわりは、青銅《チントン》が自分を忘れるのをひどく恐《おそ》れていた。青銅がどうして忘れるだろう？　一、二回、父さんが牛をわたすのがおそかったので、ちょっとおくれたことがあった。学校にかけつけたとき、ひまわりは校門のところにすわって、もう涙《なみだ》をこぼしていた。

雨の日、道はどろどろになり、たいていの子は家から学校にくるとき、くつはもう泥《どろ》だらけ。転ぶ子もいて、体じゅう泥のあとがとんでいる。でも、ひまわりは体じゅう上から下まで、きれいなものだ。女の子たちはちょっとねたましいほど、うらやましかった。

青銅が送り迎《むか》えする、もうひとつの理由は、カァユイのいじめからひまわりを守るためだ。

カァユイは青銅と同い年で、学校へもいっていない。お金がなくていかないのではない。ちゃんと勉強しようとしないのだ。三年続けて落第し、クラスでもびりっけつ。カァユイの父ちゃんは、息子が文字をいくつも書けないのを見て、木にくくりつけてなぐった。

「おまえ、習ったものはどこへやった?!」

「みんな、先生に返しちまった！」とカァユイ。

ちゃんと勉強しないんなら、まあいいか。こいつは学校で騒《さわ》ぎを起こすし、まちがいをしでかす。今日こっちとけんかしたかと思うと、明日はあっちとけんかする。今日教室のガラスをこわしたかと思うと、明日は植えたばかりの苗木《なえぎ》を切ってしまうし。

学校から、「お宅のカァユイは、そちらのほうが連れて帰りますか。それとも、学校のほうでやめさせますか」と、カァユイの父ちゃんにたずねてきた。

父ちゃんはしばらく考えて、「うちの子は、学校にはやらん！」

それから、カァユイは一年中、春夏秋冬、大麦地村《タァマイティ》で遊びほうけている。

カァユイは気が向くと、ひまわりが学校へ行き来する道に、アヒルの群れを追いながら現れる。しょっちゅう、アヒルたちをぎっしりとならべて、道をふさぐ。アヒルの群れはのろのろと前のほうを歩いていく。カァユイは何度もふりむいて、意地悪く青銅とひまわりを見る。カァユイはずっとすきをさがしているようだ――青銅のいないすきを。でも、ひとつの学期がもう終わろうとしているが、すきは見つからない。

青銅は誓った。ぜったいにそのチャンスをやらないと。

カァユイはちょっと青銅がこわいみたいだ。青銅がいると、道をふさぐことしかできない。気持ちをおさえつけられるようで、面白くない。それで、アヒルにあたり散らす。アヒルたちをあちこち、めちゃくちゃに追いまわす。しょっちゅう、泥《どろ》をあびたアヒルが、羽をバタバタさせながら、ガッガッと声をあげた。

青銅《チントン》とひまわりは相手にせず、自分たちの道をいく。

## 4

青銅のうちは、一台の馬車のようだ。オンボロの馬車。これまでの長い年月、デコボコの道を、雨でも風でも前へ進んできた。車軸《しゃじく》は油がきれ、車輪はこわれ、あちこちのつなぎ目はいくらかゆるんで、ギーギーいいながら回っている。たいへんそうに。それでも、馬車はずっと前へ進み、道をまちがいはしなかった。

ひまわりが増えてから、この馬車はいっそう重くなったようだ。

ひまわりは小さいけれど、賢《かしこ》い。心の中でわかっている。

学期末に近い、ある日、先生がみんなに伝えた。

「明日の午後、油麻地鎮《ヨウマァティチェン》(2)の写真館の劉《リョウ》さんが、先生たちの写真を撮《と》りに学校へくる。とてもいい機会だから、写真を撮ってもらいたい人は、お金を用意しときなさい」

各クラス全部に伝わり、校内はすぐにおかゆのナベのようにわきたった。

大麦地《タァマイティ》の子どもたちにとって、写真を撮るというのは、心から願うけれど、いくらかぜいたくだと感じることだ。家からお金をもらえる子は、とんだりはねたり、叫《さけ》んだり笑ったり。もしかしたらもらえるかもしれないけど、そのお金はけっして簡単には手にできないという子は、その高ぶり方もだいぶ弱く、イライラのほうが多い。それから、お金はもらえないとよくわかっている子たち——大人がくれないのではなく、家には根っから出せるお金がないのがわかっている子たちは、ちょっとひけめを感じ、がっかりし、つらくなる。しょんぼりと、騒《さわ》いでいる子たちから離《はな》れて、黙《だま》っている。何人か、お金はもらえないとわかっているけど、どうしても写真を撮ってほしい子は、こっそりと、お金のある子に、条件付きで借りる。たとえば、腰《こし》かけを持ってあげたり、宿題をしてあげたり、家で飼っているハトを盗んできて、プレゼントしたり。借りられた子は、大喜びで、家からもらえる子たちといっしょに騒ぐ。借りられなかった子は、ちょっと気を悪くして、相手に言う。

「覚えとくのね、もうあんたとはなかよくしない！」

写真を撮るのにいちばん熱心なのは、女の子たち。三々五々集まっては、ペチャクチャと相談している。明日の午後、写真を撮るとき、どんないい背景を選ぶか、どんな服を着るか。きれいな服を持たない子は、持ってる子に言う。

「明日、写真を撮《と》り終わったら、あたしに服を貸して、いいでしょ?」

「いいよ」

願いを聞き入れられた女の子は、大喜び。

教室の中も外も、しゃべっているのは写真のこと。

この間、ひまわりはずっとひとりで自分の席にすわっている。学校じゅうの興奮は、ひまわりを強くひきつけていた。もちろん、ひまわりも明日写真を一枚撮ってほしかった。パパについて大麦地《タアマイティ》にきてから、一枚も写真を撮ったことがない。ひまわりは、自分がかわいい女の子だと知っていた。どんなに写そうと、写真の〈女の子〉は人に好かれた。自分でも好きだった。写真の自分を見ながら、ちょっといぶかしくさえあった。それが自分だとは、ちょっと信じられなかった。自分の写真を見るのも、人に自分の写真を見てもらうのも、とてもうれしいことだった。

教科書を見ようとしても、どうしても見ていられない。でも、一心に教科書を読んでいるふりをした。

ときには、何人かの子がふりむいて、ひまわりをチラッと見る。

ひまわりはその視線を感じたように、顔をいっそう教科書に近づける。ほとんど顔がかくれてしまうほど。

青銅《チントン》は、ひまわりを迎えにきたとき、今日の子どもたちは、みんないつもとちがっていると感じた。まるでお正月みたいだ。けど、妹だけ、さびしそうに見える。

家に帰る道々、牛の背に乗ったひまわりには、西のほうの大きな川の中へ落ちていこうとする太陽が見えた。でーかいお日さま、カイコをいれる竹かごほども大きい。ミカン色で、静かに燃えている。もともと真っ白なアシの花が赤く染まって、夕暮れの空の下で、たくさんのたいまつをかかげているみたいだ。

ひまわりは、ぼんやりと見ている。

青銅は牛を引きながら、心の中でずっと思っている。ひまわりはどうしたんだろ？　ときたま、あおむいて、ひまわりをチラリと見る。それに気がついたひまわりは、青銅に笑いかけ、西の空を指さした。

「お兄ちゃん、カモが一羽おっこちたよ」

家に着いた。もうじき暗くなる。父さんと母さんも野良仕事から引きあげてきた。ふたりの疲《つか》れきった様子を見ると、ひまわりは水がめからひしゃくですくった水を、母さんにさしだした。母さんはがぶがぶと飲んでから、父さんにひしゃくをわたす。母さんは思う。ひまわりは、ほんとうによく気がつく子だ。母さんは自分の上着のすそをつまんで、ひまわりの顔の汗《あせ》を、いとおしそうにふいた。

いつもの夜と同じように、一家は明かりのない、うす暗い中でうすいおかゆをすする。部屋中が、おかゆをすする勢いのいい音。ひまわりがおかゆをすすりながら、今日一日学校でおきた面白いことをしゃべっている。大人たちが笑う。

青銅《チントン》は茶わんを手に、敷居《しきい》にすわりこんでいた。

空には月がかかっている。おかゆがうすいので、月は茶わんの中でさびしくゆれる。

次の日の午後、写真館の足の悪い劉《リョウ》さんが、撮影《さつえい》道具をかついで、びっこをひきながら、大麦地《タアマイティ》小学校の入り口に現れた。

「劉さんがきた!」

ひとりの目ざとい子が、まず見つけて、大きな声を上げる。

「劉さんがきた!」

見かけた子も、見かけなかった子も、みんな叫《さけ》びだした。

劉さんがくると、もう授業どころではない。どの教室も、入り口のあいた羊小屋のよう。

やわらかい草に飢《う》えた羊たちは、勢いよく、外にかけだし、すぐに、たくさんの机がおしたおされた。男の子たちは、入り口がふさがっていて出られないのを見ると、窓を開けて、とびだした。

ここら十数キロ四方で、写真館は油麻地鎮《ヨウマァティチェン》にひとつだけ。劉さんは鎮《チェン》でお客を待っているほか、一年のうち、十日や半月の時間をさいて、まわりの村々をまわる。ひとりだが、影響《えいきょう》は大きい。芝居《しばい》の一座かサーカス団ぐらい。劉さんがいくところはどこでも、盛大なお祭りがきたみたいだ。村にいくと、主に学校で商売をする。村の娘《むすめ》たちも、劉さんがくるのを知ると、学校へかけつける。先生や生徒の写真を撮る合間に、その娘たちの写真を撮ってやる。料金は、写真館で撮るときよりも安い。

いつもの通り、まず先生を撮り、それから子どもたちを撮る。クラスごとに撮るので、ちゃんと並ばなければいけない。列が乱れるや、劉さんはめくりあげるはずの黒い布を、さっとおろし、レンズをさえぎった。

「撮らないよ」

すると、先生が出てきて、ちゃんとさせる。

きちんとなると、劉さんはとても喜んで、格別まじめに写真を撮る。バカでかい三脚《さんきゃく》で、バカでかいカメラを支えたあと、劉《リョウ》さんはあれこれ忙《いそが》しくなり、しきりに声をあげる。

「その女子、先に撮《と》ろう！」

「次！　次！」

「ちょっと体をななめにして！」

「顔をあげて！」

「首をつっぱらないで！　寝《ね》ちがえたのか？」

……。

その子が言うとおりにできていないと、びっこを引きながら近づき、体を引っぱったり、首を動かしたり。自分の思うとおりになるまで。

劉さんは学校じゅうを楽しくさせた。

たいていの子は、写真一枚のお金を工面していた。中には、二枚、三枚分のお金をもらっている子もいた。

劉さんは大喜びで、声もますます高らかになり、話も面白くなり、何度もみんなを大笑いさせた。

ひまわりはずっと教室にいた。外のどよめきが、次々に耳にとびこむ。教室に物を取りにきた女の子が、ひまわりを見かけた。

「なんで、写真を撮りにいかんの？」

ひまわりは、ことばをにごす。

幸い、その子の思いは物のほうにあった。それを手にすると、かけだしていった。

ひまわりはまただれかに見られるのを恐れて、教室の後ろからかけだした。外はどこも人だらけ。だれも、ひまわりに気づかない。ならんだ教室の壁《かべ》ぎわに沿って、するりと子どもたちの視界の外へ出て、職員室の後ろの、竹の茂《しげ》った林の中まで歩いた。

笑いさざめく声は遠くなった。

ひまわりは、校内がすっかり静かになるまで、林の中にいた。ひまわりが校門にやってきたとき、青銅《チントン》はひまわりの姿が見えないので、あせって汗《あせ》びっしょりになっていた。ひまわりは青銅を見ると、小さな声で、おばあちゃんが教えてくれた歌を歌いだした。

南山のふもとに　油がひと缶《かん》、
小姑《こじゅうと》、兄嫁《あによめ》　髪《かみ》型比べ。
小姑　頭の上高く　ぐるぐるまいて　大人まげ、

兄嫁《あによめ》　むかしを思って　ふたつまげ。

ひまわりは面白い歌だと思い、笑った。

「なに笑ってるんだ?」と青銅《チントン》。

ひまわりは答えず、笑ってばかり。笑いすぎて涙《なみだ》が出た。

一週間後、ひまわりを迎《むか》えにきた青銅は、子どもたちが歩きながら、ひとりで自分の写真をながめたり、お互《たが》いに写真を交換《こうかん》してながめたりしているのに気づいた。みんなニコニコしている。ひまわりはまた、いちばんあとから出てきた。

「おまえの写真は?」青銅がきく。

ひまわりはかぶりをふった。

道々、ふたりとも黙《だま》ったまま。家に帰るとすぐ、青銅はこのことをおばあちゃんや父さん母さんに言った。

「どうして言わなかったんだい?」と母さん。

「写真、きらいなの」とひまわり。

母さんはため息をついた。胸がジーンとして、ひまわりを抱《だ》き寄せると、風で乱れたひまわりの髪《かみ》をすいた。

この夜、ひまわりを除いて、青銅の一家はみんな気持ちが落ちつかず、ぐっすり眠《ねむ》れなかった。この子につらい思いをさせないと言いながら、やっぱりつらい思いをさせてしまった。母さんが父さんに言った。

「うちにだって、いくらかのお金はあるよ」

「だれがないと言うた」

このあと、青銅一家はいっそう野良仕事に精を出した。年をとったおばあちゃんも、野菜畑の世話をしながら、あちこちでたきぎを拾い、しょっちゅう、暗くなってもまだ帰ってこなかった。さがしにでた青銅とひまわりは、よく見かけた。うすぼんやりした夜の色のなかで、おばあちゃんが腰《こし》をかがめ、山のようなたきぎを背負って、けんめいに家へ帰ってくるのを。みんなはお金をためようとしていた。一分《フェン》、(3)一分ためていく。しんぼう強く、ねばり強く。

5

青銅は牛を放しながら、アシの花を集めている。

ここらの人は、冬になると、綿入れの布ぐつは高くてはけず、花ぐつをはく。そのくつの作り方は、まず上等のアシの花穂《はなほ》を採ってくる。それを均等にわら縄《なわ》にないこみ、編んでくつにする。くつは分厚くて、あったかい鳥の巣のよう。冬にはくと、雪の中を歩いてもあたたかいのだ。

秋の取り入れが終わると、青銅《チントン》一家はもう決めていた。今年の冬の農閑期《のうかんき》に、家族みんなで、百足の花ぐつを作る。それから、青銅に背負わせて、油麻地鎮《ヨウマァティチェン》へ売りにいかせると。

これは一家の収入。とても大事な収入だ。

この収入を思うと、家族みんな心が高ぶる。気持ちが明るくなり、未来の暮らしが明るく輝くような気がした。

青銅は大きな布袋《ぬのぶくろ》を持って、アシ原の奥へ入りこみ、フワフワ、ふさふさした、銀色に輝くアシの花を選んで、穂からこそぎ落とす。前の年のはいらない。今年のだけを採る。それはアヒルの羽毛のようで、見ていると心がほっこりしてくる。アシ原は見わたすかぎり、アシの花ならいくらでもある。でも、青銅の選択《せんたく》はとてもきびしい。自分の布袋に入れるのは、いちばん上等のアシの花でなければいけない。長い時間をかけて、やっと袋がいっぱいになった。

日曜日、ひまわりは青銅にくっついて、アシ原へいく。あおむいて、しきりにさがしながら、とりわけきれいなのを見つけても、自分では採らない。いつも大きな声を上げる。

「お兄ちゃん、ここにあるよ！」

声を聞きつけて、青銅がかけつける。ひまわりが指さしているのがほんとうにいい花穂だと見ると、すぐににっこりする。

花がじゅうぶんに集まり、家族みんなは行動を起こした。

青銅は木づちで稲藁《いなわら》を打つ。どれも選びぬいた新藁で、一本一本、どれも黄金色。木づちで何度も打たなければいけない。打たれる前の藁は「生藁」と言い、打たれたあとの藁は「打ち藁」と言う。よく打たれた藁は、しなやかで強い。縄をないやすく、編んだり織《お》ったりしやすいが、なかなか切れず、じょうぶだ。青銅は片手で木づちをふるい、片手で稲藁をまわす。木づちが地べたにあたるドンドンという音は、太鼓《たいこ》のようで、地面を少しふるわせる。

おばあちゃんは、縄をなう。おばあちゃんがなう縄は、デコボコがなくて強い。それに、なめらかで、きれいで、大麦地村《タァマイティ》では有名だ。でも、今なうのは、いつもの縄ではない。アシの花を均等に縄にないこまねばならない。でも、器用なおばあちゃんには、なんでもないこと。アシの花のついた縄《なわ》は、流れる水のように、おばあちゃんの手から流れだす。その縄はフワフワして、生き物のよう。

ひまわりは小さな腰《こし》かけを持ちだして、おばあちゃんのそばにすわっている。ひまわりの役目は、おばあちゃんがなう縄をまいていくこと。縄が手の中を通るとき、とても気持ちよかった。

じゅうぶんな長さの縄ができると、父さんと母さんが編みはじめる。父さんは男物、母さんは女物を。ふたりはとても腕がいい。男物は男物らしく、女物は女物らしい。男物はがっしりと、女物は上品に。がっしりでも、上品でも、編むときは力がいる。ぎっちりと編まねば。雨の中を歩いても、しみこまないように。くつ底はいっそう丈夫《じょうぶ》に編まねば。何か月はいても、破れないように。

最初の男物と女物のくつが、それぞれ父さんと母さんの手で編みあがったとき、家族みんな夢中になって喜んだ。二足のくつは、みんなの手から手へ、いくら見ても見足りない。

この二足の花ぐつは、ほんとうにきれいだった。やわらかなアシの花は、くつの上に咲《さ》いているみたいだ。風が吹《ふ》くと、花は一方へたおれ、黄金色の藁《わら》が現れる。風がやむと、藁は花にかくれてしまう。それは、木におりた鳥を思わせた。風が吹くと、やわらかい羽が吹き開けられて、体が現れる。二足のくつは、四つの鳥の巣のようでもあり、二組のつがいの鳥のようでもある。

続いての日々、みんなはこんなふうに、ひっきりなしに稲藁《いなわら》を打ち、縄をない、縄をまき、編んでいった。暮らしは苦しかったが、悲しそうな顔の人はひとりもいなかった。みんないっしょに、しゃべったり笑ったり。気にかけているのは、今の暮らし。夢中になっているのは、先の暮らし。馬車はボロだが、まだしっかりしている。馬車はおそいけれど、未来もあり、ながめもいい。家族五人、だれもこの馬車をきらってはいない。もしも雨風に出合ったり、ぬかるみに出合ったり、デコボコ道に出合ったり、坂道に出合ったら、みんなおりてきて、肩《かた》や両手で、前かがみになって、力を合わせて馬車をおして進んでいく。

月明かりの下で、おばあちゃんは縄をないながら、歌を歌う。おばあちゃんの歌は、いつまでも終わりがない。みんな、おばあちゃんの歌が好き。おばあちゃんが歌いだすと、みんな疲《つか》れを忘れ、元気いっぱい、仕事もいっそうはかどった。おばあちゃんは、そばのひまわりの頭をなで、笑いながら言う。

「うちのひぃちゃんに歌ってやってるんだよ」

四月はバラ　養蚕《ようさん》に忙《いそが》しい、
ねえさんとふたり　クワの葉つみに。
クワかご　クワの木にさげて、
涙《なみだ》をぬぐって　クワの葉しごく……

6

青銅《チントン》一家は、年寄りも子どもも、あいている時間は全部、花ぐつ作りにあてた。みんなで百一足のくつを作った。百一足目のくつは、青銅のため。青銅にも新しい花ぐつがなけりゃ。ひまわりにもいる。母さんが言う。

「女の子が花ぐつはいたら、みっともない」

母さんはひまわりのために、きれいな綿入れの布ぐつを作ってやりたい。

それからの日々、青銅は毎日、十数足の花ぐつを背負って、油麻地鎮《ヨウマァティチェン》に売りにいった。

そこはとても大きな町で、船着き場があり、商店があり、食料品の買い上げ所があり、食品の加工工場があり、病院があり、いろいろな店屋があり、朝から晩まで、人が行ったり来たり。

一足のくつは、細い麻縄《あさなわ》でつないである。青銅は麻縄を肩《かた》にかけた。前も後ろもくつだ。青銅が歩くと、くつたちは青銅の胸と背中でゆれる。

油麻地鎮の人や、ここへ物売りにきている小商人たちは、青銅が町の東の橋から、こっちへくるのを見かけると言う。

「ヤーパが、また花ぐつを売りにきたぞ」

青銅はしょっちゅう、人が自分を「ヤーパ」というのを聞く。青銅は気にしない。花ぐつが売れることだけを考えている。それに、自分はもともとヤーパなのだ。くつを売るために、それをかくそうなんてちっとも思わない。しきりに手まねで、自分の花ぐつを見にくるように呼びかけた。

「見ておくれよ、きれいな花ぐつだよ！」

たくさんの人がきて、取りかこんだ。

青銅の誠実さが人の心を動かしたのか、花ぐつがほんとにきれいだったからか、次々に売れた。

家の小さな木の箱に、小額紙幣《しへい》がどんどん積みあがっていく。みんなは、しょっちゅうこの箱を取りかこみ、しわくちゃのお金をながめた。

木の箱を見終わると、父さんはいつもベッドの板をめくり、それをベッドの下にかくす。家族みんなで決めていた。くつが全部売れたら、油麻地鎮《ヨウマァティチェン》の写真館へいき、劉《リョウ》さんに立派な家族写真を一枚撮《と》ってもらう。それから、ひまわりひとりのを一枚。色もつけてもらうのだ。

この具体的なことと、ずっと先のまだ決まっていないことのために、青銅《チントン》は朝早くから、油麻地鎮の橋のたもとのいちばん有利な場所に立った。一本の縄《なわ》を二本の木に結び、花ぐつを一足一足、縄にかける。日が照ってくると、風の中でゆれている花ぐつは、銀色に輝く。そのきらめきは、人をひきつける。花ぐつなんか、はかない人たちも、目をやらずにはいられない。

もう冬、とても寒い。とくに、この橋のたもとは、北風が川面から吹《ふ》きあげ、鋭《するど》いかみそりのように、肌《はだ》をそぐ。ちょっと立っていると、足が凍《こご》えて、しびれてくる。そんなとき、青銅はピョンピョンとびはねる。空中にとびあがったら、地べたに立っていたときには見えない景色が見える。目の前の屋根を越《こ》えて、後ろの家の屋根のてっぺんが見えた。そこにハトの群れが降りた。空中にとびあがった青銅は、風に羽をめくられているハトは、自分の花ぐつみたいだと思った。このとんでもない思いつきは、青銅を感動させた。地べたにおりて、また花ぐつを見たら、一羽一羽のハトのような気がした。青銅は、ちょっと心が痛くなった。花ぐつたちも寒いよな？

お昼、青銅はふところから冷たくて、かたいミエンピン(4)を取りだして、かじっている。もともと、家の人は、お昼には町でふかしたての野菜まんを買って食べさせようとした。けれど、青銅はそのお金を節約し、おなかをすかせて、一日中立っていた。しかたなく、家の人は外で食べられるものを持たせたのだ。

青銅はいこじで、値切られても、一分《フェン》だってゆずらない。こんなにいいくつなんだ、まけられるもんか！　でも、くつが一足一足売れていくとき、青銅はちょっと悲しくなる。いつも、くつを買った人が遠くなるまで、ずっと見送った。一足のくつを持っていかれるのではなく、飼っていた子猫《こねこ》か子犬が連れ去られるみたいに。

でも、青銅は花ぐつたちが早いとこ売れるよう願ってもいる。だれかが買いたそうなのに、ためらって決心がつかずいってしまうと見てとると、その人が好きになったくつを手に、あとをついていく。何も言わず、ただしつこくついていく。その人がふと、後ろに人がいると感じ、ふりかえると、青銅がいる。すぐに買うかもしれないし、「あんたの花ぐつは買わない」と言って去っていくかもしれない。青銅は相変わらずついていく。その人はしばらくいって、悪いような気がして、また立ちどまる。このとき、その人は、青銅《チントン》が両手で花ぐつをささげているのを見る。大きくて真っ黒なひとみには、誠意があふれている。その人は青銅の頭をなでて、花ぐつを買い、ひと言つけくわえる。

「この花ぐつは、ほんとにすてきだわ」

花ぐつは、あと十一足残っている。

夜じゅう大雪がふり、三十センチも積もって、朝は戸も開けにくかった。雪はまだ降っている。

おばあちゃんが青銅に言う。

「今日は、町へくつを売りにいくんじゃないよ」

父さんと母さんも言う。

「残りの十一足、一足はおまえのだ。あとの十足は、売れれば売るし、売れなきゃ、自分たちではくさ」

ひまわりを送って学校へいく道々、ひまわりも言い続ける。

「お兄ちゃん、今日はくつを売りにいかないで」

学校に入っていったひまわりは、またかけだしてきて、遠くなった青銅に大きな声で言った。

「お兄ちゃーん、今日はくつを売りにいかないでー！」

けれど、青銅は家に帰ると、どうしても今日、町へいくとがんばった。

「今日は寒い、きっとくつを買う人がいる」と。

大人たちは知っていた。青銅がいったん何かをしたいとなったら、説得するのはむずかしいと。

「じゃあ、花ぐつをはきなさい。そうでなきゃ、くつを売りにいくんじゃないよ」と母さん。

青銅はうなずいた。自分の足に合う花ぐつを選んで、はくと、あとの十足の花ぐつを持って、大人たちに手をふり、吹雪《ふぶき》の中をかけていった。

町についてみると、通りにはほとんど人影《ひとかげ》はなく、がらんとした町じゅうに、大雪が絶え間なく落ちているだけ。

青銅はいつもの場所に立った。

たまたまやってきた人が、さえぎるものもなく雪の中に立っている青銅を見て、手をふった。

「ヤーパ、早う帰れよ。今日は商売にはならん！」

青銅《チントン》は人の言うことをきかず、相変わらず橋のたもとに立っている。

まもなく、縄《なわ》にかけた十足の花ぐつは雪だらけになった。

あと何日かで年越《としこ》しだ。町へ正月用品を買い入れにきた人がいた。あたりがうす暗くなるほど雪が降っていたからか、それとも目があまりよくないのか、ぶらさがっている花ぐつが、その人の目には、しめられた白いアヒルに見えた。寄ってきて、たずねた。

「アヒルはいくらだい、一斤《いっきん》」

何を言ってるのかわからず、青銅はふりむいた。

その人は指さした。

「おまえのアヒル、いくらだい？　一斤」

青銅は、ふいにわかった。縄から花ぐつを一足とって、上に積もった雪をはたき、その人の前にさしだした。その人はアヒルじゃないのがわかって、クスッと笑った。

青銅も笑った。

通りがかった人たちは、なんて面白いことと大笑いしながら、吹雪《ふぶき》の中、道を急ぐ。歩いていくうちに、青銅を思いだして、かわいそうになり、ため息をついた。

青銅は、ずっと笑い続けている。思いだして、またふりむいて十足のくつをながめては、こらえきれずに笑う。止めようと思っても止まらない。

向かいの家の中で火にあたって暖をとっていた人が、戸口に立って青銅を見ている。

青銅は恥《は》ずかしくなって、しゃがみこんだ。それでも、やっぱり笑い続けている。笑うにつれて、髪《かみ》に積もっていた雪がわらわらと首の中に落ちた。

青銅を見ていた人は、つぶやいた。

「あいつ、〈笑い魔《ま》〉にとりつかれちまった」

ついに笑いやんだ。青銅はそこにしゃがんだまま、雪が体に降りかかるにまかせた。長い間しゃがんでいた。立ちあがろうとはしない。見かけた人が心配になって、小声で呼ぶ。

「ヤーパ」

動きがないのを見て、声を張りあげた。

「ヤーパ！」

青銅は眠《ねむ》っていたみたいだ。声が聞こえて、びっくりして、頭をあげた。そのとき、頭の上に高く積もっていた雪が、地面にすべり落ちた。

火を囲んで暖を取っていた人が、青銅を呼んだ。

「こっちへこいよ。ここから、おまえのくつは見える。なくなりっこないさ」

青銅《チントン》は手をふって、花ぐつのそばを離《はな》れない。

昼になると、雪がひどくなり、ボトボト落ちてきた。

向かいのうちの人が、大きな声で言った。

「ヤーパ、早う家に帰れ！」

青銅はちぢこまって、ボケッと立ったまま。

家の中からふたりかけだしてきて、うむを言わせず、ひとりが一方の腕《うで》をつかみ、むりやり家の中へ連れこんだ。

しばらく火にあたっていた青銅は、花ぐつの前に立ちどまった人を見かけ、かけだした。

その人はしばらく見て、いってしまった。

家の中の人が、「あいつは縄《なわ》にかかってるのが、しめられたアヒルだと思ったんだぜ！」と言い、みんな大笑い。

青銅は笑わなかった。この十足のくつが売れてしまったら、どんなにいいか。でも、もう昼も過ぎたのに、まだ一足も売れない！

降りしきる大雪を見ながら、心の中でつぶやき続ける。

「くつを買う人、早くこい！　早く、早くこい！　……」

青銅の祈りの中で、雪はだんだんとやんだ。

青銅は花ぐつを一足一足はずして、上に積もった雪をきれいにはたき落としてから、また縄にかけた。

このとき、通りを団体さんがやってきた。田舎の人ではなく、都会の人のようだ。どこの幹校の人たちだかわからないが、すぐに年越《としこ》しだ、ここから船に乗って都会へ帰るんだ。リュックをしょったり、バッグをさげたり。その中には、たぶんここらのお土産が入ってる。一行はしゃべったり、笑ったりしながら、ギシギシと雪を踏《ふ》んでやってくる。

青銅は声をかけなかった。都会の人たちは花ぐつなんか買わないと思っていたからだ。都会の人は綿入れの布ぐつか、裏《うら》ボアつきの革ぐつしかはかない。

都会の人たちはたしかに花ぐつははかない。けど、花ぐつのそばを通りすぎるとき、何人かが足を止めた。ほかの何人かは、その人たちが足を止めたのを見て、いっしょに立ちどまった。雪に照り映えている十足の花ぐつは、都会の人たちをひきつけた。そのなかのひとりふたり、きっと芸術家だ、花ぐつを見ながら、いいな！　いいなぁ！　としきりに感心した。その人たちは花ぐつの使い道は忘れ、ただ、きれいだ——一般的《いっぱんてき》なきれいさではなく、とくべつなきれいさだと思った。すぐには、これら花ぐつに対する感じを的確に言い表せなかった。もしかしたら、いつまでたってもことばにならないのかも。ひとりひとり近寄ってきて、花ぐつをなでた――なでたことで、みんなこの花ぐつをもっと好きになった。何人かは、鼻の下に持っていって、かいでみた。すがすがしい空気の中で、とりわけ稲藁《いなわら》の香りが立つ。

「一足買ってって、壁《かべ》にかけたら、ステキだわ」とひとりが言う。

何人もがうなずき、それぞれが一足ずつつかんだ。おくれたら、ほかの人に取られてしまいそうで。

九人みんなが、花ぐつをとった。なかのひとりは二足。十足のくつはみんな、その人たちの手につかまれていた。続いては、値段交渉《こうしょう》。青銅《チントン》はずっと疑っていた。みんながしきりに一足いくらだときいてきてやっと、ほんとうに自分のくつを買いたいのだと信じた。みんなが好きでたまらないという眼をしているからといって、値上げはしなかった。やはり、もともとの売値を告げた。みんなは安いと思い、値切ったりしないで、それぞれお金をはらった。花ぐつを買った人たちはみんな、大喜びで、都会へ持って帰るサイコウのものだと思い、歩きながら、しげしげとながめている。

青銅はたくさんのお金をつかんで、雪の上に立ったまま、ボケっとしていた。

「ヤーパ、くつも売れたんだ、早う家に帰らんかい！　さもなきゃ、おまえ凍《こご》え死んじまうぞ！」

向かいの家の中から、だれかがどなった。

青銅はお金を内ポケットにおしこみ、木に結んでいた縄《なわ》をほどいて、腰《こし》にまきつけた。向かいの家の戸口を見ると、ちょうど何人かが自分を見ていた。青銅はその人たちに手をふって、わき目もふらず雪の上をかけだした。

空が晴れて、あたりじゅうが明るい。

青銅はもときた道をもどっていく。歌を歌いたかった。おばあちゃんが縄をなうときに歌う歌を。でも、声が出ない。心の中で歌うだけ。

木切れに網《あみ》かけたって、エビとれない、
泥《どろ》ん中には金はないよ、砂だけさ。
ハリエンジュの木にカラタチさして、
いつになったらボタンの花が咲《さ》く？

歌っていたら、後ろからだれかが追いかけてきて、大きな声で叫《さけ》んだ。

「花ぐつ売りのきみ――ちょっと待って！」

青銅《チントン》は立ちどまり、ふりむいてこちらへかけてくる人をながめた。その人がなんで呼ぶのかわからない。いったいなんだろう。

その人は、青銅の目の前までかけてきた。

「みんなが買った花ぐつを見て、とてもいいなと思ったんだ。まだあるかい？」

青銅は頭を横にふった。その人のために心が痛んだ。

その人はがっかりして両手を広げ、ため息をついた。

その人を見ながら、青銅はなんだか申し訳なかった。

その人は船着き場のほうへ引き返していった。

青銅は向きを変えて、家のほうへ歩いていく。

歩いていくうちに、青銅は足をゆるめた。自分がはいている花ぐつに目がいった。花ぐつの下で、雪がギシッギシッと鳴っている。だんだんと足がおそくなり、そして止まった。

青銅は空を見、雪道を見、最後にまたはいている花ぐつに目を落とした。けれど、心の中ではまだふるえながら歌を歌っていた。

両足は、ぽかぽかあったかい。

けれど、しばらくすると、青銅は右足を花ぐつからぬいて、雪の上に立った。足の裏はたちまち針でさされたようにいたくなった。左足も花ぐつからぬきだして、雪の上に立った。また、骨にしみるような冷たさ。青銅はかがんで、雪の上から一足の花ぐつをとりあげ、目の前でながめた。新しいくつだから、それにずっと雪の上を歩いたから、くつには汚れひとつなく、見たところ新品のようだった。青銅はにっこりして向きを変え、さっきの人を追いかけた。

青銅のはだしの足が雪を踏《ふ》みつけると、積もった雪が舞《ま》いあがった。

さっきの人がちょうど船着き場の石段を踏もうとしたとき、青銅は前に回って、高々と花ぐつをさしあげた。

その人は大喜びで、花ぐつに手をのばした。多めにお金をはらおうとしたが、青銅はもらうべきお金だけを受けとると、手をふって、家の方角へ向かって、ふりむきもしないでかけていった。

青銅の両足は、雪できれいにみがかれたけれど、凍《こご》えて真っ赤っか……。

（1）ヤーパ　口をきけない人。
（2）鎮《チェン》　県の下の行政区画のひとつで、比較的大きな町。中国では県の上が市。
（3）分《フェン》　通貨の単位で、一元《ユエン》（口語では塊《クウアイ》）の百分の一。
（4）ミエンピン（面餅）　小麦粉などで作るクレープやお焼きのようなもの。

# 第五章　金色のチガヤ

## 1

ひまわりは気がついた。自分が宿題をしているとき、青銅《チントン》がいつもそばにいたがることに。自分が字を書いたり、算数問題を解いているのを一心に見ている。その眼には、うらやましさと熱い思いがいっぱい。その日、ふいにひとつの思いが浮《う》かんだ。お兄ちゃんに字を教えてあげよう！　この思いが、イナズマのように心の底できらめき、自分でもびっくりし、興奮もした。ひまわりは自分をとがめる。なんで、もっと早く思いつかなかったんだろ？

ひまわりは、母さんがくれたリボンを買うお金を節約して、青銅に鉛筆《えんぴつ》を買った。

「今日から、あたしが字を教えるね」と青銅に言った。

青銅はなんのことだかわからないみたいで、ひまわりを見ている。

ちょうど仕事をしていたおばあちゃんや父さん母さんにも聞こえ、みんな手を止めた。

「今日から、あたしが字を教えるね！」

ひまわりは、きれいに削《けず》った鉛筆と一冊のノートを青銅《チントン》の目の前に置いた。

青銅はちょっと驚《おどろ》き、いくらか心を打たれ、それに少しバツが悪く、どうしていいのかわからなかった。ひまわりを見、ふりむいて、おばあちゃんや父さん母さんを見てから、またひまわりを見た。

大人たちは、夢の中でふいに雷《かみなり》の音がとどろいたように、ハッとなった。天地がパッと明るくなったような気がしたが、すぐにはことばが出ない。

青銅は、ひまわりがさしだした鉛筆《えんぴつ》とノートを前に、あとじさりした。

ひまわりは鉛筆とノートを手に、一歩いっぽと青銅に向かっていく。

青銅は背を向けて、外へかけだした。

「お兄ちゃん！」ひまわりがあとを追う。

青銅はどんどん走っていく。

ひまわりがぴったりと、あとに続く。

「お兄ちゃん！」

青銅がふりかえり、手まねと眼で言う。

「ダメ！　ダメだ！　できないよ！　おいらにはできない！」

「できる！　できるよ！　お兄ちゃんなら」

青銅は前へ前へと走り続ける。

ひまわりは大きな声で、「お兄ちゃん」と呼びながら、すぐあとを追いかける。地面に露出《ろしゅつ》している木の根っこに足をとられたひまわりは、土手の上で転び、ころころと転げ落ちていく。

ひまわりの足音がふいに聞こえなくなって、青銅がふりむくと、ひまわりはもう川原まで転げ落ちていた。

転げ落ちていくとき、ひまわりはノートと鉛筆をずっと胸に抱《だ》いていた。

青銅がかけてきて、とびおり、あわててひまわりを引きおこした。

ひまわりは体じゅう泥《どろ》だらけ、草まみれだった。でも、ノートはきれいなままで、手ににぎられていた。

青銅は、ひまわりの体についた泥と草をはたいている。

「今日から、あたしが字を教えるよ！」

青銅《チントン》は泣いた。涙《なみだ》が鼻のわきを流れ落ちた。しゃがんで、ひまわりを背負うと、一歩いっぽ岸へ上がっていく。

ふたりは、大きな木の下にすわりこんだ。

太陽がちょうど沈《しず》んでいくところで、川の水がだいだい色に染まる。

ひまわりは太陽を指さしてから、木の枝で土の上に一画一画ていねいに「太陽」と大きな字を書いた。大きな声で「タイーヤン！」と読んでから、木の枝で大きな文字の上を、くりかえしたどっていく。「横棒《よこぼう》、左はらい、右はらい、点で、『太陽《タイヤン》』の『太』……」とつぶやきながら。

青銅にも枝を一本さがしてやって、自分のあとから、土の上に書かせた。

青銅はけんめいに、真剣《しんけん》に書いている。そのとき、青銅はもう兄ではなく、弟のようだった。そして、ひまわりはもう妹ではなく、姉だった。

太陽が落ちていく、落ちていく……。

木の葉が一枚、木から離《はな》れ、ゆっくりと落ちてくる……。

ひまわりは落ちてくる木の葉を指さし、目で追う。「落《ルオ》——落下去《ルオシャーチュイ》（落ちていく）……」

木の葉はチョウチョのように、草むらに落ちた。

ひまわりは「太陽」のあとに、「落、下、去」という三文字を書いた。それから、太陽を見ながら読みあげる。「太陽落下去……」

青銅は、記憶力《きおくりょく》がすばらしくいい。文字のバランスはうまくつかめなかったが、びっくりするようなスピードで、文字の筆画や筆順を覚えた。

太陽が落ちていった。

地面の文字もだんだんと見えなくなった。

「お兄ちゃん、おうちへ帰ろうよ」

青銅は、ちょうどのってきたところ。首を横にふると、木の枝を手に、まだ土の上に不器用に書いている。

月が昇《のぼ》ってきた。

また別の明るい光が、やわらかく、清らかに地面を照らした。

青銅は、月を指さす。

ひまわりは首を横にふった。

「今日はおしまいにしよう」

けれど、青銅《チントン》はいこじに月を指さす。

ひまわりが、また教える。

「月亮《ユエリャン》——月亮昇上来了《ションシャンライラ》（月が昇ってきた）……」

日が暮れた。母さんがふたりを呼んでいる。

帰り道、青銅は心の中で読みながら、書いている。

「太陽落下去了——月亮昇上来了——」

これからあと、青銅はひまわりについて、ひまわりが知っている字を、ひとつひとつ心に吸いこんで、ひとつひとつ地べたに書き、ノートに書いた。ふたりの勉強は、いつでもどこででも、できないところはなかった。牛が見えたら、「牛」と書く。羊が見えたら、「羊」と書き、それがけんかしているのを見たら、「羊打架《ヤンタァチャァ》」と書く。牛が草を食べてるのを見ると、「牛、草、食」と書く。「天」と書き、「地」と書き、「風」と書き、「雨」と書き、「鴨《かも》」と書き、「鳩《はと》」と書き、「大きな鴨」と書き、「小さな鴨」と書き、「白鳩」と書き、「黒鳩」と書き、……。これまで青銅の眼に映っていたすばらしい世界が、ひとつひとつ文字になっていく。文字たちはとても神秘的で、青銅には、太陽や月や、天と地や、風や雨、なんでもが、自分が知っていたものとまるっきり同じだとは思えなかった。みんな、もっと美しくなり、もっとはっきりとしてきて、もっと好ましくなった。

風が吹《ふ》こうと雨が降ろうと、田畑や野っぱらをかけまわっていた青銅も、前よりだいぶおとなしくなった。

とびっきり賢《かしこ》いひまわりは、独創的で、工夫をこらしたいろいろな方法で、自分が学んだ字を、ひとつひとつ兄の青銅に教えた。それらの文字は、ナイフで彫《ほ》ったように青銅の記憶《きおく》に刻まれ、一生涯《いっしょうがい》忘れることはなかった。青銅の字も、かっこうがついてきた。ひまわりの字のようにきちんとはしていないけれど、〈下手だが力強い〉という別の味があった。

大麦地《タアマイティ》のだれも、こんなことに気づかなかった。

みんな、兄と妹ふたりの間でおこなわれたからだ。

ある静かな午後のこと、小学校の先生が白い石灰水で、大麦地の人の家の壁《かべ》に標語を書いているとき、青銅が牛を連れて通りかかった。青銅はすぐに牛を木にくくりつけると、近づいて、うっとりとながめた。

その眼を見た先生は、石灰水のしたたる刷毛をつかんで、青銅に言った。

「さあ、先生が字をひとつ教えてやろう」

青銅《チントン》は首を横にふった。

「おまえも、字のひとつやふたつは書けんといかんだろ」と先生。

ちょうど何人かが、先生が字を書くのを見ていた。そのなかのひとりが言う。

「このヤーパ、だれかが字を書いてると、いつもボケーっと見とる。自分も書けるみてえによ」

もうひとりが青銅に声をかける。

「ヤーパ、こっちへこいよ。ひとつ字を書いて見せろよ」

青銅は手をふって、あとじさりした。

「見るんじゃねえ、牛連れていっちまえ！　あほたれが！」

青銅は向きを変えると、牛のほうへ歩いていく。牛の手綱《たづな》をほどいているとき、背後で無作法な笑い声が聞こえた。青銅はしばらく腰《こし》をかがめたままでいたが、ふいにしゃんと背をのばし、さっきの人たちに向かって歩いていった。

先生はちょうど字を書いていて、気づかないうちにいきなり、手にしていた刷毛を青銅に奪われた。

そこにいた人たちはみな、ポカンとしていた。

青銅は片手に石灰水の入ったバケツを持ち、片手に刷毛を持って、みんながまだポカンとしているうちに、壁《かべ》にサササッと大きな字を書いた。

# おいらは大麦地の青銅だ！

そのビックリマークは、つったてた大槌《おおつち》のようだった。

青銅はみんなを見まわすと、バケツをおろし、刷毛をほうって、あとも見ずにいってしまった。

ゆがんだり曲がったりはしているが、どれも元気のある文字を見て、そこにいた人たちは目を丸くし、口をあんぐり開けたまま。

その日のうちに、このニュースは大麦地《タァマイティ》じゅうに伝わった。だれひとりおかしいとは思わなかった。みんなはまた、青銅に関するたくさんの不思議な言い伝えを思いだした。

「このヤーパはぜったいにフツウのヤーパじゃない」とみんなが思った。

## 2

一日一日と過ぎていった。青銅《チントン》一家は、朝も夕も、喜びにあふれていた。

ひまわりは質素な暮らしながら、風や雨の中で成長していき、もともといくらか青白かった顔が、今はバラ色。短いズボンに、腰《こし》をしぼったブラウス。それに布ぐつに短いおさげ髪《かみ》。だんだんと大麦地《タァマイティ》の子になってきた。大麦地の人たちも、ひまわりがどうやって大麦地にやってきて、青銅の家にきたのか、もうすぐ忘れてしまう。ひまわりは、もともと青銅の家の子だったみたいに。青銅の家族がひまわりのことを言うとき、とても自然に、やさしく、「うちのひぃちゃんはね……」と言う。それに、ほかの人の前で、とくにひまわりの話をしたがる。

どこにそんなにたくさん、一家がクックッと笑えるようなことがあるんだか。夜、明かりを消してからも、家族で長いことしゃべっていて、しきりに笑い声がする。夜道をいく人が、青銅の家の前を通りかかり、その笑い声が聞こえると、いぶかしくなる。何がそんなに楽しいんだ？

毎晩まいばん、こんな笑い声が軒の低い粗末《そまつ》な家の窓から、大麦地のうす明るい夜の色のなかへとびこんでいく。

この年の三月のことだ。大麦地の春は格別。色とりどりの野の花が、一輪、ひとむら、一本二本、田んぼの間や川岸や池のはたを飾る。どこも、したたるような緑。カササギやオナガ、それに名前を知ってるのや知らない鳥たちが、一日中、田畑や野っぱらや村の中を飛び交って、鳴き声が絶えない。冬の間ひっそりしていた大川は、船の行き来がしげくなり、しょっちゅう白やとび色の帆《ほ》がすべっていく。音頭をとる声や犬の鳴き声、クワをつむ女の子の笑い声が、たびたびおこり、三月をにぎやかにする。そこらじゅうに活気が満ちあふれていた。

三月に何が起こるのか、どんな兆しもなかった。

青銅の家の牛だけが、このところずっと、不安そうにイライラしている。どこもやわらかい青草だらけなのに、うわの空で二口三口食べると、空に向かって——昼間は太陽に、夜は月に向かって、何度もモォーと鳴いた。木の葉がふるえて、サラサラと鳴る。

その日の夜、牛は小屋に入ろうとしなかった。青銅の手から手綱《たづな》ごとぬけだしたあとも、遠くへはいかず、家のまわりをぐるぐるぐるぐる回っている。父さんと青銅ふたりで、やっと止めた。

夜風はさやさやと、月の光は水のよう。これは、ふんわりとあたたかく、静かな春の夜だというしるし。

けれど、真夜中、大麦地《タァマイティ》がこんこんと眠《ねむ》っているとき、空の色がふいに変わり、まもなく、暴風《ぼうふう》が天からゴォーーッと吹《ふ》きつけてきた。その暴風は千万匹《びき》もの怪獣《かいじゅう》のように、大きな口を開け、舌をまるめて、ビュービューと音を立てて吹いてくる。枯《か》れ枝や葉っぱ、砂や土ぼこりは、みんな空中にまきあげられ、あちこちメチャクチャに飛びちっている。橋板が川の中に吹き落とされ、小船が岸に吹きあげられ、アシはボキボキと折れ、農作物はたおれ、電線はちぎれ、木の上の鳥の巣は吹き散らされ、枝にいた鳥は地べたにたたき落とされ……あたりじゅうが、たちまち見る影《かげ》もなく変わってしまった。

ひまわりがふいにハッとして、目を開けてみたら、なんて不思議。なんで頭の上が真っ暗な空なんだろ？　それに、うす暗いなかで星たちがきらめいてるみたい。まばたいてみたら、まわりはやっぱり壁《かべ》だった。

母さんがとんできた。

「ひぃちゃん、ひぃちゃん、早く起きて！　早く早く！」

母さんはすぐに、まだぼんやりしているひまわりをむりやりベッドから抱《だ》きあげると、大急ぎで服を着せた。

真っ暗ななか、父さんの声がする。

「青銅《チントン》、おばあちゃんに手を貸して、早う外に出るんだ！」

「ひぃちゃん？　ひぃちゃんは？」おばあちゃんのふるえる声。

「ここにいるよ！」母さんが大きな声で答える。

ひまわりは何が起こったのかわからない。母さんに服を着せてもらいながら、あおむいて上を見ている。

「枯れた小枝や葉っぱが、いっぱい空を飛んでるよ」

「屋根が風でめくれたんだよ！」と母さん。

屋根が大風でめくれた？　ひまわりははじめ疑ったけれど、すぐに母さんの言ったことがわかると、ワーッと泣きだした。

母さんがぎゅっと抱きしめる。

「大丈夫《だいじょうぶ》よ、こわくない、こわくない……」

大風が屋根のない家の上をビュービューと吹きすぎ、いろんな物やチリ、ほこりをまき散らしていく。

牛はとっくに小屋を出て、静かに外に立って青銅《チントン》たちを待っていた。

一家は互《たが》いに助け合いながら、戸口から吹《ふ》きこむ大風をついて、出てきた。

大風の中、大麦地《タァマイティ》のあちこちから呼び合う声や泣き声がかすかに聞こえる。

風はますますひどくなり、もう雨が降りだした。

「学校へいこう！　学校だ！」

父さんが大きな声で叫んだ。学校の建物は、レンガ造りで瓦《かわら》ぶきだから、大麦地でいちばん丈夫《じょうぶ》。それに高台にある。

空にイナズマが光った。青銅たちがふりかえると、まわりの壁《かべ》はもうたおれていた。

青銅一家が学校にかけつけたとき、大勢の人たちも次々と学校へやってきた。

そのあと、風はだんだん弱まったが、雨はますますひどくなった。いちばんひどいときは、天の川の底がぬけて、流れ落ちてくるようだった。

みんなは各教室につめこまれ、どうしようもなく、心配そうに外の降りしきる豪雨《ごうう》をながめている。だれも口をきかない。

空が明るくなった。雨は弱まったが、まだ降り続けている。田畑はもう水びたし。大麦地村は見たところ、まだもとの大麦地村だったが、もう多くの家がくずれていた。

いちばん早く野良に現れたのは、カァユイ一家だった。カァユイのうちのアヒル小屋が大風に吹《ふ》きとばされ、アヒルたちはどこへいったのかわからない。カァユイたちはアヒルをさがして、道々呼びかけていく。

教室に避難《ひなん》していた人たちは、ずっとボサーッとしていたが、自分ちのニワトリやアヒル、ブタや羊を思いだした。多くの人が雨の中を、もうこわれてしまった家へもどっていった。

ひまわりが、「あたしの学校カバン、持ってこんかった」と言って、外へ出ようとした。

「持ってきたって、なんになる？　なかの本はとっくにぐちょぐちょだよ」とおばあちゃん。

「ううん、あたし、さがしにいく！」

父さんと母さんも、家の中の物が気になった。昨晩手当たりしだい持ちだしてきたものをおばあちゃんに見ててもらうことにして、四人は教室を出た。

道はもう水の中。

青銅は、ひまわりを牛の背に乗せてから、牛を引いて家に向かった。

目の前はどこまでも広々とした水。一面のアシが先っぽだけ出して、水面でゆれている。

まるで、水面に無数のしっぽが生えたよう。大きかった木が低くなっている。小船があったら、水面に浮かべて、ちょっと手をのばしたら、風に吹《ふ》きちらされなかった鳥の巣に手が届く。水面には、ナベのふた、くつ、しびん、ござ、水おけ、家に帰れないアヒル……なんでもある。

四人は自分たちの家を見つけた。家とはいうものの、実際はがれきの山だった。青銅《チントン》が最初にそのなかに入った。ひまわりのカバンを見つけたくて、一心に足で水の底をさぐる。何かにあたると、足の指ではさんで、水面に取りだす。おわんだったり、ナベだったり、シャベルだったり。青銅が水の中からひとつひとつ拾いあげるのを見て、ひまわりは面白くなり、父さんに牛の背から抱《だ》きおろしてもらうと、用心深く水の中に立った。青銅が水の中から物をすくいあげるたびに、ひまわりは喜んで、声を上げる。

「お兄ちゃん、ちょうだい！　あたしにちょうだい！」

父さんと母さんは水の中に立ったまま、がっくりして、身じろぎもしない。

ふいに、ひまわりが何かにつきとばされたように、水中に転げこみそうになり、「キャッ」と声を上げた。すぐに、水の中で何かがすばやく動き、水しぶきを上げるのが見えた。

魚だ！

青銅がサッと戸口に向かい、まだどうにか立っている戸をバタンとしめた。まわりは残った壁《かべ》。魚はなかに閉じこめられ、しきりに壁につきあたったり、青銅やひまわりの足にぶつかったり。ぶつかるたびに、ピョンと水面にはねあがる。みんなの目に映ったそれは、とびきり大きな鯉《こい》だった！

ひまわりは「ワー」「キャー」と悲鳴を上げる。

青銅は水の中で、魚を追いかけている。

大きな魚がまた水面にはねあがり、ひまわりの顔じゅうにしぶきをとばした。ひまわりは両手で顔をおおい、あおむくと、クスクス笑った。

青銅はひまわりを見て、自分も大口を開けて笑う。

魚がふいに青銅の足にぶつかった。ちょうど上を向いて大笑いしていた青銅は、注意がそれていて、いきなりつきとばされた。後ろ向きによろよろっとして、水中にたおれこんだ。

「お兄ちゃん！」ひまわりが叫《さけ》ぶ。

青銅がビショビショになって、水の中から起きあがった。

ひまわりはびしょぬれの青銅《チントン》を見て、かっこうのおかしさに、思わずまたクックックッと笑いだした。

青銅は思いきって体ごと水に浸《つ》かると、手で水中をさぐりはじめた……。

ひまわりは壁《かべ》の隅《すみ》にかくれて、ドキドキしながら、期待をこめて青銅を見ている。

大きな魚は、何度か青銅につかまれては逃《に》げだす。これは青銅を怒《おこ》らせた。青銅は自分がつかまえられないなんて思わない。ハァハァいいながら、水中をさぐる……魚が、うまいぐあいに自分のふところに入りこんだ。青銅はギュッと抱《だ》きしめる。魚は青銅のふところで必死にもがき、しっぽがあげるしぶきが青銅の顔にふりかかる。

ひまわりが、「お兄ちゃん！　お兄ちゃん！　……」と叫《さけ》び続ける。

魚は青銅のふところで、しだいに力をなくしていった。青銅は少しもゆるめようとはしない。ギュッと抱きしめたまま、水の中から立ちあがった。

魚はしきりに口をパクパクさせ、口もとの赤いひげがピクピクふるえている。

青銅は身ぶりで、ひまわりに魚をさわってみるように言った。

ひまわりが近寄ってきた。手をのばして、そっとさわる。ひんやり、ぬるぬるしていた。

それから、ふたりは大喜びで、水の中でとんだりはねたり。バチャバチャと水しぶきが上がる。

なんの心配もなさそうなふたりの子どもを見、何もなくなった家を見て、母さんは背を向けて泣いた。父さんのごつごつした両手が、かさかさの顔をしきりにこすっている……。

3

大水がひいたあと、青銅の家では、もともとの土台の上に掘《ほ》っ立て小屋を建てた。

今から、一家はいっそう食費をきりつめ、節約しなければ——家を建てるのだ。なんといっても、家がなくては。どうしたって、この小さな掘っ立て小屋に、一生住まうことはできない。大人たちだけなら、家を建てようと建てまいと、いくらかおそくなろうとかまわなかった。けれど、今はふたりの子どもがいる。子どもたちに住む家がないなんてありえない。掘っ立て小屋に住まわせていては、バカにされる。でも、うちにはいくらも貯金がない——家を建てるには、たくさんのお金がいるのだ！　何日もたたないうちに、父さんの髪《かみ》に白髪《しらが》が交じり、母さんの顔にはしわが増えた。もともとやせて弱々しかったおばあちゃんは、いっそうやせてしまい、風の中に立っていると、吹《ふ》きたおされやしないかと、ふたりの子どもは心配だった。

「あたし、学校をやめる」とひまわり。

「バカなことを！」と母さん。

おばあちゃんはひまわりを抱《だ》き寄せると、何も言わず、ただしきりに頭をなでた。けれど、ひまわりには、おばあちゃんの心の奥からの声がはっきりと聞こえた。

「そんなたわけた話をするんじゃないよ！」

ひまわりはもう「学校へいきたくない」なんて言えなかった。

ひまわりはこれまでよりももっと勉強し、どの科目もクラスで一番だった。学校にひまわりをきらいな先生はひとりもいない。先生たちはよく、「大麦地《タアマイティ》小学校の生徒がみんな、ひまわりのようだったら、すばらしいわね！」と言い合った。

それでも、ひまわりは少しもなまけたりしない。

夜、ひまわりは、まだたくさんの宿題をしなければいけない。でも、うちの灯油を使うのが心配。毎晩、翠環《ツゥエイホアン》のとこか、秋妮《チョウニィ》のとこへ遊びにいくと言う。実際は、よそのうちへいって、そこの明かりを借りて宿題をするのだ。翠環の家へいっても、秋妮の家へいっても、ひまわりは機転が利き、自覚していて、翠環や秋妮の勉強のじゃまはしない。ぜったいにいちばん明るいところにはすわらず、なんとか字が見えるくらいの場所を選んですわった。宿題をするなら宿題をするだけで、ムダ口はきかないし、ましてやたらなおしゃべりなんかしない。翠環は人を使いたがる女の子で、いつもひまわりにあれして、これしてと指図する。

「消しゴム持ってきて」

「あたしの宿題ノート、まだマス目をいれてないんよ。いれといてね」

ひまわりは、とてもおとなしく翠環の言うとおりにした。ひたすら気分をそこねないように。秋妮も心のせまい女の子。ひまわりが自分より早く、上手に宿題をするのが気に入らず、しょっちゅう腹を立てる。ひまわりはいつも用心深い。宿題ができても、「できちゃった」とはぜったいに言わない。もし、ある問題を、秋妮ができないと、ひまわりはぜったいに「あたし、できる」とは言わない。秋妮がたずねたとき以外は。たずねられてからも、自分が賢《かしこ》そうには見せないで、あまり自信がなさそうに、ゆるゆると答える。

「こんなかな」という口ぶりや、いっしょに相談するような口ぶりで。ときには、ある問題を、秋妮が先にできたりする。そんなとき、秋妮は得意そうにひまわりに「できた？」ときく。ひまわりは、もしできていたり、計算はまだでもできるようなときでも、いつも「まだできてないよ」と言う。秋妮はすぐにやってきて、「あんたって、バカね」と大得意でやってみせる。ひまわりは聞きながら、けっして軽く見るような顔はしない。ときには、翠環《ツゥエイホアン》や秋妮《チョウニィ》の前で、ひまわりはちょっとへつらうように見えさえする。

この日、教室で先生は翠環と秋妮の宿題をこきおろし、みんなの前で、ふたりの宿題ノートを引き裂《さ》いた。ここまでだったらよかったのに、続いて、先生はひまわりのすっきりした宿題ノートを取って、開くと、教壇《きょうだん》からおりて、みんなに見せた。

「ごらんなさい、ひまわりの宿題を！　これが宿題っていうのよ！」

ひまわりは、ずっとうつむいていた。

夕飯を食べ終えて、ひまわりは思っている。（翠環とか秋妮の家へ、宿題をしにいけるかな？）

暗くなった。うちでは明かりをともさない。家がこわれてから、青銅《チントン》のうちでは、夜ほとんどランプをともしたことがない。暗がりでご飯を食べ、暗い中でベッドに上がって寝る。

でも、今夜は、まだたくさんの宿題をしなきゃいけない！

ひまわりはちょっと考えて、ただ「翠環のとこで遊んでくる」と言うと、掘《ほ》っ立て小屋を出た。

翠環の家に着いた。戸が閉まっている。

ひまわりは戸をたたいた。

「うち、もう寝《ね》ちゃったんよ」と翠環。

けれど、戸のすきまからはっきりと見えていた。翠環は明かりの下にすわって、宿題をしていた。ひまわりはもう戸をたたかず、うつむいて村の小道を歩いていく。もう秋妮の家へいこうとは思わず、うちへ向かった。でも、しばらく歩いて、またもどって、秋妮の家に向かった。今晩の宿題はしあげなきゃ！

秋妮の家の戸は、閉まっていなかった。

ひまわりは戸口でちょっと立ちどまってから、「秋妮、こんばんわー」となかへ入った。

秋妮は聞こえなかったように、宿題をしている。

ひまわりは、テーブルの向こうに空いた腰《こし》かけがあるのを見て、すわりにいこうとした。

「じきに、母ちゃんがそこにすわって、布ぐつの底をさすんよ」と秋妮。

ひまわりはとっさにどうしたらいいかわからず、そこに立ちつくした。

「あんたんち、明かりがないん？」秋妮が顔も上げずに言う。

「あんたんち、いつまでランプをつけないん？」秋妮は相変わらず、顔も上げずに言う。

ひまわりは宿題ノートをこわきにはさむと、急いで秋妮《チョウニィ》の家を離《はな》れた。村の長い小道を、うちに向かってけんめいに走った。こらえきれずに涙《なみだ》があふれ、こぼれ続けた。

ひまわりはすぐには家へ帰らず、村の入り口の大きなエンジュの木の下の石うすに腰《こし》かけた。数年前、自分はこの石うすにすわっていた。牛に乗って、青銅兄《チントン》ちゃんについて家に帰ったんだった。ひまわりはあおむいて、エンジュの木を見る。今は夏、エンジュの木は枝葉が茂《しげ》っている。なぜだか、木の幹に抱《だ》きついて、大きな声で泣きたくてたまらなかった。でも、泣かなかった。涙目《なみだめ》で、エンジュの木の上の青い空と月をながめていた。ぼんやりと。

青銅がさがしにきた。はじめ、翠環《ツゥエイホアン》の家へいった。戸ごしに、母親が翠環を説教しているのが聞こえた。

「おまえ、なんでひぃちゃんに戸を開けてやらないんだい？」

「あの子には、うちの明かりを使わせない！」と翠環。

母親がぶったようだった。翠環が泣きだした。「あの子になんか、うちの明かりを使わせない！」

「この世に、ひまわりほどもののわかる子はいないよ！　おまえなんか、あの子の足もとにも及《およ》ばない」と母親。

青銅は、ひぃちゃんは、たぶん秋妮んちへいったんだと思い、秋妮の家へやってきた。遠くから、秋妮の泣き声が聞こえる。

「貧乏《びんぼう》なら、勉強なんかしなきゃいい！　なんで、うちへきて、うちの明かりを使うん？」

秋妮もたぶん大人にしかられたか、ぶたれたんだ。

青銅は村の小道をかけまわった。ひとすじ、またひとすじと道をかけぬけ、村の入り口のエンジュの木の下で、ひまわりを見つけた。

そのとき、ひまわりは石うすの上にはらばって、月の光で、けんめいに宿題をしていた。

青銅は無言で、ひまわりの後ろに立っていた。

ついに、ひまわりが兄さんに気がついた。片手で宿題ノートをつかみ、片手を兄にあずけた。

ふたりは手をつないだまま、どちらも何もいわず、村の前の川にそって、ミルクのような月の光の下を、掘《ほ》っ立て小屋へ歩いていく。

次の日の夕方、青銅は小船をこいで、ひとりでアシ原へいった。アシ原へいく前、畑からもうすぐ開きそうにふくらんだカボチャの花を十いくつもつんできた。おばあちゃんが、「カボチャの花をつんで何するんだい」とたずねたけれど、青銅《チントン》はにこにこしただけで、答えなかった。小船が、ぎっしりと生えたアシの間をぬけて、広々とした水たまりにきたとき、目の前に現れたのは、心おどる光景だった。何千何万ものホタルが、水辺の草むらを舞い、水面を照らし、空をも明るく照らしていた。何年か前、父さんに連れられて城内へいった。夜、父さんは街中《まちなか》の高い塔《とう》へ連れていってくれた。下を見ると、たくさんの灯がきらめいていて、心が高ぶった。目の前の光景は、あのとき塔の上から見た街の灯を思いださせた。青銅はいっとき目の前の光景に心を奪われ、そこに立ちつくした。

ホタルたちの舞《ま》いは、少しも決まった方向がなく、とても自由だった。空中で勝手気ままに、高く低く、無数の直線や曲線を描いていた。その光は、摩擦《まさつ》によって発するみたいで、ひとつひとつはほんのわずかだったが、びっくりするほど明るかった。まして、こんなにたくさん集まっているのだ。あっちの水も、水辺の草むらも、照らされてはっきり見える。明るい光の下、青銅には草の先にとまったトンボの目や脚《あし》、翅《はね》のもようさえ、くっきりと見えた。

青銅はつかまえはじめた。形が美しく、光が大きくて明るいのだけを選んでつかまえる。

つかまえたら、カボチャの花の中に放す。すると、カボチャの花は〈灯〉になって、明るくなる。青銅はカボチャの花ひとつごとに十匹《ぴき》のホタルを入れる。ホタルが増えるにつれて、〈花明かり〉もますます明るくなる。ひとつできると、船の上にのせ、次のひとつにとりかかる。青銅は十個の〈花明かり〉を作るつもりだ。十個の花明かりで掘《ほ》っ立て小屋を照らし、ひまわりの教科書のどの字も明るく照らすんだ。

青銅は草むらの中や浅い水の中を、追いかけ続けた。

一匹の、いちばん大きくいちばん明るいホタルを見つけた。でも、それは、ずっと水たまりの真ん中の上空を飛んでいて、水辺の草むらにおりようとはしない。どうしてもつかまえたくて、青銅はパチパチと手をたたきはじめた。大麦地村《タアマイティ》の子どもはみんな知っている。ホタルは拍手《はくしゅ》の音が好きだと。手をたたく音がしたら、無数のホタルが青銅に向かって飛んできて、まわりを飛びまわった。しきりに手をたたくと、ホタルたちもひっきりなしに青銅のほうへ飛んできた。まもなく、青銅の体には上から下まで、無数の光の輪がはめられた。ホタルがいちばん多いときは、光の渦《うず》の中に落ちこんだようだった。大きくて明るいのを選んで、また十数匹つかまえた。けど、気にかかっているのは、やはり水面の真ん中を飛んでいるあの一匹だ。でも、青銅がどんなに手をたたいても、飛んでこようとはしない。青銅《チントン》はちょっとがっかりし、ちょっと腹が立った。

もう十個の〈花明かり〉がある。小船の上にバラバラとほうってあって、ひとつの大きなツリー型のランプのように見える。

青銅は帰り支度をしたが、あのいちばん大きくいちばん明るいホタルは気になっている。もうじゅうぶんだった。青銅はもう手をたたかなかった。手をたたく音がやむと、ホタルたちは一匹《ぴき》いっぴきと散っていき、光は水が地面にあふれるように広がっていった。

青銅は小船をこいで、家のほうへ向かうつもりだったのに、竹ざおを船の後ろにいれて、グッと動かしたら、水たまりの真ん中へ向かってしまった。青銅はなんとかそのホタルをつかまえようとした。あまりにも心ひかれたからだ。

ホタルは小船が近づくのを見ると、遠くへ飛び去った。

青銅は船をこいで、けんめいに追っかける。

ホタルは小船の速さにかなわないと見ると、高い空へと飛び去った。

青銅はあおむいて、どうしようもなくただ見ているしかなかった。

けれど、まもなく、ホタルは旋回《せんかい》しながら、ゆっくりとおりてきた。

青銅は船を動かさず、一本の杭《くい》のように立って、しんぼう強く待っていた。

ホタルは船の上の〈花明かり〉に興味がわいたようで、何度も急降下してながめては、またすばやく空へ上がっていく。何度もくりかえすうち、ホタルはますます大胆《だいたん》になり、青銅の目の前を飛びまわった。ホタルの翅《はね》が見えた——とび色で、光沢《こうたく》のある羽だ。でも、まだ届かない。青銅は立ち続ける。おまえ、おまえ、おまえはどうしたって、おいらの届くとこに飛んでくるさ！　と思いながら。

ホタルが青銅の頭上に飛んできた。青銅のぼさぼさの頭を草むらとかんちがいしたようだ。

青銅は大喜び。自分の髪《かみ》の毛が雑草であってほしかった。

ホタルの光が、夜空の下で、青銅の顔をピカッピカッと明るく照らす。

青銅はまたしばらく待った。ついに、チャンスがきた。ホタルが青銅の斜《なな》め上あたりを飛んでいる。青銅は心の中でつもってみた。いきなりとびあがれば、つかまえられるぞ。

青銅は息をころし、ホタルがいくらか自分に近寄ったとき、身をおどらせ、空中で両手を合わせて、つかまえた。が、とびあがった拍子《ひょうし》に、足の下の小船が動き、水中に転げ落ちた。水を飲んでむせたが、手はゆるめなかった。水中からもがき出たあとも、合わせた手の中の、ホタルの光は、相変わらず消えないで、空中を飛んでいたときと同じように光っていた。光が手のひらを通りぬけて、手のひらを半透明《はんとうめい》に見せている。

青銅《チントン》は小船にはいあがり、ホタルをカボチャの花の中に放った。

家に帰ると、青銅はなかに入る前に、十個の〈花明かり〉をひとつひとつ、一本の縄《なわ》にかけた。それから、縄の両端《りょうはし》をつかんで、家に入った。

真っ暗な掘《ほ》っ立て小屋が、たちまち明かる―くなった。

おばあちゃん、父さん、母さんとひまわりの顔が、暗いなかでひとつひとつ浮《う》かびあがった。

みんなすぐには反応できず、きょとんとしていた。

青銅が縄の両端をそれぞれ二本の柱に結んでから、みんなに笑いかけた。

「明かり！　明かりだよ！」

夜、ひまわりはもう翠環《ツゥエイホアン》や秋妮《チョウニィ》の家へいかなくてもいい。

それは、大麦地《タアマイティ》でいちばん明るくいちばんきれいな明かりだった。

4

冬がくる前に、青銅一家は家を建てなければ。父さん、母さんとおばあちゃんは何日も何日も相談して、「建てるんなら、それなりの家を建てよう」と考えが一致《いっち》した。夏の間じゅう、段取りをした。家の前の大きな木を切りたおして、売った。肥えたブタを一頭、売った。それから、池いっぱいのレンコン、一ムー(1)のクワイ、半ムーの大根は、もう少ししたら、売れる。売れるものは、みんな売る。でも、計算してみたら、まだだいぶ足りない。三人はメンツもかまわず、親類から借り、あちこちから借りた。それに、いついつまでに元金と利息もいっしょに返すと、みんなに請《う》け合った。冬がくる前にふたりの子どもを、新しい家に住まわせるために、人の冷淡《れいたん》さなど気にしなかった。おばあちゃんも行動を起こそうとしたが、父さん母さんに「おばあちゃんは、もうお年だ。よその人の冷淡な顔を見せるこたぁ、できん」と固く止められた。おばあちゃんは、ちょうど外で遊んでいた青銅とひまわりを見ながら言った。

「あぁあ、この年寄りの顔がいくらになるかねぇ？」

おばあちゃんは父さん母さんの目を盗《ぬす》んで、つえをついて、やっぱりお金を借りに出かけた。たいていの人は、こんなに年をとっているのに自分からお金を借りにやってきたのを見て、ふたつ返事で承諾《しょうだく》するだけでなく、なんだか申し訳ないような気持ちになった。

「ひとこと言うてくだされば、お届けしますのに」

おばあちゃんには甥《おい》がいて、暮らし向きもいい。あの子からなら、いくらかは借りられるだろうと思った。だが、思いもよらず、血も涙《なみだ》もない甥で、「金はない」と言い切った。お金を貸そうとしないばかりか、聞きづらいことまで言った。〈長幼の序〉からいえば、しかりつけてやってもよかったが、おばあちゃんは何も言わず、つえをついて、甥の家を去った。

大口のお金が足りなかった。海辺の茅場《かやば》へいって、チガヤを刈《か》るためのお金だ。ここらの人はみんな知っている。いちばんいい屋根は、瓦《かわら》ぶきではなく、チガヤでふいたもの。

チガヤは、ここから百キロ以上も離《はな》れた海辺に生えている。

「それなら、やっぱり藁《わら》ぶきにしようか」と父さん母さん。

おばあちゃんが聞きつけて言う。

「決めたんじゃなかったかい、チガヤでふくって」

母さんが、おばあちゃんに言う。

「お母さん、やめにしましょうよ」

おばあちゃんは首を横にふった。

「チガヤでふくよ！」

次の日の朝早く、おばあちゃんは出かけていった。どこへいったのか、だれも知らない。昼ご飯どきになっても、もどってこなかった。夕方になってやっと、村の前の大通りにゆらゆらと現れた。

ひまわりがおばあちゃんを見つけ、「おばあちゃん」と呼びながら、追っかけた。

おばあちゃんは疲《つか》れた顔だったが、眼にはうれしさが表れていた。

おばあちゃんは、大麦地村《タァマイティ》でいちばん風采《ふうさい》のいいお年寄りだ。背が高く、銀髪《ぎんぱつ》。身ぎれいで、一年中、いつもきれいな水で体をあらう。服はいつもきちんとたたんであり、身に着けると、折り目がくっきりして、しわひとつない。つぎのあたっていない服は少なかったけれど、つぎのあてかたはこっていた。縫《ぬ》い目が細かく、色の組み合わせもよく、あて布もふさわしく見え、服と調和していた。その服にあて布がなかったら、かえってステキでないと感じられるほど。大麦地の人が、いつ何時おばあちゃんを見ても、顔は清潔で、身なりはこざっぱりして、おだやかな表情をしていた。

おばあちゃんは、強い心の持ち主でもある。

ひまわりは、母さんに聞いたことがある。おばあちゃんはお金持ちの家に生まれ、若いころまでずっと、いい暮らしをしていたって。

おばあちゃんの両方の耳には耳飾《みみかざ》り。それには淡《あわ》い緑色の飾りがついている。おばあちゃんの指には、金の指輪。腕《うで》には玉《ぎょく》の腕輪も。

おばあちゃんはこれらを全部か、そのうちのひとつを売ってしまおうと思ったことがあった。でも、父さんと母さんに止められた。あるとき、おばあちゃんは一対の耳飾りを町の質屋に入れた。それを知った父さんと母さんは、家の食糧《しょくりょう》を売って、次の日には町へいき、耳飾りを受けだしてきた。

ひまわりは、おばあちゃんといっしょに家へもどりながら、今日のおばあちゃんは、どこかしらちょっと違《ちが》うという気がした。でも、どこから見ても、いったいどこが違うのか、わからない。それでまた、おばあちゃんをしげしげと見た。

「何見てるんだい？」おばあちゃんが笑う。

ひまわりはとうとう発見した。おばあちゃんの耳に、耳飾りがなくなっていた。ひまわりは指で、おばあちゃんのふたつの耳を交互《こうご》にさした。

おばあちゃんは何も言わず、ただ笑っているだけ。

ひまわりはふいに、おばあちゃんを残して、一目散《いちもくさん》に家へ走り、父さんと母さんを見ると、大声を上げた。

「おばあちゃんの耳飾りがなくなったぁ！」

父さんと母さんは、たちまちわかった。おばあちゃんが今日一日どこへいっていたのか。夜、父さんと母さんは、耳飾りをどこの質屋にいれたのかと、おばあちゃんを問いつめた。おばあちゃんは答えず、ただ「チガヤの家を建てるよ！」とくりかえした。

母さんは食卓の上のお金を見て、泣いた。おばあちゃんに言う。

「あの耳飾りは、お母さんが一生つけてるもの、売っていいもんですか！」

おばあちゃんは、「チガヤの家を建てるよ！」と言うばかり。

母さんが涙《なみだ》をぬぐいながら、「あたしたち、お母さんに申し訳がない、ほんとにすみません……」

おばあちゃんが怒《おこ》って言う。

「バカなことばっかり言って！」

おばあちゃんは青銅《チントン》とひまわりを腕の中に引き寄せ、あおむいて空の月を見ながら、にこやかに言う。

「青銅とひまわりは、大きな家に住まねばな！」

## 5

父さんが大きな船を借り、青銅《チントン》を連れて、ある朝、大麦地《タアマイティ》を離《はな》れた。

その日の朝、おばあちゃんと母さんとひまわりは、川べりへ見送りにいった。

「父さん、いってらっしゃーい！　お兄ちゃん、いってらっしゃーい！」

ひまわりは岸辺に立って、父さんと兄さんに手をふり続けた。大きな船が川の向こうに見えなくなるまで。そして、ふりかえりふりかえり、おばあちゃんのあとから帰っていった。

このときから、おばあちゃんと母さんとひまわりは待ちはじめた。

父さんと青銅は大きな船で、風に帆《ほ》をあげ、昼夜兼行《けんこう》で、川から海へ出て、三日目の朝早く海辺へやってきた。ふたりはすぐにチガヤの生えそろった茅場《かやば》を借り受けた。なにもかもが順調に見えた。

もう秋、チガヤは霜《しも》がおりて、色は赤みをおびた金色、一本一本つっ立ち、銅線のようだ。風が吹《ふ》くと、互いにこすれあい、金属のような音を立てる。見わたすかぎり、向こうは海、波は白。こちらも海、草の海、波は赤金色。海の波音はザーザー、草の海の波音はビュービュー。

草むらには野生の獣《けもの》がいる。大麦地にはいない獣だ。

「ノロだ」と父さん。

ノロは青銅親子を見ていたが、体をかがめて、草むらの中へ消えた。

小さな掘《ほ》っ立て小屋を建て終わったら、もう空に明るい月が出ていた。

ふたりは小屋の入り口にすわって、家から持ってきた干糧《カンリャン》(2)を食べた。そよ風が吹いているだけで、あたりに人影《ひとかげ》はなく、人の声も聞こえない。波の音も昼間ほどは大きくない。草の海はサラサラという音だけ。遠くに、カンテラがともっているようだ。

「あのへんにも、茅場を借りて草を刈《か》る人がいるぞ」と父さん。

海辺の湿地《しっち》はあまりに広い。遠くできらめいているカンテラは、青銅にちょっとしたなぐさめをあたえ、果てしない海辺の湿地に、仲間がいると感じさせた――そのカンテラは、実際はとても遠いのだが。

道中へとへとに疲《つか》れていたふたりは小屋に入り、海の息づかいを聞きながら大麦地を思っていたが、まもなく眠《ねむ》りについた。

次の日、太陽がまだ昇《のぼ》らないうちから、ふたりは草を刈りはじめた。

父さんは草刈り鎌《かがま》を手にしている。その刃《は》は青龍刀《せいりゅうとう》のように曲がっていて長く、長い柄《え》がついている。父さんは柄のはしを腰《こし》に当て、両手で柄をにぎってから、体をリズミカルに横にふる。鎌がふりまわされ、そこらじゅうのチガヤがザザーッと刃の下にたおれた。

青銅《チントン》の仕事は、父さんが刈りたおしたチガヤを集め、束にして、積みあげること。

父さんは休まず鎌をふるっている。ほどなく、服は汗《あせ》にぬれ、おでこの汗の玉が、ぽたぽたと切り株に落ちた。

青銅も汗びっしょり。

青銅が父さんに「ちょっと休んだら」と言い、父さんが青銅に「ちょっと休め」と言う。でも、どちらも休まなかった。

果てしない草の海を見ながら、父さんも青銅も、何度も大きな家を思いえがく。まだ草を刈っているところだが、その大きな家は何度もふたりの目の前に現れた――高くて大きく、赤みがかった金色の屋根。

その大きな家は、大空の下にそびえたち、ふたりをはげました。

茅場《かやば》での日々はとても単調だ――食べて、草を刈って、寝《ね》る。

たまには、仕事をほうりだして、海辺へいき、水の中へ入っていく。もう秋だが、海水はまだあたたかい。ふたりはしばらく海につかる。不思議なのは、海で泳ぐのが、川で泳ぐのと違《ちが》う感じがすることだ。海の中では、体が軽く、浮《う》かぶ。

　こんなに広い海に、父と子たったふたりだけ。

　青銅が海の中で遊びたわむれているのを見て、父さんはなぜか、ふいに切なくなった。青銅がこの世にやってきてから、どうしてもこの子にすまないと感じていた。とりわけ、青銅がことばを失ってからは、母さんともども、気持ちが楽に、平静になったことがない。暮らしは貧しく、母さんと共にあくせくと忙《いそが》しく、子どものことまで気にかける時間はなかった。青銅はそんななかで一日一日大きくなった。親としてはどうすることもできなかった。けれど、息子はこれまでなんの不平ももらしたことがない。よその子にあって、青銅になくても、なけりゃないでかまわなかった――ないとき、息子はかえってすまなさそうに、なんとかして親たちをなぐさめた。「この子は苦しい思いをしてるんだよ」と、おばあちゃんは自分たちによく言った。

　今も、自分は青銅を、この荒《あ》れはてて人も住んでいない海辺へ連れてきた。胸がジンとなった。青銅を引き寄せると、自分の前にすわらせ、力をこめて垢《あか》をこすってやった。息子の体がとてもやせているのに、鼻がツーンとして、涙《なみだ》があふれそうになった。少しかすれた声で、息子に言った。

「もうちょっと刈《か》れば、じゅうぶんだ。でっけえ家を建てような。おまえにひと部屋、ひまわりにひと部屋だ」

「おばあちゃんにもひと部屋いるよ」青銅《チントン》が手まねで言う。

「もちろんさ」父さんはきれいな水で、青銅の体の垢《あか》を流した。

日の光があたたかく海を照らしている。カモメが数羽、優雅《ゆうが》に海の上を飛んでいる。

日は一日一日過ぎていった。青銅は母さんやおばあちゃんや大麦地《タァマイティ》をなつかしく思いはじめた。もちろん、いちばん思うのは妹のひまわりのこと。日がたつにつれて、青銅はますます思う。海はあまりに広い。茅場《かやば》もあまりに広い。広すぎてたえられないと。草を抱《かか》えて立ったまま、思いは鳥のように、大麦地へ飛んでいき、手にしていた草がパラパラと地べたに落ちることもあった。

「すぐだ、もうすぐだ」父さんはいつも言う。

ふたりの後ろには、もう刈りとられた空き地が広がっている。ふたつの大きな草の山は、もう金色の山のように海辺につっ立っている。

毎日、青銅にはもうひとつすることがある。バケツをさげて、高い防波堤《ぼうはてい》をこえて、その向こうへいき、真水をくんでくるのだ。この道はとても長いような気がする。父さんが視界から消えると、青銅はとても孤独《こどく》を感じる――孤独は海の水のように青銅をおぼれさせる。

この日、青銅はとてもうれしくなった。真水のバケツをさげて防波堤を越《こ》えたとき、自分と同じぐらいの男の子がバケツをさげて、防波堤の上に上がってくるのが見えたのだ。

その男の子も青銅を見つけ、うれしそうだった。

青銅は水の入ったバケツを防波堤の上に置いて、その子を待った。

その子はぼんやり見ていたが、大急ぎで防波堤の上に上がってきた。

ふたりは向きあって立ったまま、違《ちが》うところからきた二匹《ひき》の小動物のように、互《たが》いにじろじろと見合った。

その子が先にいった。

「おめえ、どこの子だ？」

青銅はちょっと顔を赤らめ、手まねで、自分は口がきけないと、その男の子に告げた。

男の子は指さして、「おまえ、しゃべれないんか？」

青銅はすまなさそうにうなずいた。

ふたりは防波堤《ぼうはてい》の上にすわりこみ、けんめいにやりとりをはじめた。

青銅《チントン》は木の枝で土の上に、「青銅」と書いてから、胸をたたいた。そして、男の子の胸を指さした。

「おいらの名前をきいてるのかい？」

青銅がうなずく。

その子は青銅の手から木の枝をとって、土の上に「青狗《チンコウ》」と書いた。

青銅は指で「青銅」の「青」の字の下に線を引き、「青狗」の「青」の字の下にも線を引いて、笑いだした。

その子も、ふたりの名前のどちらにも「青」の字があるのは面白いやと、笑いだした。

青狗は、青銅に教えた。「おいらも父ちゃんといっしょにここにきて、茅場《かやば》を借りてチガヤを刈《か》って帰って、家を建てるんだ」と。

遠くのふたつの草の山を指さして言った。

「あれ、おいらんちの草山だ」

青銅のうちの草の山と同じぐらいの大きさのふたつの草山。

青銅は、青狗ともっといっしょにいたかった。けど、青狗は言う。

「いや、おいら早いとこ水をくんで帰らんと。おそうなったら、父ちゃんが怒《おこ》るんだ」

青狗はお父さんをこわがってるみたいだ。

自分の父さんの何がこわいんだ？　青銅は心の中で思う。

「明日、この時間に、ここで会おうよ」と青狗。

青銅はうなずいた。

ふたりは名残おしそうに別れた。

帰り道、青銅はとてもうれしかった。父さんを見ると言った。

「防波堤の上で、男の子に会ったよ」

父さんも喜んだ。「そうか、よかったな！」こんなところで、息子がほかの子どもに出会えるなんて、思いもしなかった。

この日から、青銅と青狗は毎日、防波堤の上で会った。話し合う中で、青銅は知った。青狗は母さんがいない。父さんだけ。そして、父さんはかんしゃくもち。青銅は青狗に伝えたかった。自分の父さんはとても温和な父さんだと。でも言わなかった。青狗にわからせるのもむつかしかった。

最後に別れるときになってはじめて、青銅は知った。青狗の母ちゃんは十一年前、一歳《さい》にもならない青狗《チンコウ》を置いて、役者の男と逃《に》げたんだって。原因は、父ちゃんが母ちゃんをめとるとき、三部屋あるかやぶきの家を建てると約束したのに、ずっと実現しなかったから。「母ちゃんはとてもきれいだった」って父ちゃんは言った。母ちゃんが出ていこうとしたとき、父ちゃんは青狗を抱《だ》いて、地べたにひざまずいてたのみ、三年後に必ず家を建てると誓《ちか》った。でも、母ちゃんは笑って、役者についていってしまったんだと。

青狗は、母ちゃんをそんなにうらんではいない。チガヤをいっぱい積んだ大きな船に乗って、大麦地《タァマイティ》へ帰る途中《とちゅう》、青銅《チントン》はずっと青狗を思っててつらかった。

青狗が現れたことで、青銅は感じた。自分には、なんてあったかい家があるんだろう！と。草を集めたり、しばったりするとき、青銅は思わず父さんに目がいく。父さんはなんて心が広くて、あったかいんだろと思う。そう感じてからは、いっそう仕事に精を出した。

やっと三つ目の草の山ができた。

この日、夕焼けが大海原から大空を染めたとき、父さんが草刈《くさか》り鎌《がま》の長い柄《え》を手にして、額の汗《あせ》をグイとぬぐい、空をあおいで大きなため息をついた。それから、息子に言った。

「青銅、おれたちの草はもうじゅうぶんだ！」

青銅は夕焼けに包まれている三つの草の山を見ながら、山たちに向かってひざまずき、おでこを地べたにぶつける、ていねいな〈礼〉をしたいと心から思った。

「明日、あの子に別れを言うてこい。おれたちはうちへ帰るぞ」

父さんは、あの青狗という子にとても感謝しているようだ。

青銅はうなずいた。

海辺での最後の夜。明るい月が空にかかり、風もなく波も静か。秋の気配がいくらか深まり、あちこちで虫が鳴いている。もう虫たちの最後の声なので、どうしてもさびしい感じがする。

青銅親子は、疲《つか》れ果てていて、まもなく、寝入《ねい》った。

夜明け前、父さんが小便しに小屋を出た。目をこすりながら、遠くを見て、びっくり仰天《ぎょうてん》、青くなった。三つの大きな火。山のように高く、燃えている！　夢かと思って、もう一度よくよく見たら、果たして三つの大きな火の山。あわてて小屋にとびこみ、青銅を起こした。

「起きろ起きろ！　大火事だ！」

青銅は、父さんに小屋の外へ引きずりだされた。三つの火の山は、もう激しい炎《ほのお》が天をついて高くのぼっている。

青狗《チンコウ》父子の叫《さけ》びが聞こえるようだった。

あの三つの火の山は、たしかに青狗んちの三つのチガヤの山が燃えているんだ。

実はこの前に、やや小さめの炎《ほのお》のひとつは、もう火が消えていた。そこは青狗父子が寝《ね》ていた掘《ほ》っ立て小屋だ。

火は小屋からついた。青狗の父ちゃんはこの晩、酒を飲んで寝《ね》た。まだ消えていない夕バコの吸《す》いがらが手から地べたの草の上にすべりおちた。幸いにも青狗が火の熱さで目覚め、急いで父ちゃんを起こし、ふたりはやっと火の中から逃《に》げだせた。

あっというまに、小屋は火の中に消えてしまった。すぐに、火は無数のヘビのように、シュッシュッと音を立てながら、三つの草山のほうへはっていった……。

青銅《チントン》と父さんがかけつけたとき、三つの火の山は、もうほとんど消え、夜明けのうすぼんやりとしたなか、青狗父子は海辺へ向かって歩いていた……。

その日の夕方、青銅たちの船は帆《ほ》をあげて、走りはじめた。青銅は舳先《へさき》に立って、岸をながめた。海風の中に立っている青狗が見えた。そのとき、青銅はふいに気づいた。自分はこの世でいちばん幸せな、いちばん運のいい子どもだったんだと。青狗に向かって手をふるとき、とっくに涙《なみだ》で目がかすんでいた。心の中で、何度も何度も青狗の幸せを、青狗の父ちゃんの幸せを祈《いの》った。青銅は青狗に言いたかった。

「きっと、なんでもよくなるよ！」

6

青銅と父さんが船で出ていったあと、ひまわりは毎日、ふたりが帰る日を待ちわびていた。

毎朝、起きていちばんにするのは、チョークで柱にしるしをつけること。出かけるとき、父さんは一か月したらもどってくると言ってた。ひまわりは一日一日数えている。

放課後、すぐには家へ帰らず、橋の上に立って、大川の曲がるあたりをながめる。父さんとお兄ちゃんが船に乗って、ひょいっと夕焼けの中に現れればいいのに！

いつもおばあちゃんがきて、さとす。「帰ろう。まだだよ」

近ごろ幾晩《いくばん》も、ひまわりは夢の中で何度も、「お兄ちゃん！」と叫《さけ》んだ。おばあちゃんと母さんも目を覚ます。おばあちゃんが面白がってきく。

「お兄ちゃんはどこにいるんだい？」

「船の上よ」ひまわりが夢の中で答える。

「船はどこにいるのさ！」とおばあちゃん。

「船は川の上よ」

おばあちゃんがまたたずねると、あいまいにごまかし、まもなく、口をピチャピチャさせると、黙《だま》りこんだ。

「この子ったら、夢の中で受け答えなんかして」母さんが笑う。

この日、ひまわりはいつものように、橋の上にすわって、西のほうの、川が曲がって見えなくなっているあたりをながめていた。

太陽がちょっとずつ川に沈《しず》んでいく。西の空は一面バラ色。エサさがしからもどってきた鳥が、夕焼けの中を飛んでいる。優美な影《かげ》は、ハサミで切りだした切り絵のよう。

ひまわりはふっと、川が曲がっているあたりに草の山が現れたのに気づいた。はじめは、それがどういうことなのか、まだわからなかった。大きな帆《ほ》が見えたとき、ハッと思いついた。父さんとお兄ちゃんが帰ってきた！　思わず心が高ぶり、立ちあがる。胸がドキドキと高鳴った。

大きな船はこちらへ向かって堂々と進んでくる。まもなく、草の山が夕日をさえぎった。

ひまわりは家に向かってかけた。かけながら、大きな声で叫《さけ》んだ。

「船がもどってきたー！　父さんとお兄ちゃんが帰ってきたー！」

おばあちゃんと母さんも聞きつけた。母さんはおばあちゃんに手を貸して、いっしょに川べりへやってきた。

草をのせた船はますます近くなる。

青銅《チントン》が高ーい草山の上にすわっている。川の中を進んでいるのに、自分の今の高さは、岸の上の家と同じぐらいだと感じる。

船がゆっくりと大麦地村《タアマイティ》の前の大川に入ってきたとき、草の山は川岸より高かった。船いっぱいのチガヤは、船いっぱいの金《きん》のようなもの。豪華《ごうか》な光は、岸でながめている人を照らし、その顔も金色にした。

青銅は服をぬぐと、手につかんで、大麦地村に向かってふりまわした。おばあちゃんに、母さんに、ひまわりに向かって……。

（1）ムー　土地の面積の単位。一ムーは約六・六六七アール。

（2）干糧《カンリャン》　携帯《けいたい》に便利な、汁気《しるけ》のない長持ちする食品。炒《い》り米、はったい粉、マントウなど。ミエンピンや大餅《タァピン》もその一種。

# 第六章　氷のネックレス

## 1

ガンが飛んでいってしまったころ、青銅《チントン》一家の大きな家ができあがった。

この大きな家は、大麦地《タァマイティ》のたくさんの目をひきつけた。大麦地に、こんな家を持っているうちはそんなに多くない。みんなは近くから、遠くからこの〈金の家〉をながめ、大麦地でいちばん貧乏《びんぼう》なうちが、上向きはじめたぞと感じた。

父さんは屋根の上に上がって、青銅《チントン》とひまわりがびっくり仰天《ぎょうてん》して、肝《きも》をつぶすようなことをした――マッチをすって、下に立っている人に見せてから、屋根の上にほうったのだ。たちまち、屋根の表面がうすく燃えだし、一気に広がっていった。こちらの半分から、向こうの半分へ。

青銅はあせって、ピョンピョンとびはねる。

「父さん！　父さん！」ひまわりが叫《さけ》ぶ。

父さんは屋根の上で、なんでもないようにふたりに笑いかける。

地べたに立っていた大人たちも、みんなニコニコ笑っている。青銅《チントン》とひまわりは、いぶかしかった。まさか、大人たちは頭がおかしくなったのか？

けれど、屋根の上の火は、まもなく自然に消えた。

青銅はびっくりして、胸をたたき続け、ひまわりは白い歯で手をかんでいた。

「この屋根のチガヤは、二軒分《けんぶん》ほどもあるんさ。チガヤ一本一本がおさえつけられとって、ひとすじのすき間もない。それに、チガヤは麦わらみたいに燃えやすくない。燃えたのは、いらない草や草のくずやけばさ。燃やしたら、かえって見栄えがいいんだ」とおばあちゃん。

青銅とひまわりが屋根に目をやったとき、父さんは大きなほうきで屋根の上をはいていた。さっき燃えた草の灰を、下にはきおとしている。屋根は燃やされてすべすべになり、いっそうキラキラと金色に光っていた。

父さんは屋根の上にすわりこんだ。

青銅は見上げながら、高く高く屋根の上にすわっている父さんがうらやましかった。

「おまえも上がってこいよ」父さんが手招いた。

青銅は大急ぎで、はしごから屋根に上がった。

「お兄ちゃん、あたしも上がりたい」ひまわりが下で手をふる。

「ひぃちゃんも上がらせようか？」青銅が父さんを見る。

父さんがうなずく。

下の大人が、ひまわりを助けてはしごを上がらせる。父さんが上から手をのばして、屋根の上に引きあげる。ひまわりははじめちょっとこわかったが、父さんが腕《うで》で抱《かか》えてくれて、すぐに、ちっともこわくなくなった。

三人が屋根の上にすわっている光景は、多くの人をひきつけ、その場につっ立ったまま三人をながめていた。

「この父子三人ったら！」と母さん。

青銅とひまわりは屋根の上にすわって、遠くまで見ることができた。大麦地村《タァマイティ》全体が見え、村の裏手の風車が見え、大川の向こうの幹校が見えた。それから、果てしないアシ原も……。

ひまわりが下のおばあちゃんにどなった。

「おばあちゃんも、上がっておいでよ！」

「むちゃ言って！」と母さん。

父と子三人は、おばあちゃんや母さんがどんなに呼ぼうと、おりてこようとしない。三人はならんですわったまま、話もせず、冬になる前の村や野っぱらを静かに見ていた……。

## 2

なにもかもがすっかりかたづくと、青銅《チントン》一家は、くたびれ果ててしまった。その日は雨だったから、戸を閉めきって、家族みんなご飯も食べなかった。朝も起きずに、眠《ねむ》り続け、夜までずっと眠った。おばあちゃんは年をとっているから、先に目が覚め、ご飯をたいてから、みんなを起こした。食事のとき、青銅とひまわりは、まだたおれかかって、あくびばかり。

「ここんとこ、子どもたちには仕事を手伝わせてばっかり、ふたりともひとまわりやせちまった。じゅうぶん休んだら、思いきり遊ばせんとな」父さんが母さんに言う。

そのあと、何日も続けて、兄と妹は元気がなかった。

この日、通りがかりの人が大麦地《タァマイティ》村にニュースをもたらした。

「稲香渡《タオシアントゥ》にサーカス団がきて、今晩上演するってよ」

はじめひまわりがこのニュースを聞きつけ、かけもどってきた。兄さんを見つけると、ニュースを知らせた。青銅も興奮して、ひまわりに言う。

「おいらが連れてってやる！」

「いっといでよ」大人たちもみんな賛成した。

おばあちゃんはわざわざヒマワリの種を炒《い》って、青銅とひまわりのポケットにいっぱいつめこんだ。「見ながら、お食べ」

「青銅、ひぃちゃんをよろしくね」とおばあちゃん。

青銅がうなずく。

この日、早々と夕飯をすませ、青銅はひまわりを連れて、たくさんの大麦地の子どもたちといっしょに、三・五キロも向こうの稲香渡へ向かった。道々、笑いさざめきながら。

「サーカスを見にいくぞ！」

「サーカス見にいくよ！」

田畑や野っぱらで、しきりに子どもたちの声が響《ひび》く。

青銅とひまわりが稲香渡にかけつけたとき、空はもう暗かった。サーカスが上演される麦打ち場は、このときとっくに黒山のような人だかり。舞台《ぶたい》は遠く、四つの石油ランプが舞台前方の横木にかけてある。まぶしいくらい明るい。ふたりは麦打ち場のまわりを一周したが、しきりにずれ動く無数のお尻《しり》のほかには、何も見えない。青銅《チントン》はひまわりの手をにぎりしめて、人垣《ひとがき》にわりこんで、少しでも舞台に近づこうとしてみた。思いがけず、ぎっしりとつまっていて、とっくに〈金城鉄壁《きんじょうてっぺき》〉、もぐりこむすき間も残っていなかった。青銅とひまわりはおしだされて汗《あせ》びっしょりになり、はしっこのほうへさがって、フーフーあえぐしかなかった。

四方八方から、人がまだガヤガヤ騒《さわ》ぎながら、バタバタとこっちへかけてくる。真っ暗ななか、妹を呼ぶ兄さんの声、兄さんを呼ぶ妹の声……小さな女の子がたぶん自分を連れてきた兄さんとはぐれたのだろう、近くの田んぼのあぜで泣きわめきながら、「にいちゃーん！」と声をはりあげる。

ひまわりは思わず、兄さんの手をぎゅっとつかんだ。

青銅はそでで、ひまわりのおでこの汗をふいてやる。それから、またその手を引いて、舞台の見える場所をさがした。

麦打ち場のまわりの木の上も、もう子どもたちでいっぱい。夜のとばりのなか、大きな鳥が木全体におりたみたいだった。

青銅とひまわりが歩いていると、一本の枝がふたりの子の重みにたえられず、ボキッと折れた。ふたりの子は地べたに落ち、ひとりはうんうんうなっている。もうひとりは甲高《かんだか》い声で泣きだした。

たくさんの人がふりむいた。でも、だれひとりやってこない——みんなやっとのことで占《し》めた場所を失いたくないのだ。

青銅とひまわりは、周囲を二回まわっても、まだ舞台の見える場所が見つからない。しかたなく遠くへいってみる。上に立てるようなものが見つからないかと——高いところに立ったら、見えるから。暗がりで、ふたりは脱穀《だっこく》に使う石のローラーを見つけた。それは麦打ち場からそう遠くない草むらの中にあった。こんなにいいものが、だれにも見つからず、持っていかれてないなんて。ヤッター！　青銅はひまわりを引っぱって、ぺたんとその上にすわりこんだ。だれかに奪われるのを恐《おそ》れるように。ふたりはそうやってすわり、しばらくあちこち見まわして、この石ローラーが今自分たちの物だとわかると、うれしくてたまらなかった。

ふたりは、石ローラーを麦打ち場のほうへおしていく。

石ローラーは牛が引っぱって、稲《いね》や麦をひくもので、とても重い。ふたりが体じゅうの力でおして、やっと動かせるぐらいだ。ふたりは前かがみになって、ちょっとずつおしていく。ゆっくりとだったが、石ローラーは、なんといっても前へ転がっていくのが仕事。

ふたりが石ローラーをおしているのを見つけた子どもたちは、うらやましくなった。兄妹ふたりはすぐに警戒心《けいかいしん》を見せた。石ローラーを奪われやしないかと。

ふたりはとうとう、石ローラーを麦打ち場までおしてきた。このとき、ふたりは汗《あせ》で目が痛くて、すぐには目の前のものが見えなかった。ふたりはまず石ローラーの上にすわりこんだ。

舞台《ぶたい》の上では、もうそれらしい様子が見えた。たぶん、すぐに始まるんだ。

青銅《チントン》が先に石ローラーの上に立ってから、ひまわりを引きあげた。

「わー！　舞台がよく見える！」

ふたりはしばらく、うれしくてならなかった。ふりむくと、たくさんの子どもがまだ人《ひと》垣《がき》の外でうろうろしているのが見えて、ひまわりはちょっとつらくなった。青銅がひまわりをつつく。舞台を見ろよと。舞台の裏手に、ひとりの男の人が、もうサルを引いて出番を待っていたからだ。

ひまわりは兄さんのすぐそばに立って、目をパッチリ開けて、明るい舞台を見ている。

いきなり、ドラや太鼓《たいこ》が鳴りだした。人だかりはワッと騒《さわ》がしくなったが、すぐさま静かになった。

サルを引いた人が、観客に手をふりながら、軽やかに出てきた。サルはたくさんの人を見て、はじめはちょっとこわがった。でも、いつものやつだと思ったらしく、すぐにわんぱくになり、とんだりはねたり、はつらつと動きまわった。床《ゆか》にとびおりたかと思うと、主人の肩《かた》にとびのったり。ふたつの目は、真ん丸で、大きくて、光っている。そして、しきりにパチパチさせていた。

細身で敏捷《びんしょう》なサルは、主人の指図で、面白おかしい芸をはじめ、観客を大笑いさせた。

木の枝から、また子どもがひとり落ちた――こんどは枝が折れたのではなく、笑いすぎて、自分から落っこちたのだ。

木の上が笑い声につつまれた。サルを笑っているのか、地べたに落っこち、歯を食いしばって、お尻《しり》をもんでいる子どもを笑っているんだか。

このとき、青銅はだれかが何かで自分の足をたたいていると感じ、ふりむいた。自分より頭ひとつは高い、たくましく、がっちりした男の子が、手に棒を持って、こわい目でにらんでいた。その子の後ろには、何人もの血の気の多そうな男の子が立っている。

ひまわりはこわくなって、青銅《チントン》の手をつかんだ。

「おまえ、この石ローラーがだれんちのか知っとるんか?」と男の子。

青銅は首を横にふった。

「だれんちのか知らんのに、なんで上に立っとるんじゃ?」

「これは、おいらと妹があっちの草むらから、やっとのことでおしてきたんだ」青銅が手まねで言う。

子どもたちは、青銅の手まねなんか、まるっきりわからない。さっきの男の子があざけるように口をゆがめた。

「へぇ、やっぱヤーパか!」

男の子はまた棒で青銅の足をたたいた。

「おりろ、おりろ!」

「これは、あたしたちがおしてきたんよ!」ひまわりが言う。

男の子は頭をゆらしながら、じろじろとひまわりを見て言った。

「おまえらがおしてきたって、だめだ!」

後ろの男の子がきく。

「おめえら、どこのやつだ？」

「大麦地《タアマイティ》よ」ひまわりが答える。

「そんじゃ、大麦地へいって、石ローラーをおしてこいや。これは、おれっち稲香渡《タオシアントゥ》のもんだ！」

青銅はもう相手にしないことに決めて、ひまわりの肩《かた》を引き、舞台《ぶたい》のほうを向いた。サルはまだ芸をしている。このとき、サルは麦わら帽子《ぼうし》をかぶり、スキを担いでいて、ちょうど野良仕事に出かけるおじいさんのようだった。舞台の下では、思わず笑い声があがる。青銅とひまわりも笑いだした。いっとき、背後に意地の悪い七、八人の男の子がいるのを忘れた。

舞台を見ていたら、棒が力いっぱい青銅のくるぶしをたたいた。にわかにひどい痛みを感じ、青銅はふりかえって、棒を持っている男の子を見た。

男の子はごろつきみたいに、「なんだ？　やるんか？」

青銅は石ローラーを守って、ひまわりにサーカスをちゃんと見せてやることだけを思った。汗《あせ》びっしょりになるほど痛かったが、歯を食いしばってこらえた。石ローラーからおりて、その子とケンカしようとはしなかった。

「お兄ちゃん、どうしたの？」とひまわり。

青銅《チントン》はかぶりをふると、サーカスをよく見られるように、ひまわりの顔を舞台《ぶたい》に向けさせた。

さっきの子どもたちがすぐ後ろで、みんな「石ローラーをのっとってやるぞ」という顔をしている。

青銅は人垣《ひとがき》の中に、大麦地《タアマイティ》の子どもたちをさがした。大麦地の子どもたちなら助けてくれると思った。けど、大麦地の子どもたちはどこへいってしまったのか、見えたのはカァユイだけ。青銅はカァユイを呼ばなかった。カァユイには助けてもらいたくない。それに、カァユイも助けてくれるとはかぎらない。

青銅はひまわりにサーカスを見させておいて、自分はその子どもたちに向きあった。

また観客の笑い声が上がった。きっと、舞台の芸はとても面白いのだ。この笑い声が、サーカスを見られない男の子たちのもどかしさをさそった。子どもたちはもう一分だって待てない、すぐにも石ローラーを占領《せんりょう》したくなった。

「おまえ、おりてくるんか、こないんか？」

棒をつかんだ男の子が、青銅にどなりながら、棒をふりあげた。

青銅は少しも弱みを見せず、その子をにらみつけた。

その子は棒を青銅につきつけると、背後の子どもたちに言った。

「やつらを引きずりおろせ！」

子どもたちはワッとおし寄せ、青銅とひまわりを石ローラーの上から、いとも簡単に引きずりおろした。そのとき、ひまわりの注意はちょうど舞台に向いていて、ふいに地べたに引きたおされ、ポカンとなったが、すぐにワーッと泣きだした。青銅は手のホコリをはたくと、ひまわりを助けおこした。それからひまわりを連れて、静かなところまでいき、「ここから動くなよ」と言いおいて、さっきの子どもたちに向かっていった。

「お兄ちゃん！」ひまわりが大きな声を上げる。

青銅はふりむかない。青銅がもどってきたとき、さっきの男の子たちは石ローラーの上にひしめき合って、面白そうにサーカスを見ていた。

青銅は両足に力をこめた。それから、自分ちの牛とおんなじように、頭をぐっとさげると、両手を広げて、子どもたちの背中へ勢いよくぶつかっていった……。

子どもたちはみんな、バタバタと地べたに転げ落ちた。

青銅《チントン》は石ローラーの上に立ち、命がけでやるぞという様子。子どもたちはおじけて、まだ起きあがれないでいる棒をつかんだ男の子を見ている。

その子は、すぐには起きあがらなかった。ほかの子たちが手を貸してくれるのを待っている。ほかの子たちはハッとその子の気持ちを察し、すぐに近づいて、引っぱり起こした。その子は、ほかの子たちの行動が少しおそかったのが不満で、起きあがったあと、腕《うで》をひとふり、みんなをおしのけ、子どもたちにバツの悪い思いをさせた。それから、その子は、棒でバチッバチッと自分の手のひらをたたきながら、石ローラーのまわりをひと回りすると、いきなり棒をふりあげ、青銅に打ちかかった。

青銅はさっと体を開き、腕で防いで、棒をやり過ごした。棒がまた打ちかかってきたとき、青銅はひらりととびおり、棒をつかんでいる男の子を地べたにおしたおし、取っ組みあいをはじめた。ふたりはその場で転げまわっている。さっきまで、だれも関心を持たなかった石ローラーが転がるように。

青銅は結局その子の相手ではなかった。まもなく、男の子に組みしかれた。男の子はゼーゼーいいながら、ほかの子に自分が落とした棒を持ってくるよう合図した。棒を手にすると、青銅のおでこをポンポンとたたいた。

「くそヤーパ、おとなしくしてろ！　おれさまの言うこときかんなら、おまえとあのチビをいっしょに大川にほうりこむぞ！」

青銅がむなしくもがく。

ひまわりが、さっきのところに立ったまま泣いている。兄さんが心配でたまらないのだ。泣きながら、大声を上げる。「うちへ帰ろうよー、帰ろうよー……」

しばらく待っても、もどってこないので、兄さんの言いつけにかまわず、石ローラーのところへかけてきた。ちょうど、青銅が男の子たちに腕をつかまれて、麦打ち場の外へ引きずられているところだった。ひまわりはつっこんでいき、「お兄ちゃん」と叫《さけ》びながら、こぶしで男の子たちをたたいた。男の子たちはふりむいて、女の子だと見ると、たたきかえすのも具合が悪く、少しも力のないこぶしをさけながら、青銅を引きずっていく。

男の子たちは、青銅を麦打ち場の外の草むらまで引きずっていったあと、ほっぽらかして、石ローラーのほうへかけ去った。

ひまわりはしゃがんで、青銅を引っぱった。

青銅は鼻血をこすると、ゆらゆらと立ちあがった。

「お兄ちゃん、帰ろう。見るのよそうよ。お兄ちゃん、うちへ帰ろうよ。もう見なくていい……」

ひまわりは、びっこをひいている青銅《チントン》に手を貸して、場外へ歩いていく。

青銅は、石ローラーを取りもどしたかったが、ひまわりが自分といっしょにひどいめにあうのを恐《おそ》れた。つばを飲みこんで、きた道のほうへ歩いていくしかなかった……。

麦打ち場で、どっと笑い声が上がった。

ひまわりが思わずふりかえる。

へんぴな村里にサーカス団がくる、こんな機会はあまりない。それに、田舎の村はさびしすぎる。村の人たちは映画や芝居《しばい》を見るために、よく五キロや、十キロ先へ出かけていく。近くのどこどこの村で映画や芝居があると聞くと、大人たちはまだ気持ちをおさえられるが、子どもたちはお正月よりももっと心を高ぶらせる。ニュースを聞いたそのときから、心の中はそのことだけになってしまう。

また、何歩か歩くと、青銅は足を止め、ひまわりの手を引いて、また麦打ち場のほうへ向かった。

「お兄ちゃん、うちへ帰ろうよ。もう見なくていい……」

ひまわりは、青銅がもどって、さっきの子どもたちから石ローラーを奪おうとするのを心配した。

月明かりの下、青銅は「あいつらとケンカはしない。ぜったいしないよ」と手まねで言い、ひまわりの手を引いて、まっしぐらに麦打ち場へ向かって歩いていく。

麦打ち場につくと、人のあまり混んでいないところを選んで、青銅がしゃがんだ。

ひまわりは立ったまま動かない。

青銅が自分の肩《かた》をたたいて、ひまわりに肩車の合図をする。

ひまわりは相変わらず立ったままで、小さな声で言う。

「お兄ちゃん、うちへ帰ろうよ。もう見なくていい……」

青銅はかたくなに地べたにしゃがんでいる。ひまわりが自分の肩に乗るまでは、ぜったいに立ちあがらない。ちょっと怒《おこ》ったように、しきりに自分の肩をたたいている。

ひまわりがそばにきた。「お兄ちゃん……」と、両手を青銅にあずけ、左足、右足とそれぞれあげて、青銅の肩に乗っかった。

青銅は、やはり力のある男の子だ。両手でそっと前の大人の背中に寄りかかると、ゆっくりと立ちあがった。その人は温和な人で、ふりむいて青銅を見ると、申し訳なさそうな青銅のまなざしに、「かまわないよ」と、青銅が力を入れやすいように、背中をちょっと前へかがめた。

青銅《チントン》がちょっとずつ立ちあがると、ひまわりはちょっとずつ高くなっていく。はじめは前の人の背中が見え、続いてその人の頭の後ろが見え、そのあと、明るい舞台《ぶたい》が見えた。舞台では、ちょうど一頭の子どもっぽいツキノワグマが芸をしていた。ひまわりはこれまで、こんな動物を見たことがない。ちょっとこわくなって、思わず兄さんの頭を両手で抱《だ》きしめた。

青銅の肩《かた》の上で、ひまわりはだれよりもよく見えた。風がそよそよと、たくさんの人の頭の上を吹《ふ》いてきた。ひまわりはとても気持ちがよかった。

ツキノワグマは食いしん坊《ぼう》で、食べ物をやらないと、だだをこねて床《ゆか》から動こうとせず、子どもたちを笑わせる。

ひまわりの心はすぐに、舞台へ飛んでいった。青銅の肩の上にすわって、手でその頭を抱《かか》えている。安定して、すわり心地がよかった。

ツキノワグマが終わったら、子犬。子犬が終わったら、大きな犬。大きな犬が終わったら、小猫《こねこ》。小猫が終わったら、大きな猫。大きな猫が終わったら、犬と猫のじゃれ合い。犬と猫のじゃれ合いが終わったら、女の子が馬に乗って……どれもこれも、ひまわりを引きつける。

犬が火の輪をくぐり、猫が犬の背に乗り、人が馬の背中で頭の上にたくさんの茶わんをのせて……ひまわりはドキドキしたり、笑ったり。興奮すると、手で青銅の頭をたたく。夢中になって、兄さんの肩の上に乗っているのをとっくに忘れていた。

青銅は、ひまわりの足を抱えている。はじめは微動《びどう》だにせず立っていた。けれど、しばらくすると、立っていられないようになり、体がゆらゆらしだした。青銅は歯を食いしばってがんばった。後ろにも人が立ち、青銅はまわりを人に囲まれた。空気が流れず、気分が悪くなってきた。外へ出たいと思ったが、出られず、しきりに汗《あせ》が流れた。目の前が真っ暗になった。真っ暗ななかで、しばし、稲香渡《タオシアントゥ》の麦打ち場にいるのを忘れ、ひまわりが自分の肩の上にすわってサーカスを見ているのを忘れた。自分が小船の上に立っているような気がした。夜が明けるころで、空はまだうすぼんやりしている。川には風がある。風があれば波がある。波がゆれれば、小船もゆれる。小船がゆれている。川の両岸もゆれている。両岸の村や木もゆれている。青銅は一羽の鳥を思いだした。一羽の黒い鳥。それは、牛を放していたときに、だれもいけないアシの茂《しげ》みの中で見つけたもの。青銅が鳥を見、鳥も青銅を見た。鳥は黒い妖精《ようせい》のようで、現れたり、消えたりした。だれにも、この鳥のことを話したことはない。青銅《チントン》は一匹《ぴき》のクモを思いだした。大きな巣をかけたクモ。大きなクモの巣は、青銅たちの家の裏手の、クワの木とセンダンの木の間にかかっていた。あのクモはとてもきれいだった。濃《こ》い紅色で、巣にとまっていると、小さな赤い花のようだった。朝早くには、クモの糸に細かな露《つゆ》がついていて、日が昇《のぼ》ると、露と糸がいっしょに光った。一本一本が輝き、ひと粒《つぶ》ひと粒が輝いた……。

いっとき、頭の中が空っぽになった。体に重さがなくなり、暗がりでゆらゆらしているのに、たおれないでいる。

今夜は、ひまわり最高の夜だった。サーカス団の芸は、実際はお粗末《そまつ》なものだったが、ひまわりにとっては、じゅうぶんうっとりするようなものだった。春に小川のほとりで、川の水鳥をながめるときに、岸の一本の木を抱《だ》きかかえるみたいに、兄さんの頭を抱えて、心から満足していた。

頭がぼんやりしていた青銅は、ふいにおでこに涼《すず》しい風が吹くのを感じた。まわりの人たちが、四方に流れていくのが、ぼんやりと見えた。耳もとでは、にぎやかな人の声。ゴーゴーという響《ひび》きに聞こえる。海の波の音のように。だれかが前を歩いている。大麦地《タアマイティ》の子のようだ。カァユイもいるみたいだ。青銅はわけもわからず、みんなのあとに続くひまわりは、まだサーカスを見る楽しさにひたっていた。ちょっと疲《つか》れたようで、あごを兄さんの髪《かみ》にうずめた。兄さんの髪の匂《にお》いがした――きついきつい汗《あせ》の匂い。

……。

「お兄ちゃんは、ツキノワグマが好き？　それとも、犬――あの黒い犬が好き？」

……。

「あたしは黒い犬が好き。とっても賢《かしこ》いんだもん。人間より賢いよ。字もわかるんだから！」

……。

「お兄ちゃん、犬の火の輪くぐり見て、こわかった？」

……。

「あたし、こわかった。犬がくぐりぬけられないんじゃないかって。火の輪をくぐるとき、毛が燃えてしまわないかって」

青銅はゆらゆらしながら歩いている。

夜のとばりのなかで、田畑や野っぱらは、どこも手提げランプや懐中《かいちゅう》電灯の光。夢の中にいるみたいだ。

「お兄ちゃん、ツキノワグマが好き？　それとも、犬——あの黒い犬が好き？」

ひまわりが、またたずねた。兄さんの答えを聞きたいのだ。熱心にたずねる。けれど、たずねているうちに、はたと止まった。ふいに思いだしたのだ。少し前、兄さんは自分を肩車《かたぐるま》して、サーカスを見せてくれたのだ。少し前じゃない、ずっとずっと前——ひまわりはそう感じた。もう何年も、自分はずっと兄さんの肩の上にすわっている。サーカスを見ることにかまけて、兄さんをすっかり忘れていた。兄さんはずっと自分を肩車して、麦打ち場に立っていた。兄さんには何も見えなかったのだ。

ひまわりは目の前のぼんやりした田畑や野っぱらを見ると、兄さんの首をぎゅっと抱《だ》きしめた。涙《なみだ》がぽたぽたと、兄さんの汗《あせ》びっしょりの髪《かみ》の中に落ちた。

ひまわりは泣きながら言った。

「これからは、もうサーカスを見るのはやめよう……」

3

家を建てるのに借りたお金は、返さなければいけない。それに、はじめに期限を約束していた。青銅《チントン》の父さんは信用を重んじる人。池いっぱいのレンコンは掘《ほ》り終わって、いい値で売れた。半ムーの大根を取り入れて売ったお金は、前もって見こんでいたのと大して違《ちが》わなかった。今まだ一ムーのクワイがある。このところ、父さんはしょっちゅうクワイ田のあたりへいって、のぞいていた。父さんは今は掘りたくない。年越《としこ》しが近づくまでおいといて掘るつもりだ。ここらの人は、年越しに必ず食べるものがある。たとえば、サトイモとか、セリ。それにクワイ。もうじき年の暮れというとき、掘りあげて油麻地鎮《ヨウマァティチェン》へ売りにいけば、きっと高く売れる。その金は、借金の返済以外に、ふたりの子に布地を買って、新しい服を作って新年を迎《むか》えさせるのだ。青銅のうちでは、おばあちゃんと父さん母さんが、日夜、思案をめぐらしながら暮らしていた。

父さんは泥水《どろみず》の中に手を入れて、泥の底にかくれているクワイをさわってみた。クワイたちは、みんな大きく、丸まるしていて、手にあたると、気分がよかった。泥の底からひとつふたつ取りだすのも惜《お》しかった。どのクワイももうしばらく泥の中にいて、大きくなってほしかった。ときがきたら、田んぼの水を流し、ひとつひとつ泥の中から取りだして、かごに入れ、きれいに洗ってやるのだ。

父さんは自分の姿が見えるようだった——上等のクワイを天秤棒《てんびんぼう》でかつぎ、大麦地《タァマイティ》から油麻地へいく。あたりの人たちのほめことばさえ聞こえた。

「かついどるんは、銭金《ぜにかね》だぜ!」

「これこそ本物のクワイだよ!」

青銅《チントン》一家は、この一ムーのクワイを大事に思っている。

この日、クワイ田を見終わって家へもどるとき、父さんは川で泳いでいるアヒルの群れを見かけて、ビクッとした。

なんで、アヒルがクワイ田に入ることを思いつかなかったんだろ? アヒルはクワイが大好きで、うまいことさがしだして食べよる。長くて平たいくちばしを泥水《どろみず》の中につっこみ、尻《しり》をおったてて、けんめいに泥の中にもぐる。もうもぐりこめないほど固い泥まで、まっすぐに。アヒルの群れは、大した時間もかからず、一ムーの田のクワイをすっかりほじくりだしてしまう! こう思いついて、父さんは思わず冷や汗《あせ》をかいた。幸い、うちのクワイ田は、まだ平たいくちばしのチビどもに食われちゃいねえ。

家に帰ると、父さんはまずカカシをいくつか作って、クワイ田に立てた。それから、田んぼのまわりの木に、ぐるりと縄《なわ》をはって、それに何十もの藁束《わらたば》をかけた。風が吹《ふ》くと、藁束がゆらゆらしだした。父さんはそれでもまだ不安で、今日から家族みんな順番にクワイ田を見張ることにした。クワイを泥から掘《ほ》りだすその日まで。

この日は日曜日。午後、ひまわりの番になった。

父さん母さんは村の人たちといっしょに、遠くへ川堀りにいった。おばあちゃんは家で、ご飯をたき、ブタや羊の世話をする。青銅はアシ原へいって、牛を放しながら、アシの花を集める。青銅一家は今年も百足の花ぐつを作らねば。その収入は、とっくに計算に入っていた。

青銅一家は、年寄りから子どもまで、ひとりもぶらぶらしていない。暮らしという鞭《むち》に追われているみたいに。けれど、みんな冷静で、あわても騒《さわ》ぎもしていない。

ひまわりは宿題をクワイ田へ持ってきた。そばには長い竹ざおを置いている。竹ざおには縄がくくりつけてあり、縄には藁束がくくりつけてあった。これはアヒルを追っぱらうもので、青銅が用意してくれた。

もう冬だが、あたたかい午後だった。

ひまわりが見張っているのは、水をたたえた広いクワイ田。クワイ田のまわりも、水をたたえた田んぼだ。お日さまの下、田んぼが空にまばゆい光を照りかえしている。脚《あし》の長い水鳥が数羽、田んぼの中でエサをさがしている。鳥たちの様子はとても優雅《ゆうが》。一匹《ぴき》の小魚をとらえると、長いくちばしではさみ、何度もふりまわしてから、首をのばし、ゆっくりと飲みこんでいく。

風がおこると、田んぼが波立つ。さざ波で、川の波のように大きくはない。田んぼにコケが浮《う》かんでいる。水は冷たいけれど、コケは相変わらず鮮《あざ》やかな緑色。緑色の絹のきれがひらひらと水中に落ち、もう何日もひたっているみたいだ。

田のあぜに、青大根が育っていて、半分が泥《どろ》の外に出ている。一本ひっこぬいて水辺で洗い、パクリとかじりたくなる。

ひまわりは思う。こんなに明るいお日さまの下で、広いクワイ田の番をするなんて、とってもいい気持ち。

クワイ田のそばは、川。

かすかにアヒルの鳴き声がした。ふりむいて見ると、たくさんのアヒルが、河口のあたりからこっちへ泳いできていた。アヒルたちの後ろには、アヒル飼いの小船。小船をこいでいるのは、カァユイだ。

カァユイを見たとたん、ひまわりはちょっと警戒《けいかい》した。

カァユイもひまわりを見つけた。カァユイはまず向こうを向いて、川の中に小便をした。自分のおしっこの色と川の水の色が違《ちが》っているのを、発見する。おしっこが水に落ちるとき、ポチャポチャといい音がするのに気づいた。最後の一滴《てき》が落ちてしばらくしてから、カァユイはズボンのひもを結んだ。あることを考えていたからだ。

小船は前へ流れていく。アヒルの群れは、小船からもうだいぶ離《はな》れていた。

カァユイはふりかえって、クワイ田のあぜにすわっているひまわりをチラッと見て、アヒルの群れに「止まれ」の号令をかけた。アヒルたちはその号令をよく知っていて、もう前へは進まず、岸辺のアシの茂《しげ》みのほうへ泳いでいく。

カァユイは小船を岸辺に寄せ、木につないだ。それから岸に上がると、アヒルを追う長い柄《え》のスコップを抱《かか》えて、クワイ田のそばにすわりこんだ。

カァユイはぶかぶかの黒い綿入れの上着を着て、同じようにぶかぶかの黒い綿入れのズボンをはいている。カァユイがそこにすわるとき、ひまわりはチラッと見て、ふいにサーカス団のツキノワグマを思いだした。笑いたかったけれど、笑えなかった。やっぱり、カァユイがちょっとこわかった。

ひまわりはクワイ田のそばで教科書を見ていたが、どうしても少し不安だった。お兄ちゃんがここにきてくれたらと願った。

カァユイは、ひまわりがちっとも自分を気にかけないのを見て、立ちあがり、スコップで、泥《どろ》をひとすくい、遠くの水の中へほうった。静かな田んぼに、水しぶきがあがる。のんびりとエサをさがしていた脚《あし》の長い水鳥たちが、驚《おどろ》いて空中へ飛びあがる。ぐるりぐるりと旋回《せんかい》していたが、カァユイが立ち去る様子がないのを見ると、遠くの田んぼへ飛び去った。

今、田んぼのほか、ここにはカァユイとひまわりだけ。

冬の田んぼのそばは、カラカラの、ぼうぼうにおい茂《しげ》った枯《か》れ草。

カァユイは、こんな草の上じゃぁ、ちょこっと横にならんとなと思う。そう思いながら、すぐにたおれこんだ。いい気持ちだぁ。やわらけえマットの上に横になっとるみてえだ。

日の光がちょっとまぶしいな。カァユイは目を閉じた。

川の中のアヒルは主人が見あたらず、ガーガーガーと鳴きだした。

カァユイは相手にしない。

アヒルたちは思う。主人はどこへいったんだ？　アヒルたちはちょっと弱気になって、鳴きながら、羽をばたつかせて、岸へ上がってくる。岸はいくらか切り立っているから、アヒルたちは絶え間なく川におっこちる。そんなことにはもうなれっこになっているみたいで、羽の水をふるい落とすと、羽をばたつかせて、また上へよじ登る。先のアヒルに続

いて、くじけることなく。とうとう、みんな次々と岸に上がった。アヒルたちは眠《ねむ》ってい
るような主人を見つけて、安心し、主人のまわりの草むらでエサをさがしはじめた。

ひまわりはアヒルの群れが岸に上がったのを見て、教科書を置き、竹ざおを手に立ちあがった。

アヒルたちは何かの匂《にお》いをかぎつけたように、次々とエサさがしをやめた。頭を上げ、おしあいへしあいクワイ田のそばに立った。わめきもしない。そこで何かをかぎわけているようだ。

一羽のオスのアヒルが頭をさげた。クワイ田の中に逆さに映っている自分の影《かげ》が見えた。

ひまわりは気を張りつめて、竹ざおをつかんでいる。どこも見ようとはしない。ただ、このアヒルの大群だけを見つめている。

オスのアヒルがいちばんに、クワイ田にとびこんだ。すぐに、ほかのアヒルたちも次々に水の中にとびこんでいく。

ひまわりは竹ざおを手に走っていって、「シッシッ！」と追いはらう。

もともと、多くのアヒルはまだためらっていたが、ひまわりが竹ざおをふりまわしたために、かえって心が決まった。次々と羽をばたつかせ、みんながクワイ田にとびこんだ。

ちょっとのまに、クワイ田はアヒルだらけ。アヒルがクワイ田全体をおおってしまったようだった。

ひまわりはひっきりなしに竹ざおをふりまわし、「シッシッ！」と言い続ける。

アヒルたちは、はじめは少しこわがっていた。けれど、何羽か〈口のはやい〉のが、泥《どろ》の中からやわらかそうな白いクワイを掘《ほ》りだし、首をのばして飲みこんだのを見ると、もうこわさなんかかまっていられなかった。ひまわりの竹ざおを避《さ》けながら、機会をうかがって、長く平たいくちばしを泥の中につっこんで掘る。

このアヒルの群れは、みんな食いしん坊《ぼう》で、図々しいやつらだ。

ひまわりは田のあぜを行ったり来たりかけまわり、「シッシッ！」と言い続けた。けれど、もう味をしめたアヒルは、竹ざおでぶたれようと、動こうとはしない。それともうひとつ、大事なことも――アヒルたちは、主人がゆうゆうとクワイ田のそばに横になったまま、根っからかかりあおうとしないのを見て、自分たちへの黙認《もくにん》と思ったのだ。

冬の太陽の下は、どこもここもおだやか。カァユイんちのアヒルは、青銅《チントン》んちのクワイ田を根こそぎ奪い去った。

カァユイは知らんぷりで、やわらかい草の上に横になり、日の光のあたたかさを受けながら、かすかに目を開けて、ひまわりがかけまわる気が気でない様子を見ていた。カァユイが見たいのは、ひまわりのあせり。パニックでさえも。それは、カァユイを愉快《ゆかい》にさせる。ひまわりが青銅一家について、エンジュの木の下から去っていったのも、午後だった。あのときの情景が、また日の光のなかに現れた。耳もとでひまわりの「シッシッ！」という声が響《ひび》く。カァユイはぎゅっと両目を閉じたが、日の光は相変わらずまぶたをすかして、目を照らす。空は赤かった。

ひまわりがこっちの群れを追っぱらうと、あっちの群れがまたほかのところでくちばしを泥《どろ》にさしこむ。水面には、無数のおったてたアヒルの尻《しり》があり、クワイを飲みこむためにのばしたアヒルの首も無数にある。さっきはまだ田んぼじゅう澄《す》んだ水だったのに、まもなく、濁《にご》った水になった。小魚たちがむせて、頭を田のあぜにぶっつけた。

「恥《はじ》知らず！」

ひまわりは追いかけまわる元気がなくなり、アヒルたちをののしりだした。目にはとっくに涙《なみだ》が。

たくさんのアヒルのくちばしは、たくさんの小型の鋤《すき》のように、クワイ田をいじくりまわした。

アヒルたちはカァユイがいるので、何はばかることなく、泥水《どろみず》の下のクワイをさがしている。みんな顔は泥だらけ。黒豆ほどの目だけを出している。まったく、根っから恥《はじ》知らずな様子だ。

ひまわりは、まるっきりお手あげだった。アヒルたちが自分ちのクワイを食べつくすのを、みすみす見ているしかない。そのクワイは、父さんにとって、ひとつひとつが金《きん》の粒《つぶ》みたいに貴重なのだ。かけもどって家の人を呼ぼうかとも思った。でも、ここは家から遠い。呼んできたときには、クワイはもう食べつくされてしまう。あたりを見まわしたが、鳥が数羽、田畑の上を飛んでいるほかには、なんにも見えなかった。

ひまわりは、カァユイにどなった。

「あんたんちのアヒルが、うちのクワイを食べてる！　あんたんちのアヒル、うちのクワイを食べてるよ！……」

カァユイは死んだ犬みたいに、ピクリともしない。

ひまわりはくつもくつ下もぬいで、ズボンのすそをまくりあげると、冬の田んぼの水の冷たさもかまわず、クワイ田の中におりた。

こんどは、アヒルたちもたしかにビックリしたようで、羽をばたつかせ、ガーガー鳴きながら、そばの田んぼに逃《に》げだした。そこは何も植えてない田んぼ。アヒルたちは何度か泥の中にもぐって、何もおいしいものがないのがわかると、次々に水面に浮《う》きあがって、ひまわりに目をやった。風がある。アヒルたちは動かず、風のままに、一方へ吹《ふ》き寄せられた。

ひまわりは手に竹ざおを持ったまま、クワイ田の中に立っている。自分の足がたくさんの針にさされているような気がした。このクワイ田は、夜ならうすい氷が張るはず。まもなく、体じゅうがふるえだし、歯がカチカチいいはじめた。でも、ひまわりはがんばった。お兄ちゃんがくるまでがんばるんだ。

アヒルたちは風の吹くまま、遠くへ向かう。くたびれたのか、腹いっぱいになったのか、みんな満足そうにしている。頭を羽にさしこんで眠《ねむ》っているアヒルも少なくない。

ひまわりはそんな様子を見て、アヒルたちはもうクワイ田を襲《おそ》わないと思い、急いで田のあぜにはいあがった。水で足の泥を洗うとき、腿《もも》も足先も真っ赤に凍えていた。体をちぢめ、ピョンピョンとびはねながら、しきりに青銅がアシの花を集める方角を見ていた。

ひまわりがもう引きあげたと思ったとき、アヒルたちは風に向かって泳いできて、たちまち潮のようにまたクワイ田に入ってきた。

ひまわりはまたクワイ田におりた。けれど、こんどは、アヒルたちはひまわりをこわがらなかった。竹ざおが打ちかかると、アヒルたちは逃《に》げる。アヒルたちはすぐに気づいた。ひまわりは泥《どろ》の中に立ってはいるが、足を泥から上げにくいから、あわてて逃げることはないんだと。アヒルたちは軽々と追撃《ついげき》をかわし、ひまわりのまわりを渦巻《うずま》きのようにぐるぐる回っている。

ひまわりは泥の中に立ったまま、声をあげて泣きだした。

アヒルたちはクワイを食べている。水面は、おいしそうに舌を鳴らす音ばかり。

ひまわりはあぜにあがり、カァユイに突進《とっしん》した。

「あんたんちのアヒルが、うちのクワイを食べてる！」

水が動き、草が動き、木の葉が動く。カァユイは動かない。

ひまわりは竹ざおで、カァユイをつついた。

「あんた、聞こえてる？」

なんの反応もない。

ひまわりは近づいて、手でカァユイを強くおした。

「あんたんちのアヒルが、うちのクワイを食べてるんよ！」

カァユイは相変わらず身動きしない。

ひまわりはカァユイの腕《うで》をつかんで、地べたから引っぱり起こそうとした。けれど、カァユイはブタのように重い。しかたなく、腕を放した――その腕はカァユイの腕ではないみたいに、ひまわりが手を放すと、バタンと地べたに落ちた。ひまわりはびっくり仰天《ぎょうてん》、思わず一歩あとずさった。

カァユイは動かない。両の目はしっかり閉じ、ぼさぼさの髪《かみ》はそこらの草といっしょに、風のままにゆれている。

ひまわりは離《はな》れてしゃがみ、手をのばしてカァユイの頭をおしてみた。頭はスイカのように、コロンとあっちを向くと、もう動かなかった。

ひまわりはそっとひと声、「カァユイ！」と呼び、また大きな声で「カァユイ！」と叫《さけ》ぶと、すぐに立ちあがり、村へ向かってかけだした。走りながら叫ぶ。

「カァユイが死んだ！　カァユイが死んじゃった！」

村までもうすぐというところで、青銅《チントン》に出くわした。

ひまわりはどもりながら、自分が見たことをみんな、青銅に話した。

青銅はいぶかりながら、ひまわりを引っぱってクワイ田へ走った。まもなくクワイ田というとき、カァユイのおかしな調子の歌声が聞こえた。ふたりが声のするほうを見ると、カァユイが小船をこいで、アヒルの群れを追いながら、川を進んでいた。アヒルたちは静かで、なんにも考えていない様子。風が少しあると、川には波が立つ。きれいな水が、たえずアヒルたちの体に寄せ、するりと、またお尻《しり》から川の中へ流れこむ。

そのとき、太陽はもう西にかたむいていた。

4

青銅《チントン》はいちずに言い張った。午後、自分が交替《こうたい》して、ひまわりを勉強にいかせた。クワイ田は自分が見張ってた。けど、野ウサギを追って田んぼを離《はな》れたそのすきに、カァユイんちのアヒルが田んぼに入りこんだと。

父さんはひどいめにあったクワイ田のそばにうずくまって、両手で頭を抱《かか》え、長いこと、おしだまっていた。そのあと、田んぼにおり、足で泥《どろ》の中をさぐった。これまでは、足をおろすと、いくつものクワイを踏《ふ》みつけた。なのに、今は長いことさがしても、ひとつにもあたらなかった。泥んこをひとつかみすると、腹立たしげに遠くへ投げつけた。

青銅とひまわりはうなだれて、身じろぎもせず、田んぼのそばに立っている。

父さんは泥をつかむと、ふりかえって青銅を見ていたが、いきなり、つかんでいた泥を青銅に投げつけた。

青銅はよけなかった。

ひまわりは緊張《きんちょう》して、父さんを見ている。

父さんはまた泥をつかむと、ぶつぶつと悪態をつきながら、また青銅に投げつけた。父さんは自分をおさえられないようで、立て続けにみさかいなく青銅に泥をぶつける。泥のかたまりが青銅の顔にあたった。青銅はぬぐわなかった。父さんの泥がまた飛んできたとき、青銅は手でさえぎろうともしなかった。

ひまわりが泣き叫《さけ》ぶ。「父さん！　父さん！　……」

おばあちゃんがちょうどこっちへ向かっていて、ひまわりの泣き声を聞きつけた。つえをついて、よろよろしながら走ってくる。体じゅう泥だらけの青銅を見ると、つえをほうりだし、青銅の前に立ちはだかり、田んぼの中の父さんに言った。

「わたしにぶつけなされ！　わたしにぶつけるんだよ！　さあ！　なんでぶつけないんだい！」

父さんはうなだれて、田んぼの中に立ったまま。手がゆるみ、泥がボトンと水の中に落ちた。

おばあちゃんは片手で青銅《チントン》を、片手でひまわりを引っぱった。「帰るよ！」

夜、父さんは青銅にご飯を食べさせず、家にも入れず、外の冷たい風の中に立たせた。

ひまわりはご飯を食べず、青銅といっしょに外に立った。

父さんがどなる。

「ひまわり、もどってめしを食え！」

ひまわりは青銅に身を寄せ、きっぱりと立っている。

父さんは怒《おこ》って、外へとびだしてきて、力のある大きな手でひまわりの腕《うで》をつかみ、家の中へ引っぱった。

ひまわりは必死にもがき、父さんの手からぬけだした。父さんがまたむりやり引っぱっていこうとしたとき、ひまわりは、いきなり地べたにひざまずいた。

「父さん！　父さん！　クワイ田はあたしが番してたの。あたしが見張ってたの。お兄ちゃんは、午後ずっとアシの花を集めてた……」

ひまわりは涙《なみだ》が止まらなかった。

母さんがかけだしてきて、ひまわりを立たせようとした。けれど、ひまわりは地べたにひざまずいたまま、どうしても立とうとはしない。目の前の藁《わら》におを指さした。

「お兄ちゃんは、大きな袋《ふくろ》いっぱいのアシの花を集めてきて、藁におの後ろにかくしてるの……」

母さんは藁におの後ろへいって、大きな袋いっぱいのアシの花を見つけ、抱えてくると、父さんの前にほうりだした。すぐに、母さんも泣きだした。

地べたにひざまずいているひまわりは、うなだれたまま、しきりにすすり泣いている……。

5

父さんはカァユイの家に弁償《べんしょう》してもらおうと思ったこともあったが、あきらめた。カァユイの父親は、大麦地《タァマイティ》で有名な〈金《かね》が命〉の人で、わからずやでもある。そんなやつとかかわるのは、わざわざ自分から腹を立てにいくようなものだ。

けれど、青銅は、この〈貸し〉を忘れなかった。

青銅はしょっちゅう横目で、カァユイとあのアヒルたちを見ていた。

カァユイは青銅のまなざしから何かを感じるらしく、急いで自分のアヒルを追っていく。

カァユイは、どうしても青銅《チントン》がちょっとこわかった。村じゅうの子どもはみんな、ちょっとこわがっている。みんなは知らなかった。もし、このヤーパを怒《おこ》らせたら、いったいどんなことをしでかすのか。青銅はどうしたってみんなに不思議だと感じさせるのだ。しとしとと長雨が続いたころ、青銅が荒《あ》れ野の土まんじゅうのてっぺんにひとりすわっているのを見たあと、みんなは青銅を見かけると、さっとかたわらによけたり、急いでよそへいったりした。

青銅は四六時中、カァユイを見ている。

この日、カァユイはアヒルの群れを川原にほったらかしたまま、どこへいったのやら。青銅は早くから、牛といっしょに、近くのアシの茂《しげ》みにかくれていた。牛は主人が何をするのか知っているようで、とても利口に、アシの茂みに立ったまま、鳴き声ひとつ立てない。青銅はカァユイの姿が消えたのを見ると、ひらりと、牛の背にまたがり、バシッと尻《しり》をたたいた。牛はとびだし、踏《ふ》みつけたアシがボキボキ鳴った。

カァユイにエサをもらったばかりのアヒルの群れは、ちょうど川原で休んでいた。牛にまたがった青銅は、アヒルの群れにつっこんだ。アヒルたちの半分は目を閉じて休んでいた。ドッドッドという足音に目が覚めたときには、牛はもう目の前にきていた。アヒルたちは驚《おどろ》いて、ガーガーとわめきたて、そこらじゅうを逃《に》げまどった。何羽かのアヒルは、もう少しで牛のひづめに踏まれるところだった。

牛が去ったあと、アヒルの群れはとっくに散り散りバラバラ。

青銅はちょっとのまもそこに留まらず、牛にまたがって遠くへいった。

驚きの静まらないアヒルたちは、まだ水の上や草むらや川原で、ガーガー鳴いている。

カァユイは夕方までさがして、やっと自分ちのアヒルを全部集めた。

次の日の朝早く、カァユイの父ちゃんはいつものように、ヤナギかごをもって、アヒル小屋に卵を拾いにいった。毎日のこのときが、カァユイの父ちゃんのいちばん幸せなとき。そこらじゅうの白や青緑色の卵を見ると、「おれはいい暮らしをしとる、立派なもんだ」と思う。ていねいに卵たちを拾い、それをまたそっとカゴに入れる。もうすぐ年越《としこ》しだ。アヒルの卵はますます値打ちがでる。だが、この朝のことは、とても不思議だった。アヒル小屋の中には、あっちにひとつ、こっちにひとつ、みんなで十数個。カァユイの父ちゃんは首をかしげた。答えが見つからない。アヒルたちが相談して、いっしょにケツの穴を閉じて、卵を産まんかったわけじゃあんめえ？　カァユイの父ちゃんは空を見あげたが、空はいつもの空、なんでもがあたりまえだ。カゴをさげて、アヒル小屋を出る。いくら考えてもわからない。

カァユイの父ちゃんは思いもしなかった。アヒルたちがおびえて、もともと小屋の中で産む卵を、小屋に入る前に思わず川の中に産み落としてしまったなんて。

青銅《チントン》に目をつけられると、いつまでもつけねらわれるのだ。

それからの日々、青銅は機会を見つけては、牛にまたがって、暴風《ぼうふう》のようにアヒルの群れにつっこんだ。アヒルたちの卵を産む習慣はすっかり乱れてしまった。アヒルたちのなかには、真っ昼間、川原の草むらで産み落とすのがいた。それは、草むらで卵を拾えた大《タァ》麦地《マイティ》の子どもたちを喜ばせた。

この日、青銅はもうカァユイんちのアヒルの群れに不意打ちを食らわせるのはやめようと決めた。いっぺん、公明正大にやってやろう。大麦地のみんなに見せてやる。青銅一家をバカにしたら許さないと。家からふとん皮の古いのをさがしだし、竹ざおにくくりつけた。そのふとん皮は赤地に大きな花もよう。空中にかざし、ひとふりすると、旗印のようだった。青銅は、大麦地小学校の生徒たちが放課後帰宅する時間を選び、牛にまたがって、腰《こし》をしゃんとのばし、古いふとん皮を高々とかかげて、出発した。

カァユイんちのアヒルは、ちょうど刈《か》り入れの終わった田んぼでエサをさがしていた。

青銅が牛にまたがって、田んぼのあぜに現れた。

カァユイは、青銅が何をするのかわからず、警戒《けいかい》しながらアヒルを追う長柄《ながえ》のスコップをつかんだ。

このときちょうど、たくさんの小学生たちが、こっちへ歩いてきた。

青銅はふいに牛を動かし、アヒルの群れに突進《とっしん》した。古いふとん皮の旗がサッと広がり、風の中で音を立ててはためいた。

アヒルの群れは大騒《おおさわ》ぎ、四方八方へ逃《に》げだした。

青銅は牛にまたがって、舞台《ぶたい》の上にでもいるように、広々とした田んぼの中をかけまわった。

大麦地の子どもたちが、ずらりと田んぼのあぜに立ちならび、心高ぶらせて見ている。

カァユイは、地べたにへたりこんでいた。

ひまわりが大きな声で呼ぶ。

「お兄ちゃん！　お兄ちゃーん！」

青銅が手綱《たづな》を引くと、牛はひまわりに向かって走る。青銅はとびおり、ひまわりを牛の背に乗せた。それから、牛を引いて、ゆうゆうと大手をふって家に帰っていく。

ひまわりは誇《ほこ》らしそうに、牛の背に乗っている。

カァユイが地べたに寝《ね》ころんで、泣きだした。

夜、カァユイの父ちゃんは、家の前の大きな木にしばられ、さんざんなぐられた。カァユイの父ちゃんは、もともとカァユイを引っぱって、青銅《チントン》の家へかたをつけにいこうとしていた。途中《とちゅう》で会った人から、カァユイが数日前アヒルに青銅ちの田んぼのクワイを食べさせたことを知ると、みんなの前でカァユイの尻《しり》をけり、すぐさまカァユイを引っぱって、家へ帰った。家に着くやいなや木にしばりつけたのだ。

空には月がかかっている。

カァユイは泣きながら月を見ていた。子どもたちがやってきて、取りかこんで見ている。カァユイはその子たちに向かって、むなしくけりつける。

「あっちへいけ！　いっちまえ！……」

6

もうすぐ正月。

にぎやかな雰囲気《ふんいき》が、日一日と濃《こ》くなっていくようだ。大麦地《タァマイティ》の子どもたちは、あと一日あと一日と、日を数えている。大人たちが心はずませて新年の用意をしているとき、子どもたちもしょっちゅう言いつけられる。

「今日は遊びにいっちゃダメよ。家のチリはらいを手伝って」

「サンおばさんのとこへいって見てきて。ひきうすをまだだれか使ってるかどうか。粉をひいて、餅《もち》を作るよ」

「今日、養魚池で魚がでるよ。父ちゃんにビクを持たせて」

……。

子どもたちは、喜んで大人たちに指図されているふうだ。

もうどこかの家でブタを屠《ほふ》ったようだ。ブタの悲鳴が大麦地じゅうに響《ひび》きわたった。どこんちの子どもだか、気持ちをおさえられず、大晦日《おおみそか》や正月に鳴らすバクチクを盗《ぬす》みだしてきて火をつけ、ひとしきりパンパンと音が響いた。

村の前の道は、人が行ったり来たり。みんな、油麻地鎮《ヨウマァティチェン》に正月用品を買いにいく人か、正月用品を買って油麻地鎮からもどってきた人。野良では、いつもだれかが話をしている。

「魚は一斤《いっきん》いくら？」

「いつもの倍もするよ」

「食べられないね」

「正月だもん、しかたないさ。食べられんでも食べんと」

「鎮《チェン》は人が多かった？」

「多いさ。足の踏《ふ》み場もないよ。どっからあんなにたくさんの人がわいてきたんだか」

青銅《チントン》一家は、貧しく質素だが、にぎやかに正月の用意をしている。

家は新しい。掃除《そうじ》はしなくていい。それ以外のものみんなを、母さんはきれいな水で洗いたかった。一日じゅう、家のそばの船着きと家の間を行ったり来たりしている。かけぶとんを、洗う。衣服を、洗う。枕《まくら》を、洗う。食卓を、洗う。腰《こし》かけを、洗う……洗えるものは、みんな洗う。家の前に張った長い縄《なわ》には、いつも何かが水をしたたらせて、干してあった。

通りがかりの人が言う。

「あんたんちのかまども、水ん中に運んでって洗いなよ」

青銅のうちのきれい好きは、いちばんに、きれい好きのおばあちゃんがいるからだ。母さんは、このうちに入る前、おばあちゃんが父さんより先にほれこんだ人。理由は簡単、「この娘はきれい好き」。

おばあちゃんは一年、春夏秋冬、どの日も、澄《す》んだ水から離《はな》れられない。大麦地《タァマイティ》の人はいつも、おばあちゃんが家の船着きで、水面の浮《う》き草を手でそっと寄せて、澄んだ水で両手や顔を洗うのを見かけた。着るものや、かけぶとんは、どんなに破れていても、清潔だった。青銅一家は、年寄りも子どもも、体から発散するのは清潔な匂《にお》いだ。おばあちゃんはずいぶん年をとっているけれど、どんなときでも、老人臭《ろうじんしゅう》はしなかった。大麦地の人は言う。

「このお年寄りは、死ぬまできれい好きだね」

このうちでは、今年の正月、年寄りだろうと、子どもだろうと、新しい服は買えない。家族みんな、今綿入れ上着の中身だけを着ている。その上にかぶせる布地は、みんなはずして洗った。お正月に、みんな新しい服はない。きれいに洗った服だけ。青銅とひまわりは、ちょっと違《ちが》う。青銅の古い服は、何日も前にぬいで洗ってから、鎮《チェン》の染屋にだし、染め直してもらった。そして、ひまわりはお正月に、きれいな服を着られる。それは、母さんの花嫁《はなよめ》衣装を作り直したもの。その衣装は、何回も着ていない。その日、母さんはどうしても、ひまわりに生地を買って新しい服を作ってやるお金をひねりだせないとみて、ため息をついた。ふと、ずっと箱の底にしまっていたこの衣装を思いだした。取りだして、おばあちゃんに言った。

「お正月ですもの、この衣装を作り直して、ひまわりに着せようと思うんですが」

「やっぱり、自分で着るのにとっておおきよ」とおばあちゃん。

「わたし太っちゃって、小さいんですよ。それに、年もとったし、こんな派手な服は着られませんよ」と母さん。

おばあちゃんは、衣装を持ち去った。

おばあちゃんの縫《ぬ》い物の腕《うで》は、大麦地《タァマイティ》で一番。これまで、どれだけの服を裁断してやったか、どれだけの服を仕立ててやったたか、覚えてもいないほど。

二日がかりで、ひまわりのために心をこめて、きれいな服に作りかえた。その服の大きな組ボタンは、大麦地ではだれも作れない。ひまわりが着てみると、家族みんながすてきだと言った。ひまわりは、すぐにはぬごうとしなかった。

「お正月にまた着ようよ」と母さん。

「半日だけ着る」とひまわり。

「半日、着させておあげよ。汚《よご》しちゃダメだよ」とおばあちゃん。

その日、ひまわりは劇のリハーサルに学校へいくとき、この服を着ていった。

先生も同級生もひまわりがやってくるのを見て、そのきれいな服にあっけにとられた。ひまわりは大麦地小学校の〈文芸チーム〉の重要人物。出し物に出演するほか、進行係もつとめる。先生は、ひまわりが新しい服を持たないのを、ずっと心配していたが、もう手は打ってあった。正月公演のときには、ほかの女の子から新しい服を借りて、一時的にひまわりに着せることに。けれど今、こんなにきれいな服を見て、先生は大喜び。

ずいぶん長い間、先生とクラスの子たちはひまわりを取りかこんで、そのきれいな服を見ていた。ひまわりは、ちょっときまりが悪かった。

それは、えりが高く、ウエストをつまんだワンピース。

〈文芸チーム〉の責任者の劉《リョウ》先生が言う。

「首に銀のネックレスをしたら、もっとすてきだわね」

そう言ったら、劉先生の目の前に、銀のネックレスをつけたひまわりが立った。

ほかの先生や子どもたちの目の前にも、銀のネックレスをつけたひまわりが立った。

そんな女の子、ホントうっとりするな。

劉先生はすぐには現実にもどれず、ぼんやりと銀のネックレスをつけた女の子のことを思っていた。その子の名は、ひまわり。

みんなが、劉《リョウ》先生を見つめている。

劉先生はやっと、自分の心が遠くへ飛んでいたことに気づいて、強く手をたたいた。

「さあさあ、それぞれの位置について、リハーサルよ！」

リハーサルのあと、劉先生はやはり銀のネックレスをつけたひまわりを思わずにいられなかった。

リハーサルがすんで、ひまわりは上機嫌《じょうきげん》で家に帰ってきた。

「みんな、ひぃちゃんの服きれいだって言った？」と母さん。

「みんな、きれいだって」

昼ご飯のとき、ひまわりは得意そうに言った。

「劉先生がね、もし銀のネックレスをつけたら、あたし、もっときれいだって」

母さんが箸《はし》で、ひまわりの頭をポンとたたいた。

「きれいすぎだよ！」

ひまわりはクックッと笑う。

みんなはご飯を食べている。食べているうちに、みんなの目の前にも銀のネックレスをつけたひまわりが立った――きれいな服を着て、銀のネックレスをつけた女の子は、ほんとうにステキ！

きれいな服を着たひまわりに、どうしてみんな銀のネックレスをするべきだと思ったのか、だれも理由をはっきりとは言えなかった。

いつもの年と同じように、元日の午後、大麦地《タァマイティ》村の人たちは年始まわりのあと、村の広場へやってきて、村の〈文芸チーム〉と小学校の〈文芸チーム〉の出し物を見る。

あの日、ひまわりがきれいな服を着ているのを見てから、劉先生はずっと考えている。元日の公演のとき、進行係のひまわりの首に、銀のネックレスをさせたいと。ここらの人は銀のネックレスが好きだ。大麦地では、何人もの女の子が銀のネックレスを持っている。〈文芸チーム〉の玲子《リンズ》がひとつ持っている。元日の午前のリハーサルのとき、劉先生はリンズに言った。

「夜の公演のとき、あなたの銀のネックレスをひまわりに貸してあげられない？」

玲子はうなずいて、首にかけていた銀のネックレスをはずして、劉先生の手にのせた。先生はひまわりを呼んで、銀のネックレスをその首にかけた。先生が想像していたよりも、もっとステキだった。先生は数歩さがって、ながめてみて、にっこりした。今日の公演は、この銀のネックレスで際立って見えると思った。

なのにリハーサルが終わると、玲子《リンズ》は気が変わって、劉《リョウ》先生に言った。

「母さんが知ったら、怒《おこ》られる。母さん、あたしのネックレスは、ほかの人につけさせちゃダメって言ってたもん」

ひまわりは急いで首のネックレスをはずし、玲子に返した。ひまわりはきまりが悪くて、顔が熱くなった。

家に帰ってから、ひまわりはずっと、さっきのネックレスのことを思っていた。とても恥《は》ずかしかった。

「お正月だっていうのに、どうしたんだい？」と母さん。

「母さん、なんでもないよ！」ひまわりは笑った。

母さんはいぶかしかった。ちょうどこのとき、ひまわりといっしょに〈文芸チーム〉にいる蘭子《ランズ》がやってきた。

「蘭子、うちのひぃちゃん学校から帰ってきてから、あんまりしゃべらんのよ。どうしたんかね」

蘭子はネックレスのことを、こそっとひまわりの母さんに教えた。

母さんはため息をつくしかなかった。

蘭子の話は一字一句、そばにいた青銅《チントン》の心に聞こえていた。青銅は戸口にすわって、考えこんでいるふうだ。青銅が見るところ、大麦地《タアマイティ》でいちばんかわいい女の子は、妹のひまわりだ。妹も、大麦地でいちばん楽しく、幸せな女の子のはず。ふだん、青銅がいちばん好きなことは、おばあちゃんか母さんがひまわりにおめかしさせるのを、かたわらに立ってぼうっと見ていること。おばあちゃんがひまわりの髪《かみ》をおさげにして、リボンを結んでやるのを見たり、母さんが畑からつんできた花をひとつ、ひまわりのおさげにさすのを見たり、おばあちゃんが正月やお祭りのときに、指に紅をつけて、ひまわりの眉《まゆ》の間に赤い印をつけるのを見たり、母さんがミョウバンを混ぜたホウセンカの花で、ひまわりの爪《つめ》を染めてやるのを見たり……。

もしだれかが、ひまわりは立派に育っているとほめるのを聞くと、青銅は一日中うれしくてたまらない。

大麦地の年寄りたちは言う。

「ヤーパ兄ちゃんじゃねえと、兄ちゃんでねえよな！」

ひまわりの首にネックレスがないのを、青銅ももちろんどうしようもない。青銅一家にも、どうしようもない。青銅のうちには、空があり、田畑があり、澄《す》んだ川の水があり、けがれのない心と体があるだけ。

空でハト笛《ぶえ》が鳴った。あおむいて空を見たときには、ハトは見えず、軒《のき》に並んだツララの列が目に入った。そのあと長い間、青銅《チントン》はこの一本一本長短不ぞろいのツララを、じっと見つめていた。どうして、このツララが魅力的《みりょくてき》で、自分をひきつけるのかわからない。じいーっと見つめていた。ツララは春の筍《たけのこ》のように、軒先に逆さにぶらさがっている。見ているうちに、青銅の心臓がドキンドキンととびはねだした。胸の中にカエルがいるみたいに。

青銅は机をひとつかついできて、上に上がり、ツララを十数本はずし、大きな皿にのせた。それから、皿を家の前の藁《わら》におの下へ運んだ。青銅は水辺へいって、アシを刈《か》り、ハサミで、ほそーいアシの茎《くき》を何本か切りとった。そして、母さんに丈夫《じょうぶ》な赤い糸をもらった。家の人は青銅が忙《いそが》しそうにしているのを見て、ちょっと不思議だったが、たずねもしない。青銅のおかしな考えには、とっくに慣れっこになっていた。

青銅は細い棒でツララをくだく。日の光の下で、大きな皿の中がキラキラと輝く。皿いっぱいのダイヤモンドがきらめいているようだ。

そのなかから、大きくも小さくもない、ちょうどいい大きさのツララを選んだ。それから、長さ十センチぐらいのほそーいアシの茎の、一方を口にくわえ、一方をツララのかけらにあて、口の中の熱気を、吹《ふ》きつけ続ける。その熱気は、しなやかなキリのように、ゆっくりと小さな小さな、丸い穴をあけた。ひとつのツララに穴をあけるのに、およそ六、七分かかる。

穴をあけたツララを、もうひとつの小さな皿にのせる。ツララが皿に落ちるとき、チリリンと音がする。

ひまわりと蘭子《ランズ》がやってきた。

「お兄ちゃん、何してるの？」とひまわり。

青銅は顔を上げて、意味ありげにニッとした。

ひまわりは多くをたずねず、蘭子といっしょに遊びにいってしまった。

青銅は藁《わら》におの下にすわって、しんぼう強く自分の仕事をしている。大きな皿の中から選びだされたツララは、大きさや形は、まるっきり同じではありえない。でも、まるっきり同じでないから、いっしょに置いたとき、いっそうきらめいて見える。そのきらめきは、やや冷たい感じはするものの、しんとして豪華《ごうか》に見えた。

青銅はひとつまたひとつ、穴をあけた。その〈ダイヤモンド〉たちは、太陽が西へ移るにつれて、光の強さや色を変える。夕日が西に沈《しず》むころ、その光は、淡《あわ》いミカン色になった。

青銅《チントン》は、吹《ふ》きすぎて頬《ほお》がしびれた感じがして、手でそっとほっぺたをたたいた。

太陽が沈んでしまう前に、青銅は母さんがくれた赤い糸で、穴をあけた何十個ものツララを、注意深くひとつにつないでから、赤い糸を結びきった。指で高々とかかげてみたら、一連の氷のネックレスが、夕焼けの中に現れた！

青銅はそれを皿にもどさず、いつまでも空中にかかげていた。

長い氷のネックレスが、ピクリともしないで空中にあった。

青銅自身も、ちょっとびっくりしていた。

自分の首にはかけてみないで、ただ胸の前に持ってきた。ふいに、自分が女の子になったような気がして、きまり悪くなって笑った。

青銅は、すぐには氷のネックレスをおばあちゃんたちに見せなかった。ひまわりにも見せず、また皿の中にもどし、藁《わら》でそっとおおった。

夕ご飯のあと、村の広場に、大麦地《タアマイティ》のほとんどの人が集まった。

舞台には、もう石油ランプが灯っている。

大麦地小学校の〈文芸チーム〉がまもなく登場するというとき、青銅が舞台裏《ぶたいうら》に現れた。

ひまわりが、さっと青銅にかけよる。

「お兄ちゃん、なんでここにきたの？」

青銅は、両手に皿をのせている。青銅が上の藁をプッと吹くと、氷のネックレスが、舞台裏のそんなに明るくないランプの下に、キラリと現れた。

ひまわりの目が輝いた。白地に青いもようのお皿にのっているものがいったいなんなのか、ひまわりは知らない。でも、そのきらめきは、ひまわりをうっとりさせた。

青銅がひまわりに、皿から氷のネックレスを手に取るよう、手まねで言った。

ひまわりは手を出そうとしない。

青銅は片手に皿をのせ、片手で氷のネックレスを取ると、体をよじって、皿を地べたに置いた。いぶかしそうにしているひまわりに、手まねで言う。

「これはネックレス、氷で作ったネックレスだよ」

青銅はひまわりを手招いて、つけてやろうとした。

「溶《と》けてしまわないの？」とひまわり。

「こんなに寒いし、外だ、溶けないよ」

ひまわりはおとなしく青銅《チントン》に近づいて、頭をさげた。

青銅が、氷のネックレスをひまわりの首にかけた。ネックレスは高いえりをとりまいて、自然にひまわりの胸の前にぶらさがった。ひまわりにも、きれいかどうかわからない。手でなでてみた。ひんやりして、いい気持ち。うつむいて見てから、首を回した。だれかに、きれいかどうか聞いて見たかった。

「きれいだ！」青銅が言う。

じっさい、ネックレスは青銅が想像したよりも、もっときれいだった。ひまわりを見ながら、青銅はしきりに手をもんでいる。

ひまわりはまたうつむいて、ネックレスを見る。あまりにきれいだった。ちょっとぼうっとなるくらい、ちょっと信じられないくらい、きれい。ひまわりは受けとめきれないらしく、首からはずそうとした。

青銅は強く、ひまわりを止めた。

ちょうどそのとき、劉《リョウ》先生が呼んだ。

「ひまわり、ひぃちゃん、どこにいるの？　すぐに舞台《ぶたい》に出て、演目をアナウンスしなきゃ！」

ひまわりは急いで出ていく。

劉先生はひまわりを見て、棒でたたかれでもしたみたいに、ポカンとなった。ひまわりの首の氷のネックレスを見ながら、だいぶたってから、ひと言。「ああらまあ！」近づいてきて、そっとネックレスを持ちあげ、手のひらの上でそっと重みをはかった。

「これ、どこからきたネックレス？　なんでできてるの？」

ひまわりは、劉先生がネックレスをきらいなんだと思い、ふりむいて青銅をチラッと見ると、はずそうとした。

「はずさないで！」と劉先生。

時間になった。劉先生が、まだいぶかしそうにしているひまわりを、そっとおした。

ひまわりが舞台に上がった。

ランプの明かりの下、氷のネックレスのとりとめなく変化するきらめきは、太陽の光の下でより、もっとうっとりする。ひまわりが首にかけているのがいったいどんなネックレスなのか、だれにもはっきりとはわからない。でも、その美しさ、清らかさ、神秘的で豪《ごう》華《か》なきらめきは、その場にいる人たちを驚《おどろ》かせた。

そのとき、時間が止まった。

舞台《ぶたい》の上も下も、しんと静かな森のようだった。

ひまわりは、首のネックレスのせいで、ぶちこわしになったと思い、まぶしい明かりの下で、いっときどうしたらいいのかわからなかった。

けれどこのとき、見物人の中でだれかが手をたたいた。すぐに、また何人かが手をたたいた。続いて、みんなが手をたたいた。舞台の上も下も、拍手《はくしゅ》、拍手。晴れわたった夜なのに、大雨の中にいるようだった。

兄さんが見えた——兄さんは腰《こし》かけの上に立っている。その目は黒く輝いていた。涙《なみだ》のうすい膜《まく》が、たちまちひまわりの目をおおった……。

# 第七章　三月のイナゴ

## 1

ひまわりが三年生の後期、春から夏にかわるころ、大麦地《タアマイティ》やまわりの広大な土地で、イナゴの害が発生した。

　イナゴがまだ上空に飛んできていないとき、大麦地の人たちはいつもと同じように、忙《いそが》しくはあるが、気ままに暮らしていた。牛や羊やブタや犬、ニワトリやアヒルやハトは、いつものように、鳴いたり、騒《さわ》いだり、遊んだり、飛んだりしていた。大麦地の空はいつもよりも青いくらい。朝から晩まで、空は洗ったようにすっきりしていて、白い雲が綿のようにゆったりと浮《う》かんでいた。

　今年の作物はこれまでのどんな年よりも出来がよく、その成長ぶりはたのもしかった。菜の花畑と広い麦畑が互《たが》いにへだてあって、空の下は、一面の黄色と緑。色鮮《いろあざ》やかな大地のおかげで、心がほかほかあたたかくなる。菜の花はひとふさ、ひとふさ咲《さ》きほこり、どこもここもミツバチとチョウチョ。麦は立派に育ち、茎《くき》はじょうぶで、麦の穂《ほ》は、リスのしっぽみたいに、太く、チクチクした。

大麦地《タァマイティ》の農家は、あたたかい空気が流れる中で、黄金色の収穫《しゅうかく》の季節を待っていた。お百姓《ひゃくしょう》さんたちは、気だるそうに村の小道や田んぼのあぜを歩いている。まるで、すっかり目が覚めていないように、酒に酔《よ》っているように。

だが、百キロ向こうでは、イナゴが天地をおおって、ものすごい勢いで空中を飛び、かじり、飲みこんでいた。上空を通過したところでは、小さな草さえ残さず、天も地もすっからかん。

このあたり一帯はアシ原で、気候的に湿《しめ》ったり、乾《かわ》いたりするので、イナゴの繁殖《はんしょく》に適していた。過去にも、しょっちゅうイナゴの害が起こっていた。イナゴの害というと、大麦地の年寄りたちは、みんなぞっとするような話をしてくれる。

「イナゴが飛んできたとこは、どこじゃって、そった頭みてえにつるつるで、草一本残しちゃくれねえ」

「イナゴが飛んでくるとな、家ん中の本や着るもんも、すっかり食べちまうんだ。幸い、歯がねえ。もし歯が生えとったら、人間だって食っちまうぞ」

……。

県の歴史書には、たくさんのイナゴの害の記載《きさい》がある。

宋代《そうだい》の淳熙《じゅんき》三年（一一七六）、イナゴの害。元代の至元《しげん》十九年（一二八二）、イナゴが日をさえぎり、飛んできた所では、穀物はすべて尽《つ》きる。元代の大徳《だいとく》六年（一三〇二）、あたり一面のイナゴが、穀類を食いつくす。明代《みんだい》の成化《せいか》十五年（一四七九）、日照り、イナゴが穀類を食いつくし、民の多くはよそへのがれる。明代の成化十六年（一四八〇）、また大日照り、イナゴの害で、穀物はひと粒《つぶ》もとれず、わずかなアワを人間ひとりと交換《こうかん》……もし全部を書きだしたら、何枚もの紙がいる。

今回のイナゴの害は、前回からはもう何年もたっている。人びとは、イナゴの害はもう起こらないんだと思っていた。イナゴの害の記憶《きおく》は、年寄りの頭の中にあるだけだと。

青銅《チントン》たち子どもは、みんなイナゴを見たことがあった。でも、おばあちゃんがイナゴの害を話してきかせても、根っから信じないいし、バカなことばっかり言う。

「ニワトリやらアヒルやらが、食っちまうさ。イナゴを食ったら、卵をよく産むよ」

「何がこわいもんか。おいらが一匹《ぴき》いっぴきぶち殺す。さもなきゃ、火をつけて、みんな焼き殺せばいいさ」

おばあちゃんは、この子たちに話してもわからないと、ため息をつき、首をふるしかなかった。

大麦地《タアマイティ》の人たちは、どんどん気が張りつめてきた。川向こうの幹校と大麦地の拡声器が、ひっきりなしに報告する。イナゴの群れがどのくらい大きいか、もうどこまで飛んできたか、大麦地まであとどのくらいかと。まるで、戦火がどこまで燃えてきたかを報告するみたいにだ。緊張《きんちょう》するにはしたが、どうしようもない。というのは、ちょうど端境期《はざかいき》で、穀類は育ちつつあるが、まだ未熟で、イナゴの群れがくる前に刈《か》り入れることができないのだ。一面のつややかな緑の作物をながめながら、大麦地の人たちは、心の中で千回も万回も祈《いの》った。

「イナゴよ、よそへいってくれ！　どうか、よそへいってくれ！　……」

子どもたちは、びくびくしながらも心を高ぶらせていた。

青銅《チントン》は牛の背にまたがって、何度もあおむいて空を見あげた。イナゴの群れはどうしてまだこねえんだ？　大麦地の大人たちはちょっとおかしいやと思えてしまう。大の大人が、ちっちぇえイナゴをこわがって！　青銅は、草むらや、アシの茂《しげ》みで、自分ちのニワトリやアヒルのために、どんだけのイナゴをぶち殺したことか！　この日、ついに西の空から何かが飛んでくるのが見えた。真っ黒な一団が。だが、しばらくすると、はっきり見えた。それはスズメの大群だった。

ひまわりとクラスの子たちは、学校がひけると、ほかに話題もなくイナゴのことを話すだけ。みんな、こわいみたいでもあり、でもそのこわさを楽しんでいるようでもある。なかには、みんなで何かしているときに、いきなり「イナゴが飛んできた！」と大声を上げたりする子がいる。みんなびっくりして、空を見あげる。さっき大声を上げた子は、腹を抱《かか》えて大笑い。

まるで、イナゴが大麦地の上空に飛んでくるのを、待ち望んでいるようだ。

「ちくしょうどもが！」大人たちがののしる。

ひまわりはしょっちゅう、おばあちゃんにまとわりついてたずねる。

「おばあちゃん、イナゴはいつくるん？」

「イナゴに食べられたいのかい？」とおばあちゃん。

「イナゴは人を食べないよ」

「イナゴは田や畑の作物を食べるんさ。食べられちまったら、ひぃちゃんは何を食べるね？」

たしかに大変なことらしいと思う。けれど、ひまわりはまだ、イナゴに心をひかれている。

「イナゴの群れは、まだ五十キロも向こうにいる」と聞こえてくる。

大麦地《タアマイティ》の人たちの緊張《きんちょう》は、ますます高くなる。川向こうの幹校とこちらの大麦地では、それぞれ何十台もの農薬の噴霧器《ふんむき》を用意し、すっかり決戦の構えだ。「お上が飛行機を出して農薬をまく」とも聞こえてくる。このニュースに、大人たちはちょっと興奮した。だれも、飛行機から農薬をまいて、イナゴと決死の戦をする情景など見たことがなかったから。

このニュースを耳にした子どもたちは、もっと興奮し、急いで知らせ合う。

「まんず、そうびくびくすなや。こっからまだ五十キロといやぁ、早くとも、一昼夜はかかる。それによ、わしらの大麦地へくるともかぎらねえ。ここ何日かの風向きを見んとな」年寄りが言う。

「イナゴは、風に向かって飛ぶんが好きでな。風が強けりゃ強いほど、飛びたがるんさ。大風をついて飛ぶんじゃ」と年寄りたち。

そして、今吹《ふ》いているのは順風。だから、イナゴが大麦地にくるかどうかは、まだわからない。子どもたちは何度も水辺や木の下へ、アシが風の中でどっちにたおれるか、木の葉がどっちにまくれるかを見にいった。朝から晩まで、ずっと順風。大麦地の子どもたちは、これにはちょっとがっかりしていた。

この日の夜、風向きがふいに変わり、そのうえ風がだんだん強くなってきた。

次の日の朝、青銅《チントン》とひまわりは夢の中で、だれかが「イナゴがきた！　イナゴがきたぞ！」とあわてて叫《さけ》ぶのを聞いた。

まもなく、大勢の人が叫びだした。村じゅうの人が目覚め、次々に外へ出てきて、空をあおいだ。どうして空が見えるだろう。イナゴの群れそのものが空だった。動きながら、ギリギリ、シャキシャキという音のする空。

太陽はもう昇《のぼ》ってきていたが、その光はイナゴにさえぎられた。

太陽は、黒ごまだらけの大餅《タアピン》(1)のようだ。

イナゴの群れは空で旋回《せんかい》している。下降したり、上昇《じょうしょう》したり、黒い旋風のようだ。

年寄りたちは、火のついた香《こう》を手に、田んぼのあぜでひざまずき、東に向かって、何かぶつぶつ言っている。イナゴがさっさと去っていくよう祈願《きがん》しているのだ。

「こんだけの作物を育てるんは、ほんにたやすいこっちゃありまっせん」

「これらの食糧《しょくりょう》はわしらの命、大麦地《タァマイティ》の年寄りも子どもも、ここの作物をたのみにしとるんです」

「大麦地は貧しいところ、イナゴに食われちまったら、持ちこたえられまっせん」

年寄りたちの目には哀願《あいがん》と誠意がこもっている。自分たちの祈願《きがん》が天を感動させ、小さな生き物たちを感動させると信じているようだった。

中年の人たちは、ゆっくりとおりてくるイナゴの群れを見ながら、祈願している人に言う。

「やめなよ、なんの役に立つ！」

大麦地の子どもたちは、こんな壮観《そうかん》なさまを見たことがあったろうか？　ひとりひとり、みんなつっ立ったまま空をあおいでいる。目をむき、口をあんぐり開けて。

ひまわりはちょっとこわそうに、おばあちゃんの上着のはしっこを引っぱっている。きのうの晩は、「イナゴはいつ大麦地にくるの」と、おばあちゃんにたずねていたのだから。今、ちょっとわかった気がする。このイナゴの群れがおりてきたら、たいへんんだ！　と。

翅《はね》をふるわす音がいよいよ大きくなり、地面から数十メートルほどの高さまできたときは、耳が痛いほど、ブンブンブンブンとうるさかった。その音は、金属的な感じもした。楽器のリードをはじくような。

まもなくイナゴたちは降りしきる雨のように、アシの上におり、木の上におり、作物の上におりてきた。空中には、あとからあとからイナゴが現れた。

子どもたちはイナゴの雨の中をかけまわっている。イナゴが次々に顔にぶつかり、顔がしびれるような感じがした。

黄土色の虫たちは、泥《どろ》の上に落ちると、ほとんど見分けがつかない。でも、飛んでいるときは、赤い後ろ翅が見える。空中いっぱい血の点々が飛んでるようでもあり、ちっちゃな花のようでもある。イナゴたちは音もなくおりてきたあと、がむしゃらにかじりはじめる。なんでもかんでもかじる。選びもせず。

そこらじゅう、雨が干し草の上に落ちる音。

青銅《チントン》は大きなほうきを手に、空中でめちゃくちゃにたたいた。でも、イナゴは川の水のように、一面たたき落としたら、すぐさまほかのイナゴがやってくる。青銅はひとしきりぶったたいていたが、とうとう自分のしていることがまったくのムダだと思い、ほうきをほうりだして、地べたにへたりこんだ。

みんなはそれぞれ自分の畑にもどり、共同の畑は、もうだれもかまわなかった。みんな、自分のうちの作物を守ることを考えた。家族全員、男も女も、年寄りも子どもも、ほうきをふりまわしたり、衣服をふりまわしたり。そのうえ大声でがなりたて、全力でイナゴを追っぱらおうとした。でも、まもなく、みんなやめてしまった。イナゴたちは次々におりてくる、ほうきや衣服など気にもかけず。何百何千のイナゴが死んでも、潮のようにイナゴはやってきた。

だれかが、イナゴの雨の中で泣きだした。

子どもたちも、もうちっとも心が高ぶらない。あるのは、恐《おそ》れだけ。子どもたちは今、大人たちよりももっと恐れてさえいる。わき目もふらず植物をかじっているこいつらは、植物をかじり終わったら、人をかじりにくるんじゃないかと疑っている。大人たちが何度も、イナゴは人間を食べないと言っても、ひそかに心配している。こんな心配は、イナゴがキチガイじみているからだ。

青銅《チントン》一家は畑にすわりこみ、みんな黙《だま》りこくって見ている。

イナゴは、青銅のうちのアブラナと麦を、どんどん食いかじっていく。麦の葉をかじって、まずノコギリの歯形にする。それから、アブラナの葉をかじってやっぱりノコギリの歯形にしていく。イナゴたちはちゃんと分業しているらしい。だれかがこっち側を、だれかがあっち側をかじる。それからだんだんと真ん中に向かっていき、あっという間に、一枚の葉っぱが消えてしまう。イナゴたちのノコギリの歯のような口もとに、新鮮《しんせん》な緑の汁《しる》があふれている。何度も尻《しり》をおったて、濃《こ》い緑色のフンを、丸薬みたいに、ポロポロと出している。

ひまわりは、あごをおばあちゃんの腕《うで》にのせ、静かに見ている。

作物が、少しずつ少しずつ低くなっていく。アシも、少しずつ少しずつ低くなっていく。青草も、少しずつ少しずつ低くなっていく。木の葉が、一枚一枚見えなくなり、つるつるの枝だけが残っている。大麦地《タアマイティ》は、すがれた冬の季節にいるようだった。

幹校と大麦地の何十もの農薬噴霧器《ふんむき》は、なんの役にも立ちそうにない。

みんなは空をあおいでいる。農薬をまく飛行機が現れないかと。でも、飛行機はとうとう現れなかった。もしかしたら、はじめっからデマだったのかもしれない。

イナゴが去っていくときは、号令でもきいたように、ほとんど同時に、翅《はね》を広げて大空へ飛びあがった。いっとき、大麦地は暗やみになり、なんでもが黒い影《かげ》におおわれた。一、二時間後、イナゴの群れのはじっこにだんだんと光が現れた。イナゴの群れが西へ移動するにつれて、光の面積がますます大きくなり、大麦地《タァマイティ》全体が太陽の光の下に現れた。太陽の光の下の大麦地は、ただ悲しいほどにすっからかん。

2

大麦地のたいていのうちは、食糧《しょくりょう》にじゅうぶんな余裕《よゆう》はない。みんなはちゃんと勘定《かんじょう》していた。米びつの中の米は、ちょうど麦が実るまであると。けれど今、実る麦はひと粒《つぶ》もなくなった。米びつの米が少しずつ少しずつ減っていくにつれて、みんなの心も一日一日重くなってきた。

不安になり、心弱くなる。

もう何軒かは、遠くの親戚《しんせき》をたよっていった。体のじょうぶな人たちのなかには、年寄りと子どもを家に残して、百キロも向こうのダムへ働きにいった者もいる。村の人たちにかくれて、城内へくず拾いにいった者も、ひとり、ふたり。大麦地の人たちは、いろいろと生きる道をさがしている。

青銅《チントン》一家は、あれこれ考えても、ほかに生きる道はなかった。大麦地の大多数の人と同じように、ほとんど空っぽになった大麦地を守っているだけ。

イナゴが作物を食べつくしたあと、青銅の家では、しょっちゅう米びつのふたを開けては、なかの米を見るのだった。そんな日々、米はひと粒ひとつぶ数えてナベに入れるに近かった。青銅は牛を放しながら、山菜を掘《ほ》る。おばあちゃんもしょっちゅう田んぼのあぜや川辺に現れ、食べられる山菜を掘りだしてはヤナギかごに入れた。朝から晩まで、父さん母さんの思いにつきまとうのは、食糧だ。ふたりは田んぼへいって、採りつくされていないクワイやクロクワイを採ったり、前の年のぬかをくりかえし風の中で吹《ふ》きさらし、なかから少しばかりの米粒をさがしたり。

だんだん暑くなると、昼間がますます長くなる。太陽が人びとの毛根をあぶり広げ、絶え間なくエネルギーを消耗《しょうもう》する。朝から晩までの時間は、いつまでたっても終わらないみたいに長い。家族全員が早く暗くなるのを願っていた。暗くなれば、ベッドに入って寝《ね》られる。食べたいという思いを断ち切れる。

大川の向こうの幹校では、人が次々に入れ替《か》わった。何人かが去っていき、何人かがまたやってきた。当時、パパといっしょに幹校にきたおじさんやおばさんは、ほんの数人しか残っていない。その人たちはひまわりを忘れず、自分たちの食糧もきびしい状況《じょうきょう》なのに、それでも青銅のうちへ米をひと袋《ふくろ》届けてきた。

このひと袋《ふくろ》の米は、大変に貴重だった。母さんは米の袋を見て、涙《なみだ》がこぼれてきた。母さんはひまわりを呼んだ。

「早く、おじさんおばさんにお礼をおっしゃい」

「おじちゃん、おばちゃん、ありがとうございます」

ひまわりは、母さんの服のすそを引っぱりながら言った。

米を届けてきたおじさんおばさんは、母さんに言う。

「わたしたちのほうが、あなたやご家族にお礼を申しあげなきゃ」

まもなく、この人たちも城内へ帰っていった。幹校全部が、たぶんここを去っていくという話だ。

ひまわりは大川べりに立って、幹校のあたりをしばらくながめるときもある。ひまわりは思う。幹校のあたり、赤い瓦《かわら》はもう前のように鮮《あざ》やかではなく、前のようににぎやかでもなく、ひっそりしている。野草が幹校のまわりに広がっている。幹校が自分からますます遠くなったと思う。

青銅《チントン》のうちの米びつがほとんど空になるころ、幹校の人みんなが引きあげていった。そのあと、一面の建物はみんな、果てしのないアシの茂《しげ》みの中に、ひっそりと取り残された。

青銅のうちの米びつの、最後のひと粒《つぶ》も食べてしまった。

大麦地《タアマイティ》では、ほかの何軒かのうちも、もうにっちもさっちもいかなくなっていた。

「すぐに、救済穀物を届ける運搬船《うんぱんせん》がくるさ」と、みんなが言う。でも、いつまでたっても船の影《かげ》は見えない。たぶん、被災《ひさい》面積が大きすぎて、すぐにはふりむけられないのだろう。大麦地はたぶんもうしばらく苦しまねばならないのだろう。けれど、大麦地の人は信じている。いつかきっと運搬船を見られると。みんなは何度も川辺へやってきてはながめた。それは希望の大川、澄《す》んだ水はこれまでと同じように、お日さまの下を楽しげに流れている。

この日、青銅は肩《かた》にシャベルをかついで、牛を引き、ひまわりはカゴを持って、牛の背に乗り、アシ原へ出かけた。

ふたりはアシ原の奥へ入りこんで、やわらかくて甘いアシの根っこをカゴいっぱい掘《ほ》るのだ。

アシ原の奥へいけばいくほど、掘りだしたアシの根っこはやわらかくて甘いことを、青銅は知っている。

イナゴにかじられてしまったアシは、雨水とお日さまの下で、とうに新しい葉っぱがのびていた。目の前の茂《しげ》ったアシを見ると、だれもここがイナゴの害にあったと思いはしない。

ひまわりは牛の背で、アシが風の中で高く低くざわざわとゆれ動くのを見ている。アシの間に、こっちにひとつ、あっちにひとつ、水たまりが見える。水たまりは大きかったり小さかったり、太陽の下で、水銀のような光を反射している。水たまりの上空を飛んでいる鳥が見えた。カモに、ツルに、名前を知らない鳥もいる。

ひまわりはお腹がすいてきて、たずねる。

「お兄ちゃん、まだいくの?」

青銅《チントン》がうなずく。青銅もとっくに腹がすいていた。腹がすいて足もとがフワフワするほど、目の前がおぼろで定まらないほど。でも、あくまで奥へいこうとした。ひまわりにいちばんおいしいアシの根っこを食べさせたいのだ。かむと、甘い汁《しる》がほとばしるようなアシの根っこを。

ひまわりはぐるりを見まわした。大麦地村《タアマイティ》はもう遠く、まわりはアシばかり。ちょっとこわくなった。

青銅がついに牛を止めた。ひまわりを牛の背からおろすと、すぐにアシの根っこを掘《ほ》りはじめた。ここのアシは、たしかに手前のほうのとは少し違《ちが》っている。茎《くき》が太く、葉っぱは幅《はば》が広くて長い。

「こんなアシの下じゃねえと、いい根っこは掘れねえんだ」

青銅がひまわりに教える。青銅がシャベルを入れると、アシの根っこの切れるサクッという音がした。何回かシャベルを入れると、小さなくぼみができ、白くやわらかそうな根っこが顔を出した。

ひまわりは、まだ食べないうちから、口の中にはもう唾《つば》があふれた。

青銅は急いでアシの根っこをひと節ほじくりだすと、水辺へ持っていって洗い、ひまわりにやった。

ひまわりはがぶりとひと口。さわやかな、わずかに甘い汁が、たちまち口の中へあふれた。ひまわりは目をつぶる。

青銅が笑った。

ひまわりはふた口かじると、アシの根っこを青銅の口もとにさしだした。

青銅はかぶりをふる。

ひまわりはかたくなに、アシの根っこを青銅の口もとまで持ちあげる。

しかたなく、青銅《チントン》はひと口かじった。さわやかな液体が、のどからペコペコの腹に流れこんだとき、ひまわりと同じように、青銅も目を閉じた。太陽がまぶたを透《す》かして目玉を照らした。世界はミカン色。あったかいミカン色。

それからの時間、兄と妹は、絶え間なく土の中から掘《ほ》りだしたアシの根っこを、次々にかみくだいた。ふたりは何度も顔を見合わせる。心は満たされ、幸せを感じていた。涸《か》れた池がサラサラと流れてきた清水を受けいれた満足。ふらふらするほど弱っていた体に、だんだんと力が入り、冷えていた手足があたたかくなってくる幸せ。

ふたりは頭をゆらし、得意げにかんでいる。真っ白な歯が、太陽の光にキラキラ光る。

ふたりはわざと、サクッサクッと音を立てて根っこをかじった。

どちらも一本、互《たが》いに一本ずつ……ふたりはこの世でいちばんおいしい食べ物を味わっている。あとからは、ほとんどうっとりとなった。

ふたりは、カゴいっぱいのアシの根っこを掘らなきゃ。おばあちゃんや父さん母さんにも食べてもらわなきゃ。思いっきり。

ちょっとかたくなったアシの根っこは、みんな牛にやった。牛はおいしそうに食べながら、大きくしっぽをふっている。満ち足りたとき、牛は頭をもたげ、空に向かって、モォーと鳴いた。震動《しんどう》で、アシの葉はふるえがやまず、サラサラと鳴っている。

ひまわりはカゴをさげて、青銅のあとに続く。青銅が泥《どろ》の中から掘りだしたアシの根っこを、次々に拾っては、カゴにほうりこむ。

カゴがまもなくいっぱいになるころ、カモが数羽、ふたりの頭上を飛んでいき、近くの水たまりやアシの茂《しげ》みに降りた。

青銅はふいに何かを思いつき、持っていたシャベルを置いて、ひまわりに手まねで言った。

「もし、カモを一羽つかまえられたら、すごいぞ！」

青銅はアシをかきわけて、カモが降りたほうへ歩いていく。何歩もいかず、ふりむくと、くりかえしひまわりに言いつけた。

「すぐにもどってくるから、ここでアシの根っこの番をしてて。ぜったい動いちゃだめだぞ！」

ひまわりがうなずく。「早くもどってきてね」

青銅はうなずくと、背を向け、ほどなく、アシの茂みの中に消えた。

「お兄ちゃん、早く帰ってきて！」

ひまわりは、青銅《チントン》がおしたおして、〈ござ〉のようにしてくれたアシの上にすわり、カゴいっぱいのアシの根っこの番をしながら、青銅を待った。

牛は腹いっぱいになり、地べたに横になっている。口の中には何もないのに、いつまでもかみなおしている。

牛って面白いなとひまわりは思う。

青銅はアシの茂《しげ》みの中を、ぬき足さし足で進んでいく。青銅には心高ぶる思いがあった。カモを一羽つかまえられたら、いいのに。家族みんな、もういったいどれだけの日数、ちょっぴりの肉も食べていないことか。青銅とひまわりは、ずっと前から肉が食べたかった。でも、大人たちには言わなかった。大人たちもとっくに、ふたりが肉を食べたがっているとわかっていた。でも、どうしようもなかった。食べる穀物があれば、立派なもんだ。肉を食べることまで考える余裕《よゆう》などあるものか。

アシのすき間から一面の水たまりが見えた。青銅はいっそう、そーっと動いた。そっとアシをかきわけ、ちょっとずつ、ちょっとずつ前へ進む。とうとうさっきのカモたちが見えた。オスが一羽、メスが数羽、水に浮《う》かんでいる。さっきはたぶん遠くへエサをさがしにいったのだ。少しくたびれて、今はくちばしを羽の中にさしこんで、水面に浮かんで休んでいるのだ。

青銅の心は全部、このカモたちに集中していて、しばしひまわりと牛を忘れた。アシの茂みの中にしゃがんで、カモをつかまえようとしていた。丈夫《じょうぶ》なレンガのかけらを見つけて、いきなりぶったたき、一羽を気絶させようと。だが、ここにはアシのほかには、何もなかった。大きな網《あみ》があったら、いいのに！　とも思う。猟銃《りょうじゅう》があったら、いいのに！　とも思う。カモたちが降りてくる前に、水にもぐってたらよかったのに！　とも思う。

……どのくらいのときがたったのだろう、青銅はまだ、悩みも心配もなさそうなカモたちを、うっとりとながめている。

よく太ってるなぁ！

青銅はにわかに、おいしいカモのスープを思いだした。よだれが口のはしから雑草の中にすべり落ちた。口もとをぬぐうと、自分でバツが悪くなって笑った。まだ、ひまわりと牛が自分を待っているのを、思いださなかった！

ひまわりはとっくに、不安になりはじめていた。立ちあがって、兄さんがいったほうを見ている。

空はいつ変わるかわからない。さっきはまだキラキラとアシ原を照らしていた太陽が、あっというまに、黒雲におおわれた。緑のアシが、黒いアシになった。風が遠くから吹《ふ》きつけていて、アシ原がゆれはじめ、ますますゆれがひどくなっていく。

「お兄ちゃん、どうしてまだもどってこないんだろ？」ひまわりが牛に言う。

牛は、困った様子。

まもなく、雨が降りそうだ。アシの茂《しげ》みの中に黒くて怪《あや》しげな鳥がいる。雨が降りそうになるといつも、鳴きだす。夜、子どもが北風の中で泣いているような声で。耳にすると、背筋が寒くなる。毛むくじゃらの冷たい手で、背中を上から下へとなでられるみたいに。

ひまわりは、かすかにふるえだした。お兄ちゃん、どこへいったの？　どうして、まだもどってこないの？

さっきの鳥が悲しそうに鳴きながら、こっちへ飛んでくる。

ひまわりはとうとうがまんできなくなって、兄さんがいったほうへさがしにいく。何歩かいって、ふりかえると、牛に言いつけた。

「そこで、あたしとお兄ちゃんを待っててね。カゴの中のアシの根っこ、食べちゃダメよ。それは、おばあちゃんと父さん母さんのだからね。いい子にしてるのよ……」

牛はひまわりを見ながら、毛の長い大きな耳をバタバタさせた。

ひまわりは「お兄ちゃん」と呼びながら、勢いよくかけだした。

風が強くなった。アシがサラサラと鳴る。後ろから怪物《かいぶつ》かなんかが追っかけてくるみたいだ。太く濁《にご》った息づかいさえ聞こえた。

「お兄ちゃん！　お兄ちゃん！」ひまわりは大声を上げた。でも、兄さんの姿は見えない
――ひまわりは牛のそばからかけだしてまもなく、アシ原の中で迷子になっていた！

でも、ひまわりはまだ知らない。別の方向へ走ったのに、兄さんのところへ走っていると思いこんでいたのだ。

青銅《チントン》は体が冷やっとし、それでふいにひまわりと牛を思いだした。あおむいて空を見たら、黒雲がたれこめている。青銅はびっくり仰天《ぎょうてん》、くるりと向きなおり、引き返した。

数羽のカモは驚《おどろ》いて、はばたきながら、水面にひとすじ水しぶきを立てて、空へ飛びあがった。

青銅は顔をあげてチラッと見たが、もうカモたちにかまってはいられない。ハーハー息を切らして、ひまわりと牛のところへ走った。

青銅はもどってきた。でも、牛とカゴいっぱいのアシの根っこしか見えない。

青銅は両手を広げて、体をぐるぐる動かした。けれど、あたるのはアシばかり。

青銅《チントン》は牛を見ている。

牛も青銅を見ている。

ひまわりはきっと自分をさがしにいったんだ。青銅はさっとアシの茂《しげ》みにかけこみ、さっきの道を、狂《くる》ったようにかけた。アシがあたってザワザワと鳴る。

さっきの池のあたりにもどってきた。ひまわりの姿はない。

青銅は大きな声で呼びたかった。けど、声を出せない。向きを変えて、またかけもどった。

牛はもう立ちあがり、不安そうな様子。

青銅はまたアシの茂みにかけこみ、けんめいにかけまわる。汗《あせ》の玉がぼとぼとと地べたに落ちる。アシがボキボキと折れる。かけまわっているうちに、服は折れたアシに引き裂《さ》かれ、顔も、足も、腕《うで》も、アシにひっかかれた傷痕《きずあと》だらけ。かけまわりながら、目の前には何もなかった。あるのは妹のひまわりだけ。大きなエンジュの木の下の石うすにすわっているひまわり。カボチャの〈花明かり〉の下で本を読み、字を書くひまわり。木の枝で土の上に字を書いて、自分に教えるひまわり。カバンをしょって、田んぼのあぜをピョンピョンはねるひまわり。ひまわりが笑っている、ひまわりが泣いている……。

アシの切り株が足の裏につきささり、鋭《するど》い痛みで気を失いそうになった。このところ、食べているのは主に山菜。体はもう弱っている上に、ひとしきりかけまわり、とっくに精《せい》魂《こん》つき果てていた。今また、足の裏をつきやぶられてしまった。激しい痛みで、体じゅう汗びっしょり。目の前が真っ暗になり、よろよろっとして、ついに地べたにたおれこんだ。

雨が降りだした。

雨がうすら寒く体をぬらし、青銅を目覚めさせた。青銅は水たまりからもがき起きると、空をあおいだ。イナズマが青い鞭《むち》のように、激しく空を打つのが見えた。空にはひとすじの傷痕が残り、一瞬《いっしゅん》の間にまた消えた。続いて、天が落ち、地がくずれるような雷《かみなり》の音。

雨がいっそうひどくなった。

青銅は血だらけの足を引きずって、大雨の中で必死に、さがした。

このとき、ひまわりはもう青銅から遠く離《はな》れていた。ひまわりは、まるっきり方向を失っていた。もうかけまわらず、ゆっくりと歩いている。歩きながら、泣きながら、「お兄ちゃん、お兄ちゃん……」と呼びながら。何かをなくしたように、さがしていた。

イナズマが光るたびに、雷の音がするたびに、ひまわりはぶるっとふるえる。

髪《かみ》の毛が雨水で顔にたれさがり、ひまわりの黒く輝くふたつの目をさえぎった。ここしばらくで、もうだいぶやせていたのが、雨にぬれたあと、服がべったりとはりつき、ますますやせて見えた。かわいそうなほどに。

ひまわりは知らない。このアシ原がいったいどれほど広いのか。知っているのは、兄さんと牛が自分を待っていること。おばあちゃんと父さん母さんが家で自分を待っていること。足を止めちゃいけない。歩かなきゃ。どうしたって出ていかなくちゃ。ひまわりは思いもしなかったろう。自分がアシ原の奥深くへ向かっていることを。アシ原のはしっこからどんどん遠くなっていることを。

果てしないアシ原は、もう雨と風の中、このちっちゃな人間を飲みこんでしまった。

青銅《チントン》はまたアシの根っこを掘《ほ》った場所にもどった。こんどは、牛もいなかった。カゴいっぱいのアシの根っこだけ。

青銅はまた気を失って、水たまりの中にたおれこんだ。

雷《かみなり》が天上でゴロゴロと転がり、地上では、霧雨《きりさめ》がそぼ降っている。

大麦地《タアマイティ》では、おばあちゃんと父さん母さんが雨風の中を、歩きまわり、ふたりを呼んでいた。おばあちゃんは、つえをついている。雨がその銀髪《ぎんぱつ》を洗い、いっそう銀色に光っている。おばあちゃんはとてもやせていて、年を経たヤナギの老木のように、土手の上をゆれ動いている。孫息子と孫娘《まごむすめ》を呼んでいるけれど、その力のある声も、とっくに雨風の音にかき消されていた。

大川では、カァユイが蓑《みの》を着て、小船をこぎ、アヒルを追って家に帰るところ。

「うちの青銅とひまわりを見なかったかい？」おばあちゃんがたずねる。

カァユイには、まるで聞こえなかった。船を止めてきこうとしたが、アヒルたちが雨粒《あまつぶ》を追っかけて、すぐに遠くへ泳いでいってしまった。しかたなく、おばあちゃんをほっぽらかして、アヒルを追っていった。

青銅が再び目覚めたとき、雨はいくらか小降りになっていた。

なんとか起きあがると、ひれふしたり起きあがったりするアシを見ている。目がすわっていた。絶望したふうだ。

ひまわりを見つけられなかったら、自分ももう帰れない。

雨がその真っ黒な髪《かみ》の上から、たえず顔に流れていく。目の前は、ぼんやりとした世界。

青銅の頭がたれていく。頭が重くてひきうすのよう。あごが胸に届きそうだ。青銅は眠《ねむ》ってしまった。夢の中は、ゆれ動くヒマワリの花、妹のひまわり、畑の中に育っているヒマワリの花……。

かすかに牛の鳴き声が聞こえた。青銅《チントン》が頭を上げたら、また牛の鳴き声がした。それにその声は、ここからそんなに遠くない。青銅はゆらゆらしながら立ちあがり、牛の声のしたほうを見わたした……。

牛がこっちへかけてくる。通りすぎたところでは、アシが、川の水が船で切り裂《さ》かれるように、両側へたおれた。

牛の背には、ひまわりが乗っているではないか！

青銅はバタッと、水たまりの中にひざまずいた。一面水しぶきがあがる……。

雨がやんで空が晴れたとき、青銅は牛を引いて、びっこを引きながらアシ原を出た。牛の背には、ひまわりがすわっている。ひまわりはカゴをさげて。その中には、雨に洗われてきれいになった、アシの根っこが。一本一本、象牙《ぞうげ》のように白い……。

3

食糧運搬船《しょくりょううんぱんせん》は、ここらから百五十キロあたりまできていた。ただ長い日照りで、川の水が足りないので、水路が浅く、船はスピードがおそい。

大麦地《タアマイティ》の人のズボンのひもは、日一日きつくしばられた。

青銅とひまわり、ふたりの目はもともと小さくはなかったが、今はもっと大きくなった。何も食べるもののない歯は、とりわけ白く光っている。おばあちゃんや父さん母さんも、大麦地の人みんな、目が大きくなった。大きいだけでなく、光っている。何もない人間の持つ光だ。ひとつの口には、二列の白い歯。その白い歯は、何をかじろうと、鋭《するど》くサクッと音がするように思われる。子どもたちは道を歩くとき、以前のようにとんだりはねたりしなくなった。ひとつは、力がなかった。ふたつには、大人が見かけたら、「とびはねるんじゃないよ。力を節約しな！」と言われるからだ。「力を節約する」というのは、実際は食糧を節約することだ。

大麦地は元気がなく、ふるわなかった。

大麦地の人が話をすると、その声はなんだか病後のようだ。大麦地の人が道を歩くと、よろよろ、フラフラ、もっと病人のよう。

ただ天気はとてもよく、毎日大きな太陽が出た。草木もよく茂《しげ》り、どこもここも青々している。空には鳥が群れをなし、隊列を組み、さえずりがやまない。

けれど、このすべてを、大麦地の人は見て楽しむ気持ちがない。楽しむ力もなかった。子どもたちはいつものように学校へいき、いつものように勉強する。でも、朗々《ろうろう》とした、高くなったり低くなったりする、活気あふれる朗読《ろうどく》の声は、もうひどく弱まっていた。子どもたちは大きな声で教科書を読みたかったが、大きな声が出ないのだ。ペコペコのお腹は、力が入らないので、あわててしまう。あわてると、冷や汗《あせ》さえ出る。ひもじくてたまらないときは、石ころでもかじりたくなる。

それでも、大麦地《タアマイティ》では大人も子どもも、落ちついているように見える。

青銅《チントン》一家には、ひとりとして泣きっ面で「ひもじい」と言う者はいない。たとえ夜ご飯を食べなくても、「ひもじい」とは言わなかった。

青銅たちは、家を、自分を、前よりももっと清潔にしていた。青銅とひまわりが出かけるときは、いつだってすっきりした顔で、清潔な服を着ていた。おばあちゃんはいつものように、川べりにいって、きれいな水で顔と手を洗う。銀髪《ぎんぱつ》をきちんとすく。着ている服には、チリひとつついていない。

おばあちゃんはすっきりした姿で、日の光の下を歩く。ゆったりした服は、ひらひらして、羽のよう。

青銅とひまわりは、自分たちで食べ物をさがせた。広々とした田や畑に野っぱら、無数の川には、なんたってあれやこれやの食べ物がある。青銅はいつも田畑や野っぱらを歩き、川の上を行き来しているので、ここに何か食べる物がある、あそこに何か食べる物があると覚えていた。ひまわりを連れていくと、いつだってうれしい発見や収穫《しゅうかく》があった。

　この日、青銅は小船をこいで、川の曲がりへ向かった。船にはひまわりが乗っている。青銅は、川の曲がりに大きなアシの茂《しげ》みがあるのを覚えていた。茂みの中に小さな池があり、池には野生のヒシの実がある。ひまわりとふたりで、たらふく食べられる。うまくいけば、おばあちゃんや父さん母さんに持って帰れる。

　でも今回は、あてがはずれた。野生のヒシはまだあったが、葉っぱの下の実は、もうだれかに採っていかれていた。

　ふたりはまた船をこいでもどるしかなかった。途中《とちゅう》、青銅は力がなくなり、船の上で横になった。ひまわりも力がなくなり、兄さんのそばに横たわった。

　そよ風が吹《ふ》いている。船は水面をゆっくりと流れていく。

　ふたりには、船底と流れる水がぶつかり合う音が聞こえた。その音はしゃっきりと歯切れよく、心地よかった。何かの楽器の音のようだった。

　空には白い雲が浮《う》かんでいる。

「あれは綿菓子《わたがし》よ」とひまわり。

白い雲たちは、たえず形を変える。

「あれはマントウ」とひまわり。

青銅《チントン》が手まねで言う。「マントウじゃない、リンゴだ」

「リンゴじゃない。ナシよ」

「あれは一頭の羊」

「あれは羊の群れ」

「父さんに羊をさばいてもらって食べよう」

「いちばん大きくて、太ったのをね」

「周五《チョウウー》じいちゃんに、羊のももをひとつあげよう。じいちゃんも、おいらんちにももをひとつくれた」

「もうひとつのももは、母さんのおばあちゃんちに」

「おいら、羊のスープを三杯《ばい》飲むぞ」

「あたしは四杯」

「おいらは五杯だ」

「あたし、トウガラシをひとさじ入れよ」

「おいらは香菜《シアンツァイ》を一束入れる」

「飲もう飲もう、早くしないと冷めちゃうよ」

「飲むぞ！」

「飲むよ！」

そこで、ふたりはがぶ飲みして、ゴクゴクと音を立てる。飲み終わると、ふたりとも口をピチャピチャさせ、舌を出して、くちびるをペロペロした。

「のどがかわいた」とひまわり。

「のどがかわいたんなら、リンゴを食べな」

「いや、あたし、ナシ食べる。ナシのほうが水分が多いもん」

「おいら、リンゴをひとつ食べてから、ナシをひとつ食べる」

「あたし、ナシをふたつ食べてから、リンゴをふたつ食べる」

「腹がはじけるぞ」

「あたし、田んぼのあぜを歩くもん。あんとき、あたしがクロクワイをお腹がつっぱるほど食べたら、お兄ちゃんは田んぼに連れていってくれて、夜までずっと歩いた。家に帰ってから、またひとつクロクワイを食べたよ」

空の雲は、いろいろに変わる。ふたりの子どもの目には、黄金色に輝く麦畑になり、金色の波が逆巻く田んぼになり、大きな柿《かき》の木になり、一羽のニワトリになり、アヒルになり、一匹《ぴき》の魚になり、ナベいっぱいにたぎっている豆乳になり、大きなスイカになり、マクワウリになり、……。

ふたりはおいしそうに食べながら、お互《たが》いにゆずりあったりして。食べているうちに、心満たされて眠《ねむ》ってしまった。

長い川の水は、小船をのせたまま、金色の太陽の下をゆったりと流れていく……。

4

この日、ひまわりは学校から帰ってきて、敷居《しきい》をまたいだとたん、目の前が真っ暗になり、両足がぐにゃりとなって、バタンとたおれこんだ。

おばあちゃんが、あわててかけよる。

「ひぃちゃん、どうしたんだい?」

母さんがひまわりを地べたから引きおこす。ほっぺたが敷居にぶつかって、皮がむけ、血が流れている。

母さんがひまわりをベッドに抱えあげた。顔が真っ青になっているのを見て、急いで台所へいき、おもゆをたいた。よそのうちから米を一升《ます》借りてきたばかりだった。

青銅《チントン》は牛の放牧からもどり、ひまわりがベッドに横たわっているのを見て、池にいたカモたちのことが心に浮《う》かんだ。

次の日の朝早く、青銅は魚とりの網《あみ》を持つと、だれにも言わず、ひとりでアシ原に入っていった。

あの池は見つけたが、水面には逆さに映っている空だけで、ほかには何もなかった。あいつら、たぶんよそへ飛んでったんだ。しばらくして、池を離《はな》れようとしたが、しまいにはまたがんばってみようと、アシのかげにすわりこんだ。しんぼうして待っていよう。たぶん、どっかへエサをさがしにいったんだ。きっと帰ってくる。青銅はアシの葉っぱを二枚とって、二そうの小舟を折った。空をあおいだが、なんの動きもない。アシの茂《しげ》みから出て、アシの葉舟を水に浮かべてから、また急いでもどってきた。アシをかきわけてのぞいたとき、二そうのアシの葉舟は、そよ風の力を借りて、前進していった。

太陽はますます高くなったが、カモたちの姿は見えないまま。

青銅は心の中で祈《いの》っている。カモよ、飛んでこい、カモよ、飛んできてくれ……。

まもなくお昼というころ、空にカモの大群が現れた。見たとたん、青銅《チントン》は気持ちが高ぶった。だが、このカモの群れは、別のほうへ飛び去った。青銅はがっかりして、ため息をつき、網《あみ》を打つ用意をした。ちょうどそのとき、また数羽のカモが池の上空に現れた。青銅の目は、ぴったりとカモたちを追っている。見覚えがあるような。あの日に見かけたカモたちだ！

カモは空でひとしきり旋回《せんかい》してから、下降しはじめた。カモは飛ぶ鳥の中で、いちばんおろかな鳥だ。羽は短く、体は重く、飛んでも、のびやかでも優雅《ゆうが》でもない。水に降りるときは、空から十いくつものレンガのかけらをほうったみたいに、ボトンボトンと、大きな水しぶきが上がった。

カモたちは頭を動かして、警戒《けいかい》するようにあたりを見まわし、変わった様子がないのを見て、やっと安心して水の上を泳ぎだした。羽をバタバタさせたり、ガーガー鳴いたり、平たいくちばしで水をすくって羽にふりかけたり、くちばしでピチャピチャと水を飲んだり。

一羽のオスガモは、大きくて、肥えている。頭は暗い紅色で、やわらかい絹のような光沢《こうたく》がある。メスガモたちは、オスからそう遠くないところで、それぞれ勝手なことをしている。その中の一羽、小柄《こがら》でかわいらしいメス――オスガモがいちばん好きなカモのようだ――が、オスを見ると遠くへ泳いでいった。オスガモはすぐに泳ぎ寄っていく。そのあと、二羽はくちばしで互《たが》いに羽をすき合う。それに、しきりにくちばしで水面をつついている。何かを訴《うった》えるように。しばらくすると、オスガモが羽をばたつかせて、メスガモの背に上がった。メスガモは、どうしてオスガモの重さにたえられよう、たちまち体の半分ほども沈《しず》み、頭だけが出ている。おかしなことだが、メスガモは抵抗《ていこう》もせず、自分から、沈むでもなく浮《う》かぶでもなく、オスガモにおしつけられている。青銅は心配になった。しばらくすると、オスガモがメスガモの背からすべりおりた。二羽ともうれしそうに、しきりに羽をばたつかせている。羽ばたいているうちに、突然《とつぜん》オスガモが飛び立った。青銅はちょっと緊張《きんちょう》した。オスガモが、みんなを連れていくんじゃ？　でも、ほかのカモたちは無関心。水面を泳ぎまわって、それぞれ何かしらしている。オスガモは大空で楽しそうに何回か旋回したあと、また池にもどってきた。そして、しきりにきれいな水を首にふりかけている。その羽には一滴《てき》の水も入らない。水の玉がキラキラと転がっていく。

　青銅は網をつかんで、チャンスを待っている。カモをつかまえられるただひとつの可能性は、カモたちが水にもぐって遊びたわむれているときか、水にもぐって魚やエビ、タニシをさがしているときに、いきなり網《あみ》を打つことだ。カモはどうしたって水面に浮《う》いてくる。もしかしたら、一羽か二羽にうまいこと網がかぶさり、頭が網の目にひっかかるかもしれない。

でも、カモたちは水に浮いているだけで、水にもぐる気はないようだ。青銅《チントン》はもう両足がしびれてきた。頭がくらくらし、目もくらんできた。ほんとうにがまんできなくなり、ゆるゆると横になった。少し休んで、体にちょっと力が出てきてから、また起きて、カモたちを見張る。

カモもじゅうぶんに休んだようで、ざわついていた。カモたちは水面をあちこち動きはじめ、そのスピードも速くなったように見える。まもなく、二羽の若いカモがたわむれはじめた。そのうちの一羽が先に挑発《ちょうはつ》し、別の一羽に追いかけられている。今にも追いつかれるというとき、頭を水につっこみ、尻《しり》を空に向け、金色の両脚《りょうあし》でパタパタと空をけってから、水中にもぐっていった。追っかけていたほうは、相手がふいにいなくなったので、ぐるりとひと回りしてから、ドブンと水中にもぐった。

こんなたわむれは、すぐにみんなに広がる。こっちの数羽がもぐると、あっちの数羽は水の中から頭を出し、いっとき水面はにぎやかになった。

青銅は気持ちが高ぶり、網をつかんだ手は汗《あせ》びっしょり。両足はブルブルふるえてきた。青銅は自分の足に「ふるえるな」と言ったが、足が言うことをきくわけもない。まだ、ふるえっぱなし。足がふるえると、続いて体もふるえる。体がふるえると、アシがふるえ、サワサワと鳴る。青銅は目を閉じ、平静になろうとつとめた。しばらくがんばって、やっと足のふるえがだんだんとおさまった。

水面が、ふいに静かになった。カモがみんな水中にもぐったのだ。

青銅はすぐに出ていって、網を打つべきだった。十中八九、カモを何羽かつかまえられた。なのに、青銅はためらっていた。気持ちがしっかり定まったときには、カモたちはもう二羽、三羽と水面に顔を出した。青銅はしきりに悔《く》やんだが、次の機会を待つしかなかった。

次の機会がきたのは、二時間もあとだった。

こんどは、一羽だけがまだ水面に浮かび、あとはみんな見えなかった。

青銅は少しもひるむことなく、さっと飛びだし、体を回した。網は大きな花のように、すっかり空中に広がってから、バサッと水に落ちた。

水に浮いていた一羽は驚《おどろ》いて、鳴きながら、さっと空へ飛んでいった。

水中のカモは仲間の警報を聞きつけたのか、次々と水中から出てきた。どうしてか、一羽一羽みんな、網《あみ》の中にはいない。カモたちは水面に出るや、けんめいに羽をばたつかせて空へ飛びあがった。

青銅《チントン》は、カモたちが飛び去るのを、ものほしそうに見ている。

網はまだ水の中。水の上はひっそりしている。

雲が水の表を動いていく。

青銅はがっくりして、網をあげに水の中へ入った。ちょうどそのとき、網の下で泡《あわ》が二列わきあがっているのが見えた。泡はますます大きくなる。網が何かに持ちあげられるように、水面に浮《う》かびあがってきた。青銅の心臓がドキンドキンとはねる。木づちで胸をドンドンとたたくように。

水面にしぶきが浮かぶ。下に何か生き物がもがいているような。

青銅はいっそのこと、しぶきのあたりへとびこんでいきたかった。

まもなく、一羽のカモが見えた。頭と羽が網にからまっていて、けんめいにもがいている。

青銅はそのカモを見知っているような。あのオスのカモだ。

オスガモはまだ力を使い果たしていないようで、空を見ると、激しく羽をばたつかせ、網ごと空に向かった。

それを見て、青銅は突進《とっしん》し、網を水の中へおさえもどす。網を引きあげようとはせず、腹でおさえた。水の中で何かがもがいているのを感じた。青銅はつらい気持ちになり、泣きたかった。でも、やっぱり必死に網を水中におさえつけた。水の中がすっかり静かになるまで。

カモたちはそんなに遠くへはいかず、空で旋回《せんかい》し、しきりに悲しげな声で鳴いている。青銅が水から網を上げたとき、オスガモはもう死んでいた。とてもきれいなカモだ。首に明るい色の羽の輪があり、目玉はつやつやした黒豆のよう。くちばしは牛の角のような光沢《こうたく》を放ち、羽は豊かで、金色の脚《あし》はすっきり鮮《あざ》やか。

カモを見ながら、青銅は心が痛んだ。

空のカモたちは遠くへいってしまった。

青銅は胸おどらせて、網を背負い、アシ原からかけだした。

川べりを歩いていると、何人かが青銅を見つけて、「網ん中に何があるんだい」ときく。

青銅は得意そうに網を広げて、あの大きくて肥えたカモを見せた。たずねた人にニッと笑い、それから、つむじ風のように家へかけもどった。

夕方近くで、家にはだれもいない。おばあちゃんは、まだ外で山菜を掘《ほ》っている。ひまわりはまだ学校。父さんと母さんは、まだ野良仕事。青銅はずっしりと重いカモをつかんで見ていたが、みんなをびっくりさせてやろうと決めた。カモの羽をぬき、ハスの葉っぱで包むと、藁《わら》におの下にほうった（羽根は売れて金になる）。それから、ナイフとまな板と素焼きの鉢《ばち》を持って、川べりへやってきた。カモをさばいて、きれいに始末をすると、かたまりに切りわけて鉢に入れた。

鉢のカモ肉をナベに入れて、半分ほど水を加えた。それから、かまどに火をつけた。みんなが帰ってくる前に、おいしいカモのスープを煮《に》ておきたかったのだ。

いちばんに帰ってきたのは、ひまわり。

このところ、大麦地《タァマイティ》の子どもは、みんな鼻が敏感《びんかん》になっていた。ひまわりは、遠くからおいしそうな匂《にお》いをかぎつけた。それは、ぜったいに自分ちの台所からただよってきたものだ。ひまわりは、あおむいて煙突《えんとつ》を見た――煙突からまだ煙《けむり》が出ている。鼻をクンクンさせると、猛《もう》スピードで家の中にかけこんだ。

そのとき、青銅はまだ火をたいていて、顔が火にあぶられて真っ赤っか。

ひまわりが台所にかけこむ。

「お兄ちゃん、何かおいしいもの作ってるの?」

そう言って、ナベのふたを開けたら、白い湯気が、さっと目の前に広がった。だいぶたってから、やっとナベがはっきり見えた。

ナベの中はぐつぐつと煮えたぎり、いい匂いが鼻をつく。

青銅がやってきて、おわんにスープをついでくれた。

「飲め、飲め。おいら、カモをつかまえたんだ。肉はまだかたい。先にスープを飲めよ!」

「ほんと?」ひまわりの目がキラキラ光る。

「飲めよ」青銅がおわんの中のスープをフーフーした。

ひまわりはおわんを両手で持ち、鼻をうごめかして匂いをかいで言う。

「おばあちゃんたちが帰ってきてから、いっしょに飲む」

「飲めよ。スープはたっぷりあるんだ」青銅がすすめる。

「あたし、飲むよ?」

「飲めよ!」

ひまわりはひと口味をみて、舌を出す。

「わわわ、おいしくて舌が落ちそう！」青銅《チントン》をチラッと見ると、スープの熱さもかまわず、おわんを抱《かか》えて、ごくごく飲んだ。

青銅は、ひとまわりやせたひまわりを見ながら、静かにその目の前に立っている。妹がゴクゴクとスープを飲む音を聞きながら、心の中でしきりに言う。

「飲め、飲め。飲み終わったら、兄ちゃんがまたついでやる！」

涙《なみだ》だか、ナベの中から立ちのぼる湯気のせいだかわからないが、青銅はひまわりがはっきり見えなかった……。

## 5

次の日の昼、カァユイ父子が、ふいに青銅の家の戸口に現れた。カァユイの父ちゃんは冷ややかな顔で、カァユイの眼には軽蔑《けいべつ》と挑戦《ちょうせん》の色があった。

青銅の父さんはふたりがきた理由がよくわからず、ふたりを家の中に招じ入れながら、たずねた。

「何か用かな？」

ふたりはどちらも答えない。カァユイは腕組《うでぐ》みをし、そっぽを向いて、口をとがらせている。

青銅の父さんが、カァユイにきく。

「うちの青銅が、あんたとけんかしたんか？」

カァユイが、フンと鼻を鳴らした。

青銅の父さんは、またカァユイの父ちゃんに言う。

「なんかあったんかい？」

「何があったか、あんたんちじゃまだ知らんのか？」とカァユイの父ちゃん。

カァユイは、字を書いている青銅とひまわりをチラッと見て、続けた。

「何があったか、あんたんちじゃまだ知らねえんか？」

青銅の父さんは手をもみもみ、「なんかあるんなら、言いなされ！　わたしらは、ほんとに知らんのだ」

「ほんとに知らんのか？」カァユイの父ちゃんが目を細める。

「ほんとに知らん」と青銅の父さん。

カァユイの父ちゃんは体を外に向けて、冷たくきく。

「アヒルはうまかったかね？」

カァユイが父ちゃんの背後からとびだし、「アヒルはうまかったかい？」と言って、青《チン》銅《トン》とひまわりを見た。

「あぁ、あんたがたが言うとるんは、あのカモのことかい？」青銅の父さんが笑った。

「カモだと？」カァユイの父ちゃんが皮肉るように、口をゆがめる。

「カモだよ」と青銅の父さん。

カァユイの父ちゃんが笑った。奇妙《きみょう》な笑い方で。

カァユイは父ちゃんが笑うのを見て、自分も笑う。やっぱり奇妙な笑い方で。

「あんたがた、それはどういう意味かね？」と青銅の父さん。

「どんな意味だか、心にきいてもわからんか？」とカァユイの父ちゃん。

カァユイがそばで調子を合わせる。「わからん？」と言うと、また青銅とひまわりを横目で見る。

青銅の父さんは、ちょっと腹を立てた。「わからん！」

「あんたの息子ならわかるさ！」とカァユイの父ちゃん。

カァユイが青銅を指さす。

「あんたの息子はわかるさ！」

青銅の父さんは一歩前へ出ると、カァユイの父ちゃんの鼻に指をつきつけた。「なんか話があるんなら、さっさとわかるように言えよ。でなきゃ、あんた……」外を指さした。「出てってくれ！」

青銅のおばあちゃんや母さんも、やってきた。

カァユイの父ちゃんは、おばあちゃんや母さんを見ながら、しきりに指さして、「ホー、まだ加勢がきたか！」

「何かあるんなら、はっきりお言い！」おばあちゃんが冷たく言う。

「うちのアヒルが一羽いなくなった！」とカァユイの父ちゃん。

「うちのアヒルがいなくなった！」カァユイがとびあがる。

「オスだ！」とカァユイの父ちゃん。

「オスだ！」とカァユイ。

「おたくのアヒルがいなくなったんが、うちとなんの関係が？」と母さん。

「いいこと言うてくれた！　あんたんとこに関係がなけりゃ、わしらがここへくるもんかね?!」

青銅《チントン》の父さんが、カァユイの父ちゃんのえりをぎゅっとつかんだ。

「あんた、ちゃんと話をせんのなら……」とカァユイの父ちゃんの鼻に指をつきつけた。

それを見たカァユイは、パッと道にかけだした。

「けんかだ！　けんかだ！」

そのとき、村の小道を歩いていた人たちが、声を聞きつけて、みんなかけてきた。

カァユイの父ちゃんは、たくさんの人がきたのを見て、もがきながら、みんなに言った。

「うちのアヒルが一羽いなくなったんだ！」

青銅の父さんは、カァユイの父ちゃんより力が強い。カァユイの父ちゃんのえりをつかんで、外へ引きずった。

「あんたんとこのアヒルがいなくなったんなら、さがしにいけよ！」

カァユイの父ちゃんは尻《しり》をすえたまま、大声をあげた。

「おまえんちのやつが盗《ぬす》んだ！　食っちまった！」

青銅の父さんが、カァユイの父ちゃんに言う。

「もう一度言ってみろ！」

カァユイの父ちゃんは人が大勢いるから、青銅の父さんも自分をどうにもできないだろうと思って言った。

「だれもが見たんだ。おまえんちの青銅が網《あみ》でつかまえたんだ！」

青銅の母さんがあせって、みんなに言う。

「あたしら、よそのアヒルなんかとっちゃいない！　カァユイんとこのアヒルなんか、とってない！」

母さんは、青銅をぐいと引っぱってきた。

「おまえ、カァユイんとこのアヒルを盗んだのかい？」

青銅はかぶりをふる。

青銅の後ろにいたひまわりも、かぶりをふる。

「うちの青銅は、カァユイんとこのアヒルなんか盗んでないよ！」

カァユイがふいにとびだし、藁《わら》におの下からさがしだしたハスの葉包みを、地べたにほうった。ハスの葉っぱが開いて、カモの羽根のかたまりが現れた。

その場にいた人たちは、しばし声もなかった。

カァユイの父ちゃんががなる。

「みんな見ろよ、こりゃなんだい？　ここんちじゃ、アヒルを飼っとるか？　飼っとるかい？」

みんな黙《だま》っている。

風がサァーと吹《ふ》いてきて、やわらかい羽根が舞《ま》いあがり、空へ飛んでいった。

おばあちゃんが、青銅《チントン》をみんなの前に連れていく。

「みんなの前で、言っておやり。どういうことなんだい？」

青銅は頭いっぱい大汗《おおあせ》をかき、あせって手まねをしている。

だれひとり、その意味がわからなかった。

「こう言うてる。これは野生のカモだと！」とおばあちゃん。

青銅が手まねを続ける。

「こう言うてる。アシ原でつかまえたんだと」おばあちゃんは孫の手まねを見ながら、続ける。「網《あみ》でつかまえたんだと……アシ原で長いこと見張っとって、やっとつかまえたんだと……」

青銅は人垣《ひとがき》をぬけだして、カモをつかまえた網を持ってきた。手で抱《かか》えて、みんなの目の前まで上げ、ひとりひとりに見せた。

人垣の中に、「カモかアヒルかは、羽で見分けられるぞ」と言う人がいた。

そこで、ひとりがしゃがんで地べたの羽根を調べる。

みんなは黙って、羽根を調べている人たちが下す結論を待っている。

けれど、その人たちは野生のカモのか、アヒルのか、はっきりとは見分けられず、ただ「こりゃあ、オスの羽根だな」と言うだけ。

「おいらんちのおらんようになったんは、オスだ！」カァユイが叫《さけ》ぶ。

「青銅の網ん中のを見た人がおって、オスじゃったと！」とカァユイの父ちゃん。

人垣の後ろのほうで、「野生のカモを網でつかまえるんは、たやすくはないぜ！」とひそひそ声。

それを聞きつけたカァユイの父ちゃんは、フンと鼻を鳴らすと、「網でつかまえたただと？　もう一羽つかまえて見せてもれてえな！」カァユイの父ちゃんは、けんめいに青銅の父さんの手からぬけでようとする。「あんたんとこで食べたいんなら、ひとこと言うてくれよ。一羽進呈《しんてい》するさ、けど……」

青銅のおばあちゃんは、おだやかな人。一生のうちで、ほとんど人といさかいをしたことがない。カァユイの父ちゃんのことばを聞くと、片手で青銅を、もう一方の手でひまわりを引いて、その目の前までいき、「なんてこと言うんだい？　あんたも子どものある人じゃろ。子どもの前で、そんなことを言うて、恥《は》ずかしゅうないのかえ?」

カァユイの父ちゃんは細い首をぐっとのばし、うすい胸を張って、「何が恥ずかしいって? わしはよそんちのアヒルを盗《ぬす》んじゃいねえ!」

そのことばがまだ終わらないうちに、青銅《チントン》の父さんがカァユイの父ちゃんの顔をなぐりつけ、すぐさま、左手をゆるめた。カァユイの父ちゃんは後ろにたおれこみ、どすんと地べたにへたりこんだ。

青銅の父さんになぐられて、頭がボーっとなったカァユイの父ちゃんは、地べたから起きあがると、ぴょんととびあがり、大声でどなった。

「よそんちのアヒルを盗み食いしたうえに、まだ理屈《りくつ》までたれよる!」言いながら、青銅の父さんにとびかかる。

青銅の父さんが、続けてなぐろうとしているところへ、カァユイの父ちゃんがつっこんだ。みんなはそれを見て、急いでふたりを引き離《はな》した。

「けんかするな! けんかはやめな!」

しばらくの間、青銅の家の前はワーワー大騒《おおさわ》ぎ。

青銅の母さんは「おまえがいやしいからだよ!」と青銅の頭の後ろをバチッとたたき、

「ふたりともなかに入って動くんじゃないよ！」とひまわりをぐいと引っぱった。

青銅はなかへ入ろうとしない。

青銅の母さんは、むりやり青銅を家におしこんでから、戸を閉めた。

人垣《ひとがき》はふたつに分かれ、それぞれ両家の人をなだめた。

ブルブルふるえている青銅のおばあちゃんを、支えている人がいる。

「あなた、こんなお年で、カッカしちゃだめだよ。おたくの家族がどんな人だか、大麦地《タァマイティ》で知らない人はいやせん。カァユイの父ちゃんが、どんなやつだか、みんな知っとる。あんなやつと言い争いなさんな」

「まあまあ」と青銅の母さんをなだめる人がいる。

母さんは服のすそで涙《なみだ》をふきながら、「こんなに人を踏《ふ》みつけるなんて許せないよ。うちらは貧しいけど、盗みなんて下劣《げれつ》なことはしない……」

女たちは青銅の母さんに言う。「わかってる、みんなわかってるよ」

青銅の父さんをなだめる人がいる。「怒《おこ》るな、怒るな」

カァユイ父子も、人に引っぱっていかれた。その人たちが、カァユイの父ちゃんをなだめている。「しょっちゅう顔を合わせる仲じゃねえか、細かいこと言うなよ。それにさ、あんたんとこにはあんなにたくさんのアヒルがおるんだ、一羽ぐらいかまわんだろ」

「一羽やったっていい、十羽だって。けど盗《ぬす》んじゃいかん！」とカァユイの父ちゃん。

「もう盗んだなんぞと言うな！　あんた見たんか？　証拠《しょうこ》があるんか？」

「あんたらも、あの羽根のかたまりを見んかったわけじゃあるまい！　オスの羽根のようだったろ、どうかい？」とカァユイの父ちゃん。

カァユイんちのそのオスのアヒルを見たことのある人は、心の中で「よう似とるがなぁ」とつぶやいたが、口には出さなかった。

ふいに大風が吹《ふ》いてきて、青銅《チントン》の家の前の羽根のかたまりをみんな空中へ吹きあげた。羽根はとても軽く、気流に乗って、高く高く舞《ま》いあがり、あちこちに飛んでいる。

カァユイの父ちゃんは空いっぱいに飛んでいる羽根を見て、地団駄《じだんだ》を踏《ふ》み、青銅の家のほうに向かってどなった。

「うちのオスのアヒルの羽根じゃあーー！」

村の人が帰っていったあと、青銅一家のだれも、口をきかなかった。

父さんはしきりに横目で、憎々《にくにく》しげに青銅をにらんでいる。

青銅にはいささかの落ち度もない。けれど、父さんのまなざしの下で、自分が何かまちがいをしでかしたみたいな気になった。青銅は父さんを怒《おこ》らせるのを恐《おそ》れて、注意深く気を使っている。ひまわりも父さんの顔色を見る勇気はなく、青銅がいくところ、いくところへついて回る。こそっと父さんを見たとき、父さんもひまわりを見るときがある。ひまわりはたちまちぶるっとふるえ、急いで目をそらすか、おばあちゃんか母さんの後ろにかくれた。

父さんの顔は、どんよりとくもった空のよう。その空は、今はなんの動きもない。けれど、あきらかに暴風雨《ぼうふうう》をこらえている。この静けさに、青銅はどうしたらいいのかわからなかった。雨風の気配を感じた鳥のように、身を寄せられる大きな木をぼんやりとさがしている。もしかしたら、それはおばあちゃんや母さんかも。でも、暴風雨がほんとうにきたら、この〈大木〉も自分を守れるとはかぎらない。

ひまわりは、青銅よりもっと緊張《きんちょう》している。もし兄さんに何か落ち度があるというなら、それはみんな自分のせいなのだ。「お兄ちゃん、逃《に》げて。外にいってかくれて！」と言いたかった。

青銅はぼんやりしたまま。

父さんの目の前には、どうしても大麦地《タアマイティ》の人の半信半疑の目つきがある。このうちではだれも、よその物を盗《ぬす》んだことなどない。通りがかりによそんちのきゅうり一本、もいだことさえも。大麦地《タアマイティ》で、このうちほど名誉《めいよ》を重んじる家はなかった。父さんがよそのカキの木の下を通りかかったとき、ちょうど実がひとつ落ちてきた。父さんはそれを拾ってから、その家の庭の塀《へい》の上にのせ、なかに向かって声をかけた。

「おたくの柿《かき》の木から、実がひとつ落ちてきたんで、庭の塀の上に置いといたよ」

なかからだれかが言う。

「あらまあ、拾ったんなら、食べてよ！」

「いや、あらためておたくへ食べにいくよ。ふたつ三つよけいにな」父さんは笑いながら言う。

これはみんな、おばあちゃんが父さんに教えたこと。

なのに、今、青銅《チントン》がカァユイんちのアヒルを盗んだと、カァユイ父子はどこまでも言い張る。村の人みんなを招き寄せたうえ、ことはうやむやのまま。

必ずはっきりさせねば。あれが野生のカモかアヒルかを。

日が暮れようとするころ、青銅は家を出た。おばあちゃんも母さんもひまわりも、家にいないのに気づいて、家を出たのだ。みんなは家の前の畑で、野菜を取り入れていると思っていたが、実際は家の裏手でたきぎを集めていた。

父さんは無言であとに続いた。地べたに棒が落ちているのを見ると、拾いあげ、背中にかくした。

青銅はうすうす、父さんがあとをついてきているのを感じた。足を止めるか、それともさっさとかけだすか……。家から出てきたのを後悔《こうかい》した。

父さんは棒をつかんでから、あきらかに足を速めた。

青銅は必死で走ろうかと思ったが、あきらめた。走る元気はなく、走る気もなくなった。ふりむいて、あわてている父さんに向き合った。

父さんが近づき、棒をふりあげる。青銅はたたかれて、バタッと地べたにひざまずいた。

「言え、あれは結局、野生のカモか、それともカァユイんちのアヒルか！」父さんが棒で地べたをたたき、もうもうと土ぼこりがあがる。

青銅は答えない。まもなく、やせこけた顔に、涙《なみだ》がふたすじ転げ落ちた。

「言え！　カモかアヒルか！」父さんは青銅の尻《しり》に、もうひとつ棒をくれた。

青銅は前にのめり、地べたに腹ばいになった。

手伝いをしていたひまわりは、兄さんのことが心配で、かけもどった。

父さんも兄さんも家にいないのを見て、あわてて家からかけだし、「お兄ちゃん！　お兄ちゃん！」と大声を上げた。

おばあちゃんと母さんが聞きつけて、ふたりともかけもどってきた。

ひまわりは、父さんと地べたに腹ばっている兄さんを見つけ、必死にかけよった。兄さんの頭を抱《かか》え、ありったけの力で助けおこし、涙《なみだ》のあふれる目で父さんを見た。「父さん……父さん……」

「あっちへいってろ！　さもないと、おまえもいっしょにぶったたくぞ！」

ひまわりは、ぎゅっと兄さんを抱《だ》きかかえる。

おばあちゃんと母さんもかけつけた。

おばあちゃんはわなわなふるえながら、父さんにつっかかった。

「さあ！　ぶちなさい！　わたしをぶちな！　ぶつんだよ！　なんでぶたないんだい?!

わたしをぶち殺しておくれ！　わたしは年をとった、とっくに生きあきたよ！」

ひまわりがわあわあ泣いている。

おばあちゃんがしゃがみこみ、かさかさ、ごわごわした手で、青銅《チントン》の顔の涙や土ぼこりや草のくずをふきながら、「おばあちゃんは知っとる。あれはカモだ！」父さんを見ながら、「この子はこんなに大きゅうなるまで、うそをついたことなんか一度もない！　なのに、おまえはぶつんか、この子をぶつんか……」

青銅はおばあちゃんのふところで、ふるえ続けていた……。

6

次の日の朝早く、青銅は大川のほとりにすわりこんだ。

目が覚めるや、大川べりへ走っていきたくなった。どうして自分が大川べりへ走りたいのかわからないけど、心が大川べりへいきたいのだ。そう思ったら、両足が勝手に大川へ向かっていた。

夏の太陽は、硫黄《いおう》のような光で、大川を照らしている。

大川両岸の作物はまだ成長し、熟しつつあるが、人びとを苦しめてもいる。いつになったら、飢《う》えている人たちの食糧《しょくりょう》になるんだろうと。

青銅は、もうひもじさに慣れてしまっていた。川べりにすわって、手当たりしだいにやわらかい草をつんで、口にほうりこみ、ゆっくりとかんでいる。草は苦いが、ちょっと甘《あま》味《み》もある。

きれいなカササギが数羽、川のこっちから向こうへ飛び、また川の向こうからこっちへ飛び、最後に川の向こうの幹校へ飛んでいった。

青銅《チントン》は幹校の赤い瓦《かわら》屋根を見た。あそこの建物は、目覚ましい勢いでのびるアシに、もうすぐ埋《う》もれてしまう。

川べりのアシの葉の上で、クツワムシが一匹翅《ぴきはね》をふるわせて鳴いている。その鳴き声はさびしげで、濁《にご》りがなく、騒《さわ》がしい夏を少し静かにしてくれる。

青銅はあぐらをかいてすわり、目は川面をながめている。何かが水面に現れるのを待っているように。

青銅を見かけた人がいても、ちらちら見ていってしまう。大麦地《タアマイティ》の人はどうやっても、はっきりさせることができない。この青銅という子がいったいどんな子どもなのか。大麦地のほかの子どもと比べると、どこかしら違《ちが》っている。でも、いったいどこが違うのかも、はっきりとは言えない。

大麦地の人はいつでもよく足を止めて、青銅を見る。でも、長くは見ない。ひとしきり見ると立ち去る。立ち去ってからも、心の中では青銅のことを考えている。けれど、ちょっと考えるだけ。何歩も歩かないうちに、忘れてしまう。

青銅は昼までずっとすわっていた。ひまわりが呼びにいっても、帰らない。しかたなく、ひまわりは帰って大人たちに報告する。母さんは黒っぽい野菜だんごをふたつ、おわんに入れて、ひまわりに持っていかせた。青銅は野菜だんごを食べ終わると、アシの茂《しげ》みへ歩いていって、ジャージャーと小便をし、またさっきすわっていたところへもどった。

ひまわりは学校があるので、青銅につきそってはいられない。

大麦地がまだもうろうと昼寝《ひるね》しているとき、大川の東のはしに、一羽のアヒルが泳いできたような。

青銅には、とっくに移動する黒い点が見えていた。こんなに長い間ここにすわっていたのは、この黒い点を待っていたらしい。少しの高ぶりもなく、もの珍《めずら》しささえなかった。

たしかに一羽のアヒルだ。

アヒルはまっすぐ大麦地のほうへ泳いでくる。途中《とちゅう》、たまに止まって、水中で食べ物を探す。でも、急いでいるらしく、二口三口食べると、またいっさんに泳いでくる。

近づいてきた。アヒルのオスだ。きれいなオス。

青銅の目は、じっとアヒルを見つめている。

アヒルは青銅のまなざしが見えたらしく、泳ぎがためらいがちになった。

青銅《チントン》はもう見分けていた。それは、カァユイんちのいなくなったアヒルだ。ただ、こいつがいったいどこへいっていたのか、なんで一羽だけで川を泳いでいるのか、わからない。


これは、恥《はじ》知らずなオスだった。

あの日の夕方、カァユイが自分ちのアヒルの群れを追って帰ってきたとき、別のアヒルの群れと出会った。カァユイは気にしなかった。というのは、たとえふたつの群れがいっしょになったとしても、まもなく、それぞれの群れにもどっていくからだ。こっちの群れの数羽があっちの群れにまぎれこむとか、あっちの群れの数羽がこっちの群れにまぎれこむなんて、根っから心配するには及《およ》ばない。

ふたつの群れは違《ちが》う方向を向いている。いっときひとつに混じりあったとしても、頭が東を向いているのと、西を向いているのがいるだけ。まもなく、またゆっくりとふたつの群れになる。アヒルたちは、仲間に出会って興奮し、自分の群れにもどってからも、長い間、興奮の中にいる。

出会ったそのとき空は暗く、カァユイはそのオスが自分ちの群れの中にいないのに気づかなかった。

このオスは、よその群れの一羽のメスを見そめ、その群れについていってしまったのだ。群れの主人も気づかなかった。

カァユイんちのオスは、よその群れの中で一夜を過ごし、次の日、またその群れの中で昼じゅうぶらぶらしていた。そのうえ、またよそのアヒル小屋にひと晩泊《と》まった。その群れは大きく、主人はまだ気づかなかった。でも、群れの中の数羽のオスはとっくに気づいていた。オスたちは、カァユイんちのオスに、さっさと立ち去れと何度も警告した。けれど、相変わらず厚かましく自分たちのメスにつきまとうのを見て、とうとうこれ以上はたえられないと取りかこみ、平たいくちばしで、群れから追いだした。

ボーっとなっていたカァユイんちのオスは、それでやっと自分の群れを思いだし、大麦《タァマイ》地《ティ》に向かって泳いできたのだ。

オスのアヒルは、ますます近づいてきた。青銅が立ちあがる。そのとき、気づいた。このアヒルの羽の色が、あのカモの羽とそっくりなことに。

アヒルは青銅がいる場所のそばを泳いでいくとき、スピードがとても速かった。

青銅は岸の上で、ついていく。

アヒルがもうすぐ大麦地村《タアマイティ》の前に泳ぎつくというとき、青銅《チントン》はドボンと川にとびこんだ。

アヒルは羽をばたつかせて逃《に》げていく。ガーガー鳴きながら。

青銅はすぐには水面に現れず、水中にもぐった。水面に顔を出したときは、アヒルから三メートルほどしか離《はな》れていなかった。青銅がアヒルに向かって泳いでいくと、アヒルは羽をバタバタさせて逃げていく。こんな追っかけっこが、川面で長いこと続いた。青銅は体力がなく、何度も水に沈《しず》む。けれど、やっぱり水面にもがき出て、アヒルを追い続ける。

大麦地の子どもたちが見つけ、岸の上でながめている。

青銅はまた水中に沈む。目を大きく開けて空を見ていたが、見えたのは水の中の太陽だった——太陽が水の中に溶《と》けたみたいで、水が金色になっていた。青銅は知らず知らず沈んでいく。まもなく、足が水草にあたった。水草が両足にからみついているような感じがして、びっくり仰天《ぎょうてん》、力いっぱい両足をふんばって、また浮《う》きあがっていく。また、水に溶けた太陽が見えた。顔を上げ、太陽に向かって、またしばらく泳いだら、ちょうど水をかいている黄金色のアヒルの水かきが見えた。青銅は体勢を整えてから、さっと手をのばし、アヒルの二本の脚《あし》をいっしょにつかまえた。

アヒルは必死に羽をばたつかせる。

青銅は水面に浮きでて、アヒルをつかんだまま、岸辺に泳いでいく。どうにかアヒルをつかんでいる以外、もうひとかけらの力もなかった。アヒルをつかんだまま、川原にのびてしまった。アヒルももう力がなかった。もがきもせず、ただ大きく口を開けてあえいでいる。

羊飼いの子どもが学校を通りかかり、ひまわりを見ると、「おまえの兄ちゃん、カァユイんちのあのオスのアヒルをつかまえたぞ」と教えた。

それを聞くと、ひまわりはまだ授業があるのを忘れ、村へかけもどった。

青銅は体に力が出てきたのを感じると、アヒルを抱《かか》えて、村の一本の小道に入っていった。小道のこっちのはしから、向こうのはしまで、ゆっくりと歩く。人の顔は見ない。

アヒルは協力するかのように、おとなしく青銅に抱えられている。

村の人たちはもう昼寝《ひるね》から覚め、ちょうど出かけるところ。多くの人がアヒルを抱えている青銅を見かけた。

一本の小道を過ぎたら、また次の小道を歩く。

とても暑い日で、犬は木陰《こかげ》で長い舌を出して、あえいでいる。

青銅は体も弱っているのに、重たいアヒルを抱えて、まもなく頭にいっぱい汗《あせ》をかいた。

ひまわりがやってきた。兄さんが何をしているのか、わかった。大麦地《タァマイティ》のひとりひとりに、「自分はカァユイんちのアヒルを盗《ぬす》んでない！」って言いたいんだ。ひまわりはしっぽのように、青銅《チントン》のあとに続いた。

青銅はカァユイんちのアヒルを抱《かか》えて、黙々《もくもく》と歩いていく。見かけた人たちは、みな立ちどまった。村の小道には、青銅兄妹《きょうだい》ふたりの足音だけ。その足音は、大麦地の人の心を打った。

ひとりのおばあさんが両手で、冷たい水をいれたひさごを持って、青銅をさえぎった。「坊《ぼう》よ、あたしらわかっとる。あんたは、カァユイんちのアヒルを盗んどらん。いい子だから、ばあちゃんの言うことをおきき。もう歩くなや」と、おばあさんは水をすすめた。

青銅は飲もうとはせず、アヒルを抱えて歩き続ける。おばあさんは、ひさごをひまわりにわたした。ひまわりは、おばあさんに感謝の眼を向けて、ひさごを受けとると、両手で持ったまま、青銅のあとをついていく。澄《す》んだ水がひさごの中でゆれ、空や家も水の中でゆれている。

大麦地のすべての小道を歩き終わると、青銅はうつむいて、ひまわりがささげもっているひさごに顔をうずめ、一気に水を飲みほした。

たくさんの村人が取りかこんだ。

青銅はアヒルを抱えて、川べりへいき、アヒルをそっと空中に放った。アヒルはひとしきり羽をばたつかせると、大川の中に落ちていった……。

7

ニュースが伝わってきた。食糧運搬船《しょくりょううんぱんせん》が川上のいくつかの村で襲《おそ》われ、空っぽになったと。

このニュースは、首を長くして待ちわびていた大麦地の人たちに大きな打撃《だげき》をあたえた。大麦地はまもなく持ちこたえられなくなる。もう何人かが空腹でたおれた。村人はもう大川べりへ食糧運搬船を見にいかなくなった。大麦地は活気がなくなりはじめた。

大麦地の人は道を歩くとき、腰《こし》がやや曲がってきた。みんなしゃべるのがおっくうになり、しゃべっても、蚊《か》の鳴くような声。大麦地は歌を歌わなくなり、芝居《しばい》もしなくなり、集まっていっしょに講談をきくこともなくなった。笑い騒《さわ》ぐこともなく、けんかさえしない。多くの人が際限なく眠《ねむ》りはじめた。まるで、一気に百年も千年も寝《ね》ようとするように。

大麦地《タアマイティ》の犬はみんな腹がぺたんこになり、村の中を歩くときは、よろよろしていた。村長は不安を覚えて、ズボンのひもを引きしめた。「起きろ！　起きろ！」と声を張りあげて、村の小道をまわった。

村長は、大麦地の男も女も年寄りも子どもも、みんな村の前の空き地に呼び集めた。みんなを整列させると、小学校の女先生にリードさせて歌を歌わせた。歌うのはどれも、勇《ゆう》壮《そう》で力強い歌。村長の声は聞き苦しかったが、真っ先に歌った。だれよりも大きな声で。ときには、歌いやめて、村人たちを観察する。力の入っていない人を見つけると、ひどいことばでののしって、元気を出させて歌わせる。村長はどなる。

「いくじなし！　腰《こし》をのばせ！　しゃんと！　木のようにまっすぐに！」

それで、背の高いのも低いのも、大麦地の人はみんな、一本一本の〈木〉になった。

村長は目の前の〈森〉を見ながら、切なくなり、目に涙《なみだ》がにじんできた。「あと何日かがんばろう。稲《いね》の刈《か》り入れができるぞ」

腹を減らした大麦地の人びとが、ギラギラと燃えるような太陽の下で、声を張りあげて歌っている。

「これが大麦地じゃ！」と村長。

大麦地は水びたしになったことがある。火に焼かれたことも。伝染病にやられたことも。匪賊《ひぞく》や日本軍に襲《おそ》われたこともある。大麦地は何度も何度も大きな災害に遭《あ》った。だが、果てしなく広いアシ原の中で存在してきた。子々孫々、絶え間なく繁栄《はんえい》し続け、大麦地は大きな村にまでなった。朝、家々のかまどの煙《けむり》がひとつになると、まるで雲海のようだった。

この日、青銅《チントン》のおばあちゃんがいなくなった。家族みんなであちこちさがしたが、見つからなかった。

夕方、おばあちゃんは村の前の土の道に現れた。歩みがとてものろい。一歩進むと、しばらくは休んでいる。おばあちゃんは背中を丸め、肩《かた》に小さな米袋《こめぶくろ》をかついでいた。

家族みんなで、出迎《でむか》えにいった。おばあちゃんは米袋を青銅の父さんにわたし、母さんに「夜、子どもたちにご飯をたいてやって」と言った。

家族全員が気づいた。おばあちゃんの手の、キラキラ輝いていた金の指輪がなくなっていた。

だれも何もたずねなかった。
青銅とひまわりは、右と左から、おばあちゃんを支える。
夕日が西に沈《しず》み、やさしい太陽の光が、田畑や野っぱらや川の流れを赤く染めた……。

8

ある日の深夜、大きな食糧運搬船《しょくりょううんぱんせん》が、ついに大麦地村《タアマイティ》の大川に横づけになった……。

（1） 大餅《タアピン》 小麦粉などで作るクレープやお焼きのようなもので、形が大きい。干糧《カンリャン》の一種。

# 第八章　ちょうちん

1

稲《いね》を刈《か》り、取り入れ、新米が登場した。

大麦地の空気の中に、刈られたあとの稲のかぐわしい香《かお》りが飛びちっている。その香りは、どんな草や木にもないものだ。

青銅の父さんは、石ローラーを引く牛を追って、稲を脱穀《だっこく》している。父さんは何度も声をかける。そのかけ声は、秋の田畑や野っぱらにこだまし、あたり一面に明るさを感じさせた。稲は麦のようにたやすくは脱穀できない。一回脱穀するのに、たいてい七、八時間はかかる。それに、すべての稲がほとんどいっしょに熟れるし、秋はまたよく雨が降る。だから、村じゅうの労働力を動員して、ひっきりなしに刈り入れ、運び、脱穀しなければならない。

父さんは、昼も夜も牛を追っている。

牛は年老いた。それに夏の間少しの穀物も食べられず、ただ青草を少し食べられただけだ。青石のローラーを引きずるのは、しんどそうだ。

父さんは、牛ののろのろした歩みを見ながら、牛のとがった、ペタンとした尻《しり》を見ながら、心が痛んだ。でも、父さんにもどうしようもない。大声でしかったり、ときには鞭《むち》をふりあげて、牛の体をひっぱたき、足を速めさせることさえする。

父さんは心の中で心配している。こいつは今年の冬を越《こ》せないかもしれん！

父さんも疲《つか》れ果てていた。居眠《いねむ》りしながら、回転する石ローラーについていく。かけ声をかけるのは、半分は牛をせきたて、半分は自分の目を覚まさせるためだ。

真夜中、父さんのかけ声は、冷たく湿《しめ》った空気の中を広がっていき、なんだかさびしく聞こえる。

何回か回ると、地べたの稲《いね》を混ぜ返して、また脱穀《だっこく》する。みんなに、混ぜ返しにくるよう知らせるのは、ドラの音。

ドラが鳴ると、みんなは混ぜ返すフォークを持って、脱穀場にかけつける。

夜中、疲れのたまっている村人はすぐには目覚めない。ドラの音は長いこと鳴っている。

みんなが、立て続けにあくびをしながらやってくるまで。

一回目の精米が終わると、さっそく人数割りで家々に分けられた。

その日の夜、みんなが新米を食べた。

新米には淡《あわ》い緑色のうす皮があって、油をぬったように光っていた。できあがったのは、おかゆだろうと、ご飯だろうと、いい匂《にお》いがした。

大麦地《タアマイティ》の人たちは、月の下で、ひとりひとりどんぶりを手に、新しくたいたおかゆか、ご飯を食べながら、過ぎ去った日々のことを思っては、しばし箸《はし》を止める。みんな、鼻で、うっとりするような香《かお》りをかぐ。年寄りの中には、どんぶりに涙《なみだ》をこぼす人たちもいた。

村の人みんな、どんぶりを手に家を出て、村の小道を歩きまわる。

みんな互《たが》いに、新米の香りをほめあっている。

顔色が悪くやせていた大麦地《タアマイティ》の人たちは、何日か新米を食べると、また血色のいい顔になり、体にも力が入ってきた。

この日の夜、おばあちゃんが家族みんなに言った。「わたし、いくよ」

それは、東海《トンハイ》(1)の海辺に住む妹のところへいくということ。おばあちゃんはずっと前から、その思いを持っていた。おばあちゃんは言う。「わたしはもう長くない。まだ動けるうちに、妹に会っておきたい」って。おばあちゃんには、妹がひとりいるだけ。

父さんと母さんも賛成《さんせい》した。

ふたりは、おばあちゃんが東海《トンハイ》の海辺へいく、もっと重要なわけには思いつかなかった。過ぎ去ったこの夏の日々、青銅《チントン》のうちはたくさんの食糧《しょくりょう》を借りた。それを返してしまうと、青銅ちの食糧はまたきびしくなった。おばあちゃんは思った。自分が妹の家へいって、しばらく暮らせば、ひとり分の食糧が節約できる。妹のところは比較的豊かだ。それに、妹のところへんは、綿の産地。綿をつむ季節になると、たくさんの人をやとって綿を取り入れる。手間賃はお金か、綿だ。おばあちゃんはこれまで、何度も海辺へ綿つみにいったことがある。綿をいくらか持ち帰って、青銅とひまわりに、綿入れの上着とズボンをこしらえてやりたいのだ。すぐに冬だ。このふたりの子たち、暮らしはこんなに貧しいのに、背丈《せたけ》はぐんぐんのびる。今着ているのは、たとえボロボロになっていなくても、短すぎる。腕《うで》も足も、去年の冬にはもう大きく外に出ていて、心を痛めたものだ。

けれど、おばあちゃんはただ、妹に会いにいくとだけ言った。

この日、大麦地《タァマイティ》から東海の近くへにんじんを積みにいく船があり、おばあちゃんは都合よく乗せてもらえた。青銅とひまわりは、川べりまで見送った。

ひまわりが泣きだした。

「この子ったら、何を泣くのさ？　おばあちゃんも、帰ってこないんじゃない。家でお利口にしてるんだよ。しばらくしたら、帰ってくるから！」

銀髪《ぎんぱつ》が風にゆれる。船は、おばあちゃんを乗せていってしまった。

おばあちゃんがいったあと、青銅たち家族は、ずっと心が空っぽでさびしかった。

何日かしかたっていないのに、ひまわりがきく。

「母さん、おばあちゃんはいつ帰るの？」

「おばあちゃんが出かけてから、何日もたってないよ。もう、おばあちゃんが恋しいのかい？　まだ、早いよ」と母さん。

でも、母さん自身はというと、仕事をしながら、しているうちに、ついぼんやりしてしまう。心の中ではずっとおばあちゃんのことが気にかかっているのだ。

半月が過ぎた。おばあちゃんは帰ってこない。便りもない。

母さんが父さんに恨《うら》み言を言いはじめた。

「おばあちゃんをいかせるべきじゃなかったんよ」

「どうしてもいくっていうんだ。止められるか？」と父さん。

「止めるべきだったんよ。あんなお年で、遠くへいっちゃいけないよ」と母さん。

父さんは煩《わずら》わしくなった。

「何日か待っても、帰ってこんなら、おれが迎《むか》えにいく」

また、半月が過ぎた。父さんは海辺へ手紙を託《たく》した。おばあちゃんに早く帰ってくるようにと。向こうから言《こと》づけてきた。「おばあちゃんは、こっちでとても元気にしてる。ひと月もしたら、帰るよ」

けれど、半月もしないうちに、海辺から船でおばあちゃんを送ってきた。船は夜に着いた。つきそってきたのは、おばあちゃんの甥《おい》っ子で、父さんのいとこ。その人はおばあちゃんを背負って、青銅《チントン》の家の戸をたたいた。

家族みんなが起きだした。

父さんが戸を開け、その様子を見て、あわててたずねた。

「こりゃ、どうしたんだ?」

「なかで話そう」といとこ。

急いで家に入る。

家族みんな、おばあちゃんがやせて小さくなったと思った。でも、おばあちゃんは微笑《ほほえ》んでいる。できるだけなんでもないと見えるように。

父さんがいとこの背中から、おばあちゃんを抱《だ》きとって、母さんがしつらえたベッドにおろした。父さんはおばあちゃんを抱きとったとき、ギクッとした。おばあちゃんは一枚の紙のように軽かったのだ。

一家はあれこれと動きだした。

「もうおそいから、みんな早くお休み。わたしは大丈夫《だいじょうぶ》だから」とおばあちゃん。

父さんのいとこが言う。

「おばあちゃんは向こうで、もう十何日も寝《ね》こんどったんだ。もっと早く知らせたかったんだが、おばあちゃんが承知せんでな。あんたらが知ったら、気をもむからってさ。そんなら、ちょっと待ってみよう。少しようなったら、知らせようって思ったんだ。ところが、ようならんばかりか、日一日と重うなってな。うちの母さんがこの様子を見て、『こうしてちゃいけない、急いで家へ送ってやらんと』って言うて」

父さんのいとこは、ふりかえってベッドの上のおばあちゃんをチラッと見ると、声をふるわせた。

「おばあちゃんは過労で、たおれたんだ」

父さんのいとこは、この一か月余りの、海辺でのことを、ひとつひとつ青銅《チントン》たちに話してくれた。

「おばあちゃんはうちへきて、二日ばかり休むと、すぐに綿畑へ綿つみにいった。ほかの人がどんなにいくなと言うても、きかなくてな。朝早うから、畑に出てさ。畑で綿をつむんは、ほとんどが娘《むすめ》っ子か若い嫁《よめ》さんで、年寄りはおばあちゃんひとり。その綿畑は、はしっこが見えんほどでな。いってもどってくるのに、一日がかりさ。おれらみんな、おばあちゃんには無理だと思うて、家でのんびりしててって言った。けど、大丈夫《だいじょうぶ》だって言い張ってさ。うちの母さんが、『綿つみにいくんなら、もう帰って！』って言うたら、おばあちゃんは『綿をじゅうぶんにかせいだら帰るよ』って。ある日の昼間、綿畑の真ん中で気を失ってたおれたんだ。幸い、見かけた人がおって、送ってきてくれた。その日から、もう起きあがれんようになってな。世の中に、こんな年寄りは見たことがねえよ。寝こんでもまだ、綿つみにいくって。青銅とひまわりに、綿入れの上着とズボンを作ってやるんだと言うて。うちの母さんが言うた。『青銅とひまわりの綿入れを作る綿は、うちから持ってけばいい。もう気にかけるんじゃないよ』って。おばあちゃんは言うんだ。『あんたんちのは古い綿だ。わたしは新綿をふた包み、かせぐんだ』って。おばあちゃんはあんなにたくさん綿をつんだんだから、手間賃を綿に換算《かんさん》したら、青銅とひまわりに綿入れを作ってやるのに、おおかた足りるんさ。なのに、おばあちゃんは足りないと言い張る。『冬は寒い、青銅とひまわりには分厚い綿入れの上着とズボンを作ってやるんだ』って……うちらあたりの人はみんな、おばあちゃんを知っとる。みんな、こんなにいい年寄りは見たことがないって言うとるよ……」

青銅とひまわりは、ずっとおばあちゃんのベッドのそばで見守っている。おばあちゃんの顔は、ひと回り小さくなったみたいだ。髪《かみ》は冷たい雪のように白い。おばあちゃんはふるえる手をのばし、青銅とひまわりをなでる。ふたりは、おばあちゃんの手は冷たいなと思う。

おばあちゃんといっしょに帰ってきたのは、大きな綿包みふたつ。次の日、太陽の下で包みを開けたとき、その綿の白さに、見た人はあっけにとられた。みんな、こんなにいい綿を見たことがないと言った。

母さんが、手でたくさんの綿をつかんだ。ぎゅっとにぎると、小さなかたまりになり、手を開くと、空気を吹《ふ》きこまれたように、さっとふくらんだ。母さんは、ベッドの上にひっそりと横たわっているおばあちゃんを、チラッと見ると、背を向けた。涙《なみだ》がこぼれだした……。

## 2

おばあちゃんはどうしても起きあがれなかった。

静かにベッドに横たわって、外の風の音や鳥の声、ニワトリやアヒルの鳴き声を聞いている。

ひと晩中、暴風《ぼうふう》が吹《ふ》き荒《あ》れ、大麦地《タアマイティ》に冬がきた。

青銅《チントン》のうちではずっとお金の算段をしている。おばあちゃんを城内へ病気治療《ちりょう》にいかせようと。

「わたしは病気じゃない。年取っただけさ。そのときがきたんだ。牛みたいにね」とおばあちゃん。

青銅ちの牛は、おばあちゃんの言うとおりになった。大麦地に初雪が舞《ま》った日、牛はおばあちゃんと同じようにたおれこんだ。そうやってたおれても、見たところどこも悪くないみたいだった。たおれるとき、大きな音がした。なんといっても一頭の牛だったから。

青銅の家族はみな、壁《かべ》がたおれるような音を聞いて、牛小屋へかけつけた。

牛は地べたにたおれ、もうダメだという眼で、青銅たちを見ている。

牛は「モォー」とも鳴かず、モグモグ、ブツブツという音さえ出さなかった。けんめいに、とても重そうに頭を上げ、ビー玉みたいな大きな目で、主人たちを見ている。

父さんが母さんに、急いで豆をすってこさせた。豆乳を飲ませてやろうと。でも、豆乳を口もとに持っていっても、牛はピクリとも動かなかった。もう豆乳を飲みたくないのだ。必要がないと思ったようだ。

それを聞いて、おばあちゃんはため息をついた。

「年老いたんだよ。けど、今たおれるなんて、ちょっとばかり早いようでもあるね」

おばあちゃんがことばをついだ。

「あんたたち、わたしのことはほっといて。大丈夫《だいじょうぶ》だから。この冬が過ぎて、春になったら、よくなるよ。先に牛の世話をしておやり！　この牛、わたしらんとこで、こんなに長いこと、なんにもいい日がなかったね」

青銅たちは、牛とのたくさんの出来事を思いだす。ありありと。いい牛だった。人の心がわかるいい牛。こんなに長い年月、なまけたこともなく、へそを曲げたりもしなかった。人間よりももっとおとなしく、あたたかかった。黙々《もくもく》と働き、主人たちに従った。うれしいときには、空に向かってモォーーと鳴いた。一年の大部分は、草だけを食べた。春、夏、秋は青草を食べ、冬は干し草を食べた。農作業がきついときだけ、豆やら麦やらを少し食べた。病気のときだけは、ひと鉢《はち》の豆乳を飲むか、卵をいくつか食べられた。満ち足りると、草を食べながら、しっぽをふりまわした。青銅《チントン》とひまわりを背中に乗せて、足の向くままあっちへいったり、こっちへいったりするのが好きだった。ふたりの小さなお尻《しり》が、気持ちよかった。主人たちといつもいっしょにいて、情が通っていた。そのうちのひとりでも、何日か会えないでいて、次に会ったときには、長くてあたたかいベロをのばして、その手の甲《こう》をなめた。だれでも、なめるままにさせた。べっちょりした唾液《だえき》を気にしたことはなかった。

青銅のうちの人は、牛が家畜《かちく》だというのをよく忘れた。何か思うことがあると、思わず知らず牛にしゃべっていた。みんな、牛に話すのに、自分たちの言うことがわかるかどうかなんて、考えたこともない。

人が話をするとき、牛は草をかみながら、ふたつの大きな耳を立てている。

大麦地《タァマイティ》の人は、一般《いっぱん》に、この牛をいじめようとはしない。この牛をいじめるのは、青銅のうちの人をいじめることになると思うからだ。

牛はおばあちゃんと同じように、もがきながら起きあがろうとしたが、どうしても起きあがれなかった。すると、もう、もがこうとはせず、静かに地べたにへたりこんだ。

牛も、風の音や鳥の声、ニワトリやアヒルの鳴き声を聞いている。

牛小屋の外は、雪が舞《ま》っていた。

青銅とひまわりは、たくさんの藁《わら》を抱《かか》えてきて、牛のまわりに積みあげた。牛は頭だけを出している。

父さんが牛に言う。

「おれらみんな、おまえに申し訳がねえ。ここ数年、おまえを働かせるばっかりで。春は畑を耕させ、夏は水を運ばせ、秋は石ローラーを引かせ、冬もたいていゆっくりはさせなんだ。おれは、鞭《むち》でぶったことも……」

牛のまなざしに、親しみがあふれる。

牛は青銅のうちの人たちに、なんの不平もなかった。一頭の牛として、青銅のうちで暮らしたのは、幸運というもの。牛はまもなく逝《い》ってしまう。心の中に何があるだろう？

青銅のうちの人たちへの感謝があるだけ。みんなが、自分の体じゅうのできものをきらわなかったことに感謝。夏に、牛小屋の入り口に、アシで編んだ大きなすだれをかけて、蚊《か》にかまれるのを防いでくれたことに感謝。冬には、ぽかぽかあたたかいお日さまの下へ連れていって、ひなたぼっこさせてくれたことに感謝。……一年中、春夏秋冬、風の日も晴れた日も、雨や雪の日も、牛にとってはめったにない恵《めぐ》みのすべてを受けたのだった。じゅうぶんに生きた。生きたかいがあった。この世でいちばん幸せな牛だった。

牛は逝《い》こうとしていた。青銅《チントン》の家族が見える。たったひとつ残念なのは、おばあちゃんが見えないこと。牛は思う。来年の春になって、あたりが野の花でいっぱいになるとき、おばあちゃんはきっと起きあがれる。おばあちゃんはいつも、自分を「チクショウ」って呼んでた。けど、口ぶりにはいとしさがこもってた。おばあちゃんは自分の孫たちのことを、「このチクショウめが」と言うときがあったっけ。

夜中、寝《ね》るまぎわに、父さんはちょうちんに火を入れ、雪の中を歩いて、小屋へ牛を見にきた。

青銅とひまわりも、いっしょについてきた。

家にもどると、父さんが言った。

「あいつ、今夜を越《こ》えられんかしれんな」

次の日、青銅の家族は発見した。牛が死んでいるのを——黄金色の藁《わら》の山の中で。

## 3

おばあちゃんは油麻地鎮《ヨウマァティチェン》の病院に送られて、検査をしたが、なんの病気も見つからなかった。鎮《チェン》の病院は、県の病院で再検査をするようにと言う。県の病院でまた検査をした。おばあちゃんの病気は軽くないというだけで、いったいどんな病気なのかも、はっきりしない。早いとこお金をはらって入院させ、観察しようと言うだけ。

父さんが会計の窓口へいって、入院費をたずねた。なかの年ごろの娘《むすめ》がそろばんをはじいて、金額を言った。聞いた父さんは、「あぁあぁ」と言ったきり、黙《だま》ったまま床《ゆか》にしゃがみこんだ。それは大変な額で、青銅の家では永遠に負担できない金額だった。父さんは、自分の頭の上に山があるように感じた。大きな山が。ずいぶんたって、やっと立ちあがり、診察室《しんさつしつ》の入り口に向かった——廊下《ろうか》のつきあたり、母さんが、長いすに横になっているおばあちゃんを見守っている。

父さんと母さんは、おばあちゃんを連れて大麦地《タァマイティ》に帰るしかなかった。

おばあちゃんがベッドの上で、「診《み》てもらわんでいいよ」と言い、ため息をついた。「あんチクショウが、わたしより先にたおれるなんて、思いもせんかった」

父さんと母さんは昼も夜も頭を痛めていた。どこへ、入院費を工面しにいこうかと。おばあちゃんの前では、ふたりともゆったりと落ちついたふうだった。でも、おばあちゃんは、この家の内情はわかっている。おばあちゃんは、早くも老けてしまった青銅《チントン》の父さんと母さんを見やりながら、ふたりをなぐさめる。

「わたしの体は、わたしがいちばんわかっとる。あたたこうなったら、よくなるよ。心配せずに、するべきことをしなされ」そして、「あの木箱の中のお金は、ひまわりの後学期の学費にとってあるんだ。あれをどうこうしようなんて考えるんじゃないよ」とつけくわえた。

父さんと母さんがあちこちでお金を工面しているとき、おばあちゃんはベッドに横になって、青銅に相手をさせるか、ひまわりに相手をさせるか、兄妹いっしょに相手をさせるかだった。病気になったことで、孫たちといっそう親しくなったと、おばあちゃんは思う。おばあちゃんはふたりの子どもがそばにいるのを、どんなにか喜び、ふたりが遠くへいくのをひどく恐《おそ》れた。ひまわりが学校へいったあと、おばあちゃんは、いつ終わるんかな？　と気にかかる。学校がひける時間が近づくと、外の足音に耳をすます――いつも、ひまわりは走って帰ってくる。学校がひけるのがおくれて、いつもの時刻に帰れないと、おばあちゃんは青銅に「分かれ道のとこへいって見といで。なんでまだ帰らんのだろ?」と言う。青銅はすぐに分かれ道へ見にいくのだった。

　この日の朝、ひまわりたちが起きたばかりのところへ、カァユイがやってきた。カァユイは片手に一羽ずつアヒルをつかんでいる。オスとメスと。

　青銅たちはみな、いぶかしかった。

　カァユイは脚《あし》をしばった二羽のアヒルを、地べたにほうった。アヒルたちはすぐに羽をばたつかせて、逃《に》げだそうとした。でも、土ぼこりをまきあげただけで、とうとう逃げられないとわかると、おとなしく地べたに腹ばった。

　カァユイがきまり悪そうに、へどもどと言う。

「うちの父ちゃんが、おいらに、二、二羽のア、アヒルを、持ってけって。ばあちゃんに、ス、スープを、の、飲ませてって、父ちゃんが、言うた。ばあちゃんが、ア、アヒルの、スープを飲んだら、すぐによ、よく、よくなるって……」

　青銅たちは、たちまち感動に包まれた。

「そ、そんじゃぁ……」

「坊《ぼう》よ!」おばあちゃんが呼んだ。

カァユイが立ちどまった。

「ばあちゃんは一羽だけもらう。もう一羽は持って帰っとくれ」とおばあちゃん。

カァユイは「ダメ！　父ちゃんが、い、言うた。に、二羽……」と言うと、かけ去った。

青銅《チントン》たちはカァユイの遠ざかる後ろ姿を見ながら、長い間口をきかなかった。

カァユイがいってしまってまもなく、青銅はまだ卵を産むメスのアヒルを抱《かか》えて、川べりにいって放した。

この日は、ひまわりのテストの日。カァユイが帰ったあと、母さんがひまわりに言う。

「なんでまだグズグズと、学校にいかないんだい。今日はテストじゃないのかい？」

ひまわりは何か言いたそうだったが、母さんはもうブタにエサをやりにいってしまった。

ここ数日、ひまわりはずっと家の人にこう言いたかった。

「後学期は、もう学校にいきたくない」

ひまわりはもう四年生になった。

大麦地《タァマイティ》の多くの家の子どもは、学校へいかない。お金がないからだ。ひまわりはもう四年も学校にいった。そのうえ、ひまわりの家は大麦地でいちばん貧しい家なのだ。ひまわりは知っている。この家で、たったひとり〈むだ飯を食っている〉のは自分なのだ。むだ飯を食っているだけじゃなく、たったひとりお金を使わせているのも。自分はこの家のお荷物だ。父さん母さんがお金の心配をするのを見るたび、つらくなる。ひまわりの勉強がよくできるのは、ひとつは賢《かしこ》いからだが、もうひとつはしっかり勉強しなければとわかっているからだ。

今、おばあちゃんが病気になって、たくさんの入院費がいる。どうして平気で学校へいけるだろう。ひまわりは学校をやめたかった。でも、父さん母さんに言う勇気もない。聞いたら、ふたりはきっと怒《おこ》るだろう。

ここ数日、ひまわりの心には、いい考えが浮《う》かんでいた。その考えは、ひまわりの気持ちを高ぶらせた。それは、放課後、道を歩いていたとき、ふいにわいてきたものだ。その思いにびっくり仰天《ぎょうてん》して、ひまわりはさっとあたりを見まわした。だれかにその思いを見られでもするみたいに。その思いは、わきまえのない小鳥が、心のカゴの中で飛びまわるようで、あちこちぶつかって、チチチチと鳴きわめく。ひまわりは手で口をおさえた。心の中の〈小鳥〉がすぐにも飛びだしてきやしないかと。

この〈小鳥〉は、カゴの中で飛びまわらせ、うろうろさせておくだけ。外に飛びださせて、人に見せることはできない。まして、家の人には。

家に入る前に、ひまわりはこの〈小鳥〉を静かにさせて、おとなしくカゴの中にいさせなければ。

なのに、〈小鳥〉は外へ出ようともがき、外へ飛ぼうとし、空へ上がろうとする。

ひまわりは自分の顔をさわってみた。冷たい北風の中にいるのに、とても熱かった。

ひまわりは北風の中をぐるぐる歩いて回り、〈小鳥〉がカゴの中で騒《さわ》がなくなって、ほっぺたが冷えてから、家に入った。

それからの数日間、〈小鳥〉がカゴの中で鳴くのを感じないときはなかった。

今日、もう少ししたら、この思いを実現させる。どの科目のテストも全部、大なしにしてやる！

〈小鳥〉はかえって静かになってきた。暗くなる前に、だれにもじゃまされない林を見つけたみたいに。

冬の何もない田畑には、同じように何もないあぜがいくすじも。

子どもたちは、家がひとつ所ではないので、このとき、みんな違《ちが》う田んぼのあぜに、ばらばらにいた。

子どもたちは、いろいろな色の服を着ている。それは灰色の田畑を飾《かざ》り、田畑を生き生きさせている。

まもなく、みんなといっしょにいられなくなる。

ひまわりはちょっと悲しくなった。

ひまわりは勉強好きな女の子。勉強に夢中で、学校にとりつかれてさえいる。男子、女子、背の高い子、低い子、身だしなみのいい子、ばっちい子、いたずらな子、おとなしい子、心のせまい子、広い子、みんないっしょに集まって、わいわいがやがや。でも、始業のベルが鳴ると、水面で遊んでいた魚たちの長い列が、びっくりして、四方へ散っていったみたいになる。しばらく、静かな池の中には、空の浮《う》き雲が逆さに映っているだけ。授業が終わると、みんな何十年も檻《おり》の中に閉じこめられていたみたいに、けんめいに外へ向かってかける。しばらくの間、教室の前の空き地には、土ぼこりが高く舞《ま》いあがる。

ひまわりは土ぼこりの中をかけまわる。

たいていの女子は、ひまわりが好き。

みんないっしょに、羽根けりをし、石けりをし、いろいろなゲームをして遊ぶ。女子の間ではよく口げんかがあるが、ひまわりと口げんかする子はほとんどいない。ひまわりも口げんかはできない。何をするにも、みんなはひまわりを入れたがる。みんな、ひっきりなしに、「ひぃちゃん、いっしょにしよう！」「ひぃちゃん、いっしょだよ！」と声をかける。

女の子どうし、いつだって話すことがある。それは、いくらしゃべっても終わらない。道でしゃべり、教室でしゃべり、どっかの隅《すみ》っこでもしゃべる。トイレの中でさえ——しょっちゅう、トイレでしゃべる。男子は、そばで盗《ぬす》み聞き。耳をそばだてていても、はっきりとは聞こえない。女の子たちは、ふっと盗み聞きされているのを感じると、口をつぐむ。でも、すぐに、またしゃべりだす。

夏、生徒たちは学校へいって、昼寝《ひるね》をしなければいけない。机の上に横になったり、腰《こし》かけの上に横になったり。ひまわりはどちらも面白いと思う。こんなにたくさんの人がいっしょに寝るのに、少しの音も立ててはいけない。けど、だれも寝たくない。お互《たが》いにこっそりと、しぐさや目配せをしたり、声をひそめて話をしたり。ついに、ベルが鳴ると、みんな「フーッ」と息をはいて、すぐにとび起きる——実際は、だれも寝なかったのだ。

冬は寒い。生徒たちはひとりひとり壁《かべ》の前に立ち、長い列を作って、おしくらまんじゅう。真ん中の何人かは、必死で列に残ろうとするが、どうしたっておしだされる。ひまわりは、よくおしだされる。おしだされたら、はしっこにかけてって、ほかの人をおす。おしたり、おされたり、かわるがわるやってると、まもなく、体があたたまってくる。

ひまわりはもう、たくさんの子どもが、せまい教室にぎっしりつまっているときに発散する匂《にお》いに慣れた。それは、ほかほかあたたかく、ちょっと酸っぱい汗《あせ》の匂いがする。でも、それは子どもの汗の匂い。

ひまわりは、文字や数字が好き。文字も数字も不思議だと思う。たくさんの人といっしょに、教科書を朗読するのが好き。先生にさされて、立って、ひとりで朗読するのはもっと好き。教室の静けさから、自分の朗読が人をうっとりさせるのがわかった。ほとんどだれも、朗読のしかたを教えたことはない。けれど、ひまわりの朗読は、全校で有名だった。声はそれほど高らかではない。ちょっと細く弱々しくさえある。でも、きれいな水で洗ったように、清らかなのだ。ひまわりはリズムを知っている。軽く読むところと、重々しく読むところを知っている。イントネーションや間の取り方を知っている。羊の群れが草地を知り、飛ぶ鳥が空を知っているように。

ひまわりの朗読は、まるで、はるかかなたから聞こえてくるようだ。

ひまわりの朗読は、夜の月明かりの下の虫の音のように、子どもたちを催眠《さいみん》状態にする。子どもたちはほおづえをついて聴《き》いているが、聴き終わると、ひまわりがいったい何を朗読したのか思いだせない。

子どもたちは、いつひまわりの朗読が終わったのかさえわからないときがある。先生の「もう一度みんなで朗読しましょう」という声で、はっと気がつくのだ。

でも、まもなく、こんなことがみんな、ひまわりから遠くなる。

ひまわりは、ためらわなかった。

午前は国語、午後は算数のテスト。ちっともむずかしくないテスト問題を、ひまわりはめちゃくちゃにした。

でたらめな答えを書き終えたあと、ひまわりはかえって気が楽になったようだった。夜、おばあちゃんのそばにいるときには、おばあちゃんが教えてくれた面白い歌を、次々と歌いさえした。

母さんが父さんに言う。

「あの子、〈歓喜《ホアンシー》だんご〉(2)でも拾ったのかね?」

ひまわりは歌っているうちに、外へ出ていった。

それは、雪のあとの夜。

木の上にも、家の上にも、田畑にも、夕飯の前に大雪が降ったばかり。

月はうすっぺら、でもとても大きい。

ひまわりはチラッとながめたとき、昼かと思った。頭を上げたら、木の上で休んでいるカラスたちさえ見えた。

遠くに見えるのは小学校。高いポールが、細い灰色の直線になっている。

これからは、遠くから見るしかない。

ひまわりは泣きだした。でも、悲しいからじゃない。とうとう、家の負担を増やさなくてよくなったのだ。それに、兄さんといっしょに家で仕事の手伝いができる。みんなといっしょに、お金をかせぐんだ――おばあちゃんの病気を治すお金を。

自分は大きくなったと、ひまわりは思う。

二日後、学校は冬休み。子どもたちは成績表を手に、家から持ってきた腰《こし》かけをかついで、帰宅する。ほとんどの子が、ひまわりの成績を知っていた。どの子も理解に苦しんでいる。帰り道、いつものにぎやかさや、笑い声はなかった。

ひまわりは、ふだん仲のいい女の子たちといっしょに、村へ帰る。

別れるとき、女の子たちは立ったまま動かなかった。

ひまわりは、その子たちに手をふる。「ひまがあったら、うちに遊びにきてね」と言うと、家へ向かった。道々、ひまわりは涙《なみだ》をこらえていた。

女の子たちは、ずーっと立ちつくしていた。

その日の午後、小学校の先生が家へやってきて、ひまわりのテストの成績を父さん母さんに教えた。

「どうりで。成績表を見せろと言うたら、ごまかしよった」

父さんは腹が立って、一発なぐりたかった。父さんはまだ、ひまわりをぶったことがない。指一本ふれたことさえない。

母さんはびっくりして、腰《こし》かけの上にペタンとすわりこんだ。

このとき、ひまわりは青銅《チントン》にくっついて、田んぼへ、氷の下の魚をつかまえにいっていた。水田には魚がいて、氷に閉じこめられている。新鮮《しんせん》な空気を吸いたくて、口で氷を吹《ふ》く。小さな穴を開けたいのだ。結果は、氷に穴を開けられないばかりか、自分をさらけだしてしまう。人は頭を低くして、氷の上をさがす。氷の下に白い泡《あわ》が見えたら、木づちをふりおろす。すると、下の魚は震動《しんどう》で気が遠くなる。さらに氷をたたきこわし、手を水の中にのばすと、一匹《ぴき》の魚がとれるのだ。

ひまわりが手にしているカゴには、もう何匹もの魚がいた。

ひまわりは、ポケットの中の成績表を出して、青銅に見せたかったが、その勇気がない。

青銅がまた大きな魚をつかまえるのを待って、やっとポケットから成績表を取りだして、青銅にわたした。

成績表を見た青銅は、手から木づちを取り落とし、もう少しで足に当たるところだった。田んぼには風がある。成績表が青銅の手の中で、ぶるぶるふるえている。手が凍《こご》えてしびれたからか、それとも気がぬけたせいか、成績表は風に吹《ふ》き落とされて、水田の氷の上をひらひらしている。

ふたつ折りの成績表は、白いチョウチョのように、青い氷の上を飛んでいる。

青銅はようやく、成績表が自分の手から落ちたのに気づき、走って追いかけた。氷の上でつまずいて転んで、やっと成績表をつかんだ。青銅は怒《いか》り狂《くる》って成績表をふりふり、よろよろしながらもどってきた。ひまわりの目の前で、力まかせに成績表をふる。パタパタパタと音がした。

ひまわりはうつむいて、青銅を見ようとしない。

青銅は、とても賢《かしこ》い子だ。手まねで単刀直入に言う。

「わざとやったんだろ！」

ひまわりはかぶりをふる。

「わざとだ！　わざとやったんだ！」

青銅《チントン》は空中に、ふたつの拳《こぶし》をふりあげた。

ひまわりは、青銅がこんなに怒《おこ》ったのを見たことがない。こわくなった。兄さんの拳が落ちてくるのではと心配で、無意識に手で頭を抱《かか》えた。

青銅は、ひまわりが田んぼのあぜに置いていたカゴをけとばした。魚たちはまだ生きていて、あぜの枯《か》れ草の中や、太陽の下の氷の上で跳《は》ねている。

青銅は木づちを拾うと、渦巻《うずま》きのように体をぐるぐる回転させながら、遠くへほうった。木づちが空中から氷の上に落ちたとき、氷は強烈《きょうれつ》にゆすぶられ、ビシッという音がして、すぐさまイナヅマのような形の白い裂《さ》け目が現れた。

青銅は片手で成績表を持ち、片手でひまわりの腕《うで》をつかんで、家へ引きずっていく。

まもなく家に着くというとき、青銅は手をゆるめた。

「父さん母さんに言うな」

「父さん母さんが知ったら、ぶち殺されるぞ！」

青銅はふりむくと、ひまわりの手を引いて、家と反対のほうへ走った。

ふたりは林の中で、足を止めた。

「おまえは勉強するんだ！」と青銅。

「あたし、勉強好きじゃない」

「おまえは、好きだ」

「好きじゃないよ」

「おまえ、おばあちゃんの病気のせいで、勉強したくないんだ」

ヒマワリはうなだれて、泣きだした。

青銅はそっぽを向いて、林の外の雪におおわれた田畑を見やる。鼻がツーンとなる。

ふたりは暗くなるまでぐずぐずしていたが、帰るしかなかった。

父さんと母さんは、ふたりを待ち受けていたようだ。

「成績表は？」と父さん。

ひまわりは青銅を見て、うつむくと、自分の足もとを見つめた。

「おまえにきいてるんだ、成績表は?!」父さんが声を高めた。

「父さんがきいてるだろ！　耳はないのかい？」今回は、母さんもひまわりの味方ではないようだ。

ひまわりは、また青銅《チントン》に目をやった。

青銅はポケットから成績表を取りだし、びくびくしながら父さんの手にわたした。その様子は、成績表がひまわりのではなく、自分のもののようだった。

父さんは目もくれず、成績表をびりびりに引き裂《さ》いて、ひまわりに投げつけた。

紙くずがパッと下に落ち、ひまわりの頭にもたくさん落ちた。

「ひざまずけ！」父さんがどなった。

「ひざまずくんだよ！」母さんも、父さんのあとから叫《さけ》ぶ。

ひまわりがひざまずいた。

青銅はひまわりを助けおこしたかったが、父さんにキッとにらまれ、そばに立っているしかなかった。

「話をさせな！　どういうことだか？」

奥の部屋から、おばあちゃんの声がした。

おばあちゃんがはじめて、ひまわりに腹を立てていた。

ひまわりは、自分が勉強するかしないかに対して、みんなからこんなにも激しい反応があるなんて思いもせず、ひどくびっくりしていた。

おばあちゃんと父さん母さんは、あのときのエンジュの老木の下での一幕をいつまでも覚えていた。三人は、ひまわりを家に連れ帰ったときから、思い決めていた。ひまわりをちゃんと育てあげる、それも立派な人間にと。三人のだれも、自分の思いを語らなかったが、三人とも互《たが》いの心の声が聞こえていた。この年月、三人はいつもひとつことを思っていた。ありったけの物を持ちだし、物乞《ものご》いをしてでも、ひまわりを学校にいかせるぞ！と。

三人は、ひまわりのパパさんは、まだこの地を離《はな》れていないと思っている。パパさんのたましいは、大麦地《タアマイティ》のヒマワリ畑や田畑をぶらついていると。

家族みんな、自分たちとひまわり親子が、どんなえにしでつながっているのか、はっきりとは言えなかった。ひまわりのパパさんが、青銅を見て、どうしても忘れられなかったように。

この世には、どれだけときがたっても、はっきりとことばにできないことがある。

ひまわりはほんとうに驚《おどろ》いていた。地べたにひざまずいたまま、体が小刻みにふるえている。

学校の先生は、もうはっきりと言った。「ひまわりは退学か、落第だ」と。先生たちも、この成績がひまわりの実力ではないとわかっていたとしても。今回のテストで不合格になった子は、ほかにも何人かいたからだ。その子たちはもともと、学校が退学や落第をさせたい生徒だ。もし、ひまわりに再テストをという両親の要求を許せば、ほかの子たちの親も同じような要求をするだろう。

ひまわりの父さんと母さんは、いくら考えてもわからない。今回どうしてテストの成績がこうなったのか！

学校の先生たちも、思いもしなかった。ただ、ひまわりがわざとしたことだとは、だれも思いつかなかった。なぜって、このやり方が、あまりに突飛《とっぴ》だったからだ。

多くの人が思いついた原因は、ひまわりがこのところちゃんと勉強しなかったんだろうとか。テストのとき、何かで気持ちが集中しなかったからとか。不注意で書きそこなったとかだった。

「おばあちゃんが病気なので、ひまわりはもう学校へいきたくなくて、わざとテストをダメにした」と青銅《チントン》が言いだしたとき、おばあちゃんと父さん母さんは、あっけにとられた。

ひまわりはうなだれて、すすり泣いている。

母さんが近づいて、ひまわりを地べたから引きおこした。「この子ったら、どうしてそんなにバカなんだい？」母さんはひまわりを抱《だ》き寄せた。熱い涙《なみだ》がふたすじ、ひまわりの髪《かみ》にこぼれ落ちた。

ひまわりは母さんのふところで、むせび泣きながら、「おばあちゃんの病気を治して、おばあちゃんの病気を……」

おばあちゃんがベッドの上から呼ぶ。「ひぃちゃん、ひぃちゃん……」

母さんがひまわりに手を貸して、奥へ入っていく……。

この日、外は小雪が舞《ま》っていた。おばあちゃんは青銅とひまわりに助けられて、起きあがった。起きあがっただけでなく、家の外まで歩いた。

おばあちゃんが青銅とひまわりに支えられて、小学校に通じる道をよろよろと歩いていたとき、大麦地《タアマイティ》のたくさんの人が道ばたに立っていた。

無数のちっちゃな白い虫のような粉雪が、空の下を飛び交っている。

おばあちゃんは、もう何日もお日さまを見ていない。顔が青白い。体がやせて小さいので、綿入れのズボンも上着もとりわけ大きく、空っぽのように見える。

どのくらいの時間歩いただろう、三人は小学校までたどりついた。

校長先生たちが見つけ、大急ぎで出迎《でむか》えた。

おばあちゃんが校長先生の手をつかんだ。

「孫に、もう一度テストをさせてくだされ」

おばあちゃんは校長先生たちに、「ひまわりは、わたしが病気になったんで、学校へいきとうのうて、わざとテストにでたらめな答えを書いたんです」と言った。

そこにいた先生はみんな、それを聞いて心をゆさぶられた。

「もう一度、孫にテストを受けさせてくだされ」

おばあちゃんは校長先生を見つめて、雪の上にひざまずいた。

校長先生はそれを見ると、「おばあちゃん、おばあちゃん」と呼びながら、あわてて助けおこした。

「わかりました。承知しました。再テストしましょう。もう一度テストしましょう」

これが、おばあちゃんが大麦地《タァマイティ》に現れた最後の一回だった。

4

父さんと母さんは、ずっとおばあちゃんにかくれて、入院費を工面してまわった。

おばあちゃんは、ますます弱っていく。ここ数日、ほとんど食べられなくなった。でも、苦しそうではなく、ただ日一日とやせていくだけ。だんだんと、まぶたをあげる力もなくなり、一日中眠《ねむ》っていた。呼吸は、赤ちゃんのよりももっと細かった。ベッドに横たわったまま、ほとんど身動きしない。

青銅《チントン》とひまわりは、おばあちゃんのこんな様子を見て、ことばにはできないほどつらかった。

父さんと母さんは、一日中外で走りまわっている。親戚《しんせき》の家や、近所へいってお金を借りたり、村や郷《ごう》の役場へいって、医療《いりょう》補助の申請《しんせい》をしたり。

おばあちゃんはやっぱり、いつものことば。

「わたしは何も病気はないよ。年老いただけさ。走りまわるんじゃないよ」

風が吹《ふ》こうと、雨が降ろうと、青銅は毎日、鎮《チェン》へ花ぐつを売りにいく。

あたしひとり、なんの役にも立たないと、ひまわりは思う。恥《は》ずかしくてたまらない。

一日中、自分もおばあちゃんのために入院費をかせぎたいと思っている。あたしはもう大きくなった、家のために心配を分担しなくちゃと思う。けど、どこへいってお金をかせごう？

ひまわりはふと思いだした。翠環《ツゥエイホアン》の家で勉強していたとき、大人たちがそばで話していたことを。

正月前、このあたりの多くの人が油麻地鎮《ヨウマァティチェン》にいって、共同で船を借りて、江南《チアンナン》へギンナンを拾いにいくって。いい値で売れるんだと。以前、大麦地《タアマイティ》でもいった人があるよ。江南地方は、イチョウの木がよく育つ。あたり一面がイチョウの木だ。あそこらの人は、自分でもギンナンを収穫《しゅうかく》するけど、あんまり多すぎて、人手が足りないから、たくさんのギンナンが採られないまま、木の上に残っているのさ。地べたに落ちたのだけを、拾っても大したもんだ。

大麦地一帯は、イチョウの木のあるうちは少ないのに、ギンナンが大好きで、滋養食《じようしょく》にしている。ここらの子どもは、ギンナンをいろいろな色に染めて、ポケットに入れたり、小箱につめたり、飾《かざ》りにしたり、かけ事に使ったり。それで、毎年年末には、江南へギンナンを拾いにいく人がいる。あっちの人はとがめたりしない。どうせ、木の上に残しといても、くさるのはくさってしまう。ときには、ギンナンを拾う人と取引をする。木の上のも、木の下のも、どれだけ採っても、拾ってもいい。ただ、五十キロをこえたら、持ち主に五キロとか十キロあげると。ギンナン拾いにいくのは、大人も、十いくつの子どももいる。もちろん、子どもは大人に連れられてだが。

何日もの間、ひまわりはずっとこのことを考えている。

ひまわりは、さすがに青銅《チントン》の妹。青銅と同じように、いったん頭の中に、ある思いが浮《う》かぶと、鞭《むち》で追っぱらっても、追いはらえない。かたくなに、夢中になって、がむしゃらに、それをしないではいられない。たとえそれがまちがっていても、するのだ。

この日、青銅が花ぐつを背負って出かけたあとすぐに、ひまわりも油麻地鎮《ヨウマァティチェン》へいった。

ひまわりは直接、川べりへいった。

川べりには、たくさんの船が泊《と》まっていた。

ひまわりは川べりに沿って、船ごとにたずねていく。「江南へギンナンを拾いにいく人はいませんか?」

そのうちに、ひとりが一そうの大きな船を指さした。「あそこの、あの船にもう大勢いるぞ。聞いたとこじゃ、江南へギンナンを拾いにいくみたいだよ」

ひまわりは、パッとかけていった。その大きな船の上には、もうたくさんの人がいた。たいていが女の人で、子どももいる。女の子の二、三人は、自分と同い年ぐらいだ。その人たちはペチャクチャとおしゃべりしている。聞きとれたのは、江南へギンナン拾いにいこうとしていること。みんな、油麻地のまわりの多くの村からきていた。船主と借り賃の相談をしている人がいる。借り賃はみんなでワリカン、それは言うまでもない。ただ、いったい全部でいくらはらうのか、話はうまくいっていないようだ。船主は少ないのはいやだし、みんなは多く出したくないらしい。船主もこの取引をしないとは言わない。

「ほんなら、もちょっと待ってみようか。人が増えりゃぁ、いくらかよけいに出せるじゃろ？」

船の上は、だんだんと静かになってきた。みんな岸の上を見る。何人かまたやってくるのを願って。船は大きい。あと十数人きたって、問題じゃあない。

ひまわりは青銅《チントン》に、自分もギンナンを拾いにいくと、言いにいこうとしたが、兄さんはぜったいに賛成しないと思いつくと、その考えを捨てた。

ひまわりは船に乗って、あの人たちといっしょにいきたかった。でも、今日いこうとまでは思っていなかった。一分《フェン》のお金さえ、持ち合わせていない。ギンナンを入れる袋《ふくろ》も用意していない。今日は、ただ下見をするだけのつもりだった。でも、今、心の中に強い願いがわいた。今日、いこう！

船の上の人があれこれ言っている。

「いちばん早くギンナン拾いに江南《チアンナン》へいくんは、秋の終わりから冬のはじめ」

「今日のこの一行は、たぶん最後のだな」

ひまわりはまたおばあちゃんのことを考えた——ふとんの中に横たわって、身動きもしないおばあちゃんを。

ひまわりは胸がドキドキしてきた。

見たところ、この船はきっと今日出発する。それに、出航という話になったら、すぐにも出航するだろう。

ひまわりは、まだ家の人に話していない。もともとは、こうしようと決めていた——出かける前、お兄ちゃんに書き置きをする。どこどこへいくとは、はっきり言えないから、ただ、出かけてくるとだけ言って、「二、三日したらもどるから、心配しないで」って。けど、今、この手紙さえまだ書いていない。ひまわりは岸の上までかけてって、お店のおばさんに、塩や砂糖を包む紙をもらい、ボールペンを借りると、カウンターに腹ばって、兄さんに書いた。

お兄ちゃんへ
あたし、出かけてきます。とてもとても大きなことをしにいくの。しばらくしたら、帰ってきます。おばあちゃんや父さん母さんを、安心させてね。あたしのこと、心配しないでって。よそにいても、自分のことはちゃんとできるよ。おばあちゃんに、もうちょっとがんばったら、入院できるって言っといて。お金ができるから。今日は早く家に帰ってね。花ぐつが売れてしまうまで待ってないで。

妹　ひまわり

ひまわりは心高ぶらせ、得意になって、短い手紙を書き終えた。こっけいだった——そのギンナンがいくらに売れるのか？　ひまわりは自分を大金をかせげる人間だと思いこんでいる。おばあちゃんの入院にかかる費用が、いったいどれほどなのか、まるっきりわかってもいない。ひまわりは手紙を手に、また急いで川べりにかけつけた。このとき、また六、七人の人が、船に乗るのが見えた。まもなく、船が出るんだ。どうやったら、この手紙をお兄ちゃんにわたせるかな？　自分で届けにはいけない。すぐには、方法が見つからず、気持ちがあせる。

紙の風車を売る男の子が、やってきた。

ひまわりはパッとかけよって、その子に言った。

「この手紙を、あの花ぐつを売ってる人にわたしてもらえない？　あの人は、あたしの兄さん。青銅《チントン》っていうの」

風車売りの男の子は、困ったようにひまわりを見ている。

「いいかな？」

男の子はうなずいて、ひまわりの手から手紙を受けとった。

ひまわりがふりかえって見ると、あの大きな船は、もう橋板を船に上げていた。ひまわりは大声を上げた。

「待ってーー！」

ひまわりは必死に、船に向かって走った。

船はもうゆるゆると岸を離《はな》れていく。

ひまわりが手をのばした。

船の上の人は、お互《たが》いによく知らない。ひまわりがどこかの村の子で、岸に置き去りにされたと思ったのだ。船の上のふたりが、前かがみになって、ひまわりに手をのばした。

ひまわりの手が、ついに船の上の人の手とにぎりあった。船の人がぐいと引っぱり、ひまわりを船に引きあげた。

船は方向を整えてから、大きな帆《ほ》をかけると、勇ましく、意気揚々《いきようよう》と、大川を進んでいった……。

## 5

風車売りの男の子が歩いていたら、小さな女の子が風車を買いたいというので、立ちどまった。売り終わって、先へいこうとしたとき、もうひとり花ぐつを売る男の子が、視界に現れた。風車売りの男の子は、自分の商売だけに気がいって、この花ぐつ売りの男の子を、ひまわりが言ってた花ぐつ売りと思いこんだ。歩み寄って、手紙をその男の子にわたした。

「おまえの妹が、わたしてくれって」

花ぐつ売りの男の子は手紙を手にして、ちょっとヘンな顔をした。

風車売りの男の子は、ちょっと迷ったが、このとき、またふたりの女の子がやってきて、風車の値段をきいた。男の子はまた、商売に集中した。ふたりの女の子は、ほんとに買いたいが高いのがいやなのか、ひやかしなのか、ただきいただけ、見ただけでいってしまった。男の子はどうしても売りたくて、あとについていき、手紙のことなどすっかり忘れてしまった。

花ぐつ売りの男の子は、手紙を持ったまま、まだきょとんとしていた。手紙を開いて見て、ますますわけがわからない。でも、見れば見るほど、面白いことだと思った。ニヤニヤしながら、手紙を持ったまま、別のところへ花ぐつを売りにいった。

青銅《チントン》はおそくなってから帰ってきた。家に入ったとたん、おばあちゃんが奥の部屋からたずねる。

「ひぃちゃんを見なかったかい？」

青銅は奥にかけこみ、手まねで「見なかった」と、おばあちゃんに教える。

「それじゃ、急いでさがしにいっておくれ。父さんと母さんもさがしにいった。あの子ったら、こんなにおそいのに、なんでまだ帰ってこないんだろ？」とおばあちゃん。

青銅はすぐに、身をひるがえして、外へかけだした。

父さんと母さんは、もうあたり一帯をさがして、ちょうどもどってきたところ。

「ひぃちゃんに会ったかい？」母さんが遠くからたずねる。

青銅は「いいや」と手をふった。

「ひぃちゃーん！　帰っといで、夕ご飯だよー！」

母さんが大きな声で呼ぶ。

母さんは何度も何度も呼んだが、ひまわりの返事は聞こえない。

空はもう真っ暗。

三人はあちこちさがした。暗いなか、しきりに父さんと母さんの声が響《ひび》く。

「うちのひまわりを見ませんでしたか？」

「いいや」という返事ばかり。

青銅《チントン》は家に帰って、ちょうちんに火を入れると、ヒマワリ畑へ向かった。

冬のヒマワリ畑は、とっくに枯《か》れたヒマワリの茎《くき》が、たおれかかっているだけ。

青銅はちょうちんをさげて、ヒマワリ畑をぐるりとひと回りして、ひまわりがいないと見ると、村へもどってきた。

父さんと母さんは、まだ通りがかりの人にたずねている。

「うちのひまわりを見ませんでしたか？」

「いいや」

家族みんな、ご飯を食べる気になれず、ずっと外でさがしている。

おばあちゃんは、ひとりだけ家の中で横になっていて、気が気ではない。でも、身動きする力もなく、ただむなしく気をもむだけ。

大勢の人がやってきて、いっしょにさがしてくれた。みんなは、あちこちへ出かけていったかと思うと、またいっしょに集まったり。それぞれ、思いあたることを言い合った。

「あっちのおばあちゃんのうちへいったんじゃ？」

だれかが言う。「もう、だれかがあっちへいったよ」

「金《チン》先生のとこへいったんじゃ？」これは、よその土地に家のある女先生。ふだん、ひまわりをいちばんかわいがっている。

だれかが言う。「どうかな。なんなら、人をやってさがしてみるかい？」

「おれがいく」大国《タァクオ》という人が言う。

「すまんな、大国」と父さん。

「とんでもねえ」と言いながら、バタバタと出かけた。

「もっと考えてみな、ひぃちゃんがいきそうなとこは？」

またいくつか思いつき、何人かがそれぞれ、バタバタと出かけた。

みんな疲《つか》れきって、青銅の家にすわりこみ、知らせを待った。

この間ずっと、青銅は家に入らなかった。ちょうちんをさげて、田畑や、大川べりや、小学校の校庭や、あちこちさがしまわっていた。昼間、油麻地鎮《ヨウマァティチェン》でまる一日立っていて、夜はご飯も食べていない。もうくたくたで、足がふるえていた。でも、そうやって歩き続けた。目には涙《なみだ》が光っている。

あちこちからの知らせが届いたころには、夜が明けてきた。

だれもが、ひまわりはいっていないと言う。

みんな、疲《つか》れ果て、帰って寝《ね》るしかなかった。

青銅《チントン》たち家族は、どうして寝られよう。うつらうつらしては、何度もハッと、まわりの身にしみる寒さを感じた。

また、一日が始まった。

しだいに、手がかりが出てきた。はじめ、翠環《ツゥエイホアン》がとても大事なことを言いだした。おとといい、ひまわりが翠環に、「あたし、お金をかせぎにいく。たくさんかせいできて、おばあちゃんの病気を治すの」って言ったと。

そのことばは、おばあちゃん、父さん母さんと青銅に涙を流させた。

「あの子ったら、バカだね！」と母さん。家族みんな、ひまわりはどっかへお金をかせぎにいったんだと信じた。母さんが泣きながら言う。

「バカなことを。いくらかせげるって言うの！」

もうひとつ手がかりがあった。ひまわりがいなくなった日、油麻地鎮で見かけた人がいた。

母さんは家に残って、おばあちゃんの世話をし、青銅と父さんが油麻地鎮へ出かけた。たくさんの人にたずねた。「たしかに、その子を見たよ。けど、そのあといったいどこへいったのかは知らない」と言う人がいた。

空が暗くなってきた。

青銅と父さんは、しかたなく大麦地《タアマイティ》にもどった。

夜中、青銅がふいに目覚めた。

外は風が吹《ふ》いている。枯《か》れ枝が風の中で鳴っている。すさまじい音だ。

青銅は思っている。もし、今ごろ家に向かっていたら？　ひとりで夜道を歩いて、どんなにこわいだろう。

青銅はこっそりと起きだすと、ちょうちんを手に、そっと戸を開けて外へ出た。台所でマッチをさがし、ちょうちんに火を入れてから、油麻地鎮へ向かった。ひまわりは油麻地でいなくなったのだから、きっと油麻地にもどってくると思う。

ちょうちんが寒い夜の田畑の上をゆらゆらし、人魂《ひとだま》のようだ。

青銅《チントン》は、そんなに速くは歩かない。待ちながら歩いているのだ。

真夜中過ぎまで歩いて、やっと油麻地鎮《ヨウマァティチェン》に着いた。

ちょうちんをさげて、油麻地鎮の長い通りを歩いていくとき、この世界には、ただ青銅が石だだみを踏《ふ》む足音だけ。

青銅は鎮《チェン》の橋の上まで歩いてきて、広々と果てしない大川をながめた。大川の両岸に泊《と》まっている幾《いく》そうもの船が見えた。ひまわりは船に乗っていったんだと思う。船でいったんなら、それなら、船で帰ってくるはず。もし、その船が昼間もどってくるなら、何も大したことはない。自分で歩いて帰れる。こわがることはない。だけど、万一その船が夜にもどってきたら？　ひとりで、どうやって大麦地《タアマイティ》へ帰れる？　ひまわりは臆病《おくびょう》な子だ。

青銅は、ちょうちんのろうそくを取りかえて、橋の上でながめ続けている。

この日から、青銅は夜になると油麻地にきた。ちょうちんをさげて、橋の上で待ち受けた。

夜中に起きて便所にいく人が、橋の上のちょうちんを見かけた。何度も見かけるので、不思議に思い、はじめは遠くから見ていたが、あとからは橋の上までいった。男の子がちょうちんをさげて、そこに立っているのを見て、「おまえ、ここでだれを待っとるんだ?」ときく。

青銅は答えない――青銅はしゃべれないのだ。

その人はもう一歩近づいて、花ぐつ売りのヤーパだとわかった。

口から口へと伝わって、油麻地鎮の人はたいてい、こんな物語を知った。

青銅には妹がいて、名前はひまわり。お金をかせいで、おばあちゃんの病気を治すと言って、油麻地から出かけていったが、どこへいったのかわからない。青銅は毎晩ちょうちんをさげて、橋の上で妹を待っている。

この物語は、油麻地の人みんなに、あたたかさと、清らかさを感じさせた。

あの風車売りの男の子は、油麻地鎮の子ではない。この日また風車を売りにきて、この物語を耳にした。ふいに、あの日小さな女の子が自分に、一枚の手紙を、花ぐつ売りの兄さんにわたしてとたのんだことを思いだして、「おいら知ってるよ。あの子がどこにいったのか」と言い、事の成り行きをひととおり話した。

「その手紙は?」だれかがきく。

「おいら、わたす人をまちがえたかも。あの子も、花ぐつを売ってた」と風車売りの男の子。

みんなは通りへ引き返してさがした……。

風車売りの男の子が、ふいに指さした。

「きた、あの子がきた」

あの花ぐつ売りの男の子が、やってきた。

「おいらがやったあの手紙は？　あれは、おまえにじゃなかったんだ」と風車売りの男の子。

花ぐつ売りの男の子は、あれが大事だと思ったのか、それとも書かれた内容に心ひかれたのかわからないが、手紙をすてていなかった。ポケットから、手紙を取りだした。

大人が手紙を受けとり、見るとすぐに青銅《チントン》の家に知らせた。

青銅は手紙を手に取って、ひまわりの字だとわかり、涙《なみだ》がとめどなく流れた。

人びとはこの手がかりを追いかけ、あの大きな船までたどりついた。事情もはっきりした。ひまわりは大勢の人について、江南《チアンナン》へギンナンを拾いにいったのだ。

青銅の家族は、いくぶん心配は減ったが、いろいろ気にかけながら待つことが始まった。

父さんは江南へさがしにいこうとしたが、止められた。

「江南は広いんだ、どこへさがしにいくね」

昼間、父さんが油麻地鎮《ヨウマァティチェン》へいき、夜、青銅が油麻地鎮へいく。ふたりがかわるがわる油麻地で待ち受けた。

そのちょうちんは、道を照らし、川の水を照らし、油麻地の人の心も明るくした……。

6

あの大きな船は、もう帰途《きと》についていた。

ひまわりは、昼も夜も、家のことばかり思っている。

船じゅうの人はみな、ひまわりが好き。ひまわりがたったひとりで、大人についてきたのではないとわかったとき、みんなはびっくりした。船を岸につけて、ひまわりを帰したいと思った。ひまわりは必死にマストに抱《だ》きつき、涙をぼろぼろ流して、おりようとしなかった。なんでギンナンを拾いにいくのかときかれ、ひまわりは「お金をかせいで、おばあちゃんの病気を治す」と言う。みんなは感動もし、笑いものにもした。

「あんたがかせぐ、ちょっぴりのお金じゃ、一服の漢方薬にだって足りないよ！」

ひまわりは信じず、なんとしてもギンナンを拾いにいくと言い張る。

「うちの人は知ってるんかい？」

「お兄ちゃんが知ってる」

「まあいいじゃない、連れてこ、連れてこうよ。どのみち家の人は知ってるんだ」ひまわりがそんなに泣くのを見て、だれかが言った。

ひまわりは泣きやんで、手をゆるめた。途中《とちゅう》、船じゅうの人が、ひまわりの世話をやきたがった。あまりにかわいかったからだ。ひまわりは食べる物も、ふとんも持っていなかった。でも、みんなが食べ物を取りだして食べさせた。夜寝《ね》るとき、おばさんやお姉さんは、自分たちのふとんで寝させたがった。夜中にふとんから出てかぜをひかないように、ひまわりを真ん中にぴっちりはさんでくれた。船は水面でゆれている。水音が船底から伝わってきて、パチャパチャと鳴る。ひまわりはほかほかで眠《ねむ》っている。夜中、おばさんたちは、いつも起きだして、ひまわりの腕《うで》や足が外に出ていないか点検する。眠ってしまうと、ひまわりは横向きになり、腕をおばさんの首にのせ、ふところにもぐりこむ。そのおばさんは、もうひとりのおばさんに小声で言う。

「この子ったら、なんてかわいいんだろ」

袋《ふくろ》がないと袋をくれる。なんでも、みんな進んで、ひまわりにあげたがった。ひまわりがみんなにあげられるのは、おばあちゃんが教えてくれた歌。夜、船室に横たわっているのは、みんな人。風が出て波が立つと、船は大きなゆりかごのようだ。ひまわりの歌声は、寒くてさびしい船じゅうの人たちに、あったかさと、にぎやかさを感じさせた。

みんな、出発したあの日、心を鬼《おに》にしてひまわりを追い返さなかったことを喜んだ。

江南《チアンナン》に着くと、みんなはひとつの場所から、別の場所へと急ぎ、とても忙《いそが》しかった。出てくるのがおそすぎて、木の枝に残ってるのや、地べたに落ちてまだ拾われていないギンナンは、そんなに多くなかった。みんなはひっきりなしに、場所をかえなければならない。

ひまわりは大人について走った。おくれたら、きっとおばさんか、お姉さんが待っていてくれた。

ひまわりはひとつひとつ、ギンナンを拾う。ひとつ拾うたびに、心の中に希望がひとつふえた。

大人たちはみんな、ひまわりの世話をやきたがった。ギンナンの多いところを見つけると、「ひぃちゃん、こっちきて、拾いな」と声をかける。

はじめは、動作がのろかったが、二日も拾うと、目も手も機敏《きびん》になった。

「ひぃちゃん、みんなあんたに拾われちまった。おばさんにも、ちょっとは残しといてよ！」とおばさんたち。

ひまわりは何も考えていなかった。おばさんのことばを聞くと、顔を赤らめ、ほんとにスピードを落とした。

「バカな子だね！　速く拾いな。たくさんあるんだ、おばさんが拾うにゃじゅうぶんだよ」

船は、油麻地《ヨウマアティ》一帯にもどってくると、大きな集落ごとに停泊《ていはく》した。みんなそれぞれ、ギンナンを持って市に売りにいった。おばさんたちは、必ず買主とかけひきをして、いちばんいい値で売る。

「ほら、ごらんよ。なんていいギンナンだい」

おばさんたちが、ひまわりの袋《ふくろ》から、ギンナンをひとにぎりつかみだす。自分のを売るよりも、もっと真剣《しんけん》に、もっと細かくかけひきする。

売ってお金をもらったら、ひとりのおばさんが言う。

「あんたみたいなちっこい子、お金をなくしちまうよ」

ひまわりはすぐにお金を取りだすと、おばさんの手にのせた。

「そんなにおばちゃんが安心かい？」おばさんが笑う。

ひまわりがうなずく。

船は夜を日についで走る。

この日の夜、寝《ね》ぼけていたひまわりは、船室の外の人声を聞いた。

「もうすぐ大川の河口に入る。あと数時間で、油麻地に帰れるよ」

ひまわりは眠《ねむ》れなくなった。真っ暗ななかで目を開けて、おばあちゃんや、父さん母さんや青銅《チントン》を思う。もう家を出て何日になる？　思いだせなかった。ただ、何日も何日もたったような気がした。

おばあちゃん、ちょっとはよくなったかな？　ひまわりは気にかかる。

一瞬《いっしゅん》、おばあちゃんの死を考えたら、涙《なみだ》が目じりからこぼれ落ちた。おばあちゃんが死ぬもんか。自分を力づける。すぐに、おばあちゃんに会える。あたしがいくらかせいだか！　おばあちゃんに見てもらわなきゃ。あたしがどんなによく仕事ができるか！

ひまわりは願った。船がもっと速く走るのを。

まもなく、またうとうとと眠った。おばさんたちに起こされたとき、船はもう油麻地の船着き場に着いていた。

空はまだ明けていない。

ひまわりはぼんやりしていて、服もちゃんと着られない。おばさんたちが手伝って着せてくれた。

おばさんたちはお金を、ひまわりの服の内ポケットに入れ、ピンでその口をとめてくれた。

ひまわりは、小さな袋《ふくろ》にギンナンを残していた。家に持って帰るのだ。その小さな袋を手に、ひまわりは船室を出た。川の冷たい風が吹《ふ》いてきて、身ぶるいしたが、とたんに頭がはっきりした。

ひまわりは前方をながめ、ひと目で橋の上のちょうちんが目についた。

ひまわりは自分が夢の中にいるのかと、しきりに目をこすった。もう一度目をこらして見たが、たしかにちょうちんだ。

ちょうちんの光は、ミカン色。

ひまわりは覚えている。あれは自分ちのちょうちんだ。

指さして、おばさんたちに言う。

「うちのちょうちん！」

ひとりのおばさんが近づいて、ひまわりのおでこに手をあてた。

「熱はないみたいだね。なんで、うわごとなんか?」

「あたしんちのちょうちんよ!」

ひまわりがちょうちんに向かって叫《さけ》んだ。

「お兄ちゃーーん!」

すきとおった声が、油麻地《ヨウマァティ》の静かな夜空の下に響《ひび》きわたる。

ちょうちんがためらうように、ゆらっと動いた。

「お兄ちゃーーん!」

ひまわりがいっそう大きな声で呼ぶ。

川べりの大きな木の上の鳥が、バタバタと飛びあがった。

このとき、船じゅうの人が、ちょうちんが大橋の上で、しきりにゆれているのを見た。

すぐさま、ちょうちんが橋の上から船着き場へ、飛ぶようにやってきた。

青銅《チントン》には、ひまわりが見えた。

ひまわりがおばさんたちに言う。

「お兄ちゃんよ!　あたしのお兄ちゃんよ!」

船じゅうの人はみんな知っている。ひまわりには、口のきけない兄さんがいる、とてもとてもいい兄さんがいると。

兄妹ふたりはかけだし、船着き場の真ん中で、向かい合った。

船じゅうの人が見ている。

しばらくすると、青銅《チントン》がひまわりの手を引いて歩きだした。

何歩かいって、ひまわりがふりむき、船の上の人たちにまた手をふった。青銅もふりかえって、船の上の人たちに手をふった。そのあと、ふたりは手に手を取って、まっすぐに暗やみの中へ歩いていった。

ちょうちんが夜の中でゆれるのを見ていた船の上のおばさんたちやお姉さんたちで、涙《なみだ》をこぼさない人はいなかった。

## 7

ふたりが大麦地《タァマイティ》に帰りついたとき、夜が明けた。

早く起きて朝ご飯をたいていた母さんが、たまたま家の前の道に目をやったら、道の果てに、ぼんやりとふたりの子どもが見えた。はじめ、それが青銅とひまわりだとは思いもしなかった。

「どこの子たちだろ、こんなに早く起きて？」

台所へいこうとしたが、二、三歩いって、またふりむいて道のほうを見た。しばらく見て、母さんの心は風の中の木の葉のようにゆれだした。

「父さん！」ふるえながら呼んだ。

「何事だ！」と父さん。

「早く起きて！　早く！」

父さんはすぐに起きて、家の外に走りでた。

「あ、あそこ！　あそこを見て！」

太陽が、ふたりの子どもの背後から昇《のぼ》ってきた。

母さんがかけだす。

ひまわりは母さんを見ると、兄さんの手をふりほどき、母さんに向かって走った。

母さんには、やせて日に焼け、体じゅう汚《よご》れているけれど、元気いっぱいの女の子が見えた。

「母さん！」ひまわりが両手を広げた。

母さんがしゃがんで、ぎゅっとひまわりを抱《だ》きしめる。母さんの涙が、まもなくひまわりの綿入れの背中を湿《しめ》らせた。

「母さん、あたし、いっぱいお金をかせいだよ！」

ひまわりは、はちきれそうな胸をたたいた。

「知ってる、知ってるよ！」と母さん。

「おばあちゃん、元気？」

「おばあちゃんは、おまえを待ってるよ。毎日まいにち待ってたよ」

母さんはひまわりの手を引いて、家に入った。

家に入るやいなや、ひまわりは奥の部屋へ走る。「おばあちゃん」とひと声、バタバタとおばあちゃんのベッドにかけつけた。また、「おばあちゃん」と呼ぶと、ベッドの前にひざまずいた。

おばあちゃんは、もう一滴《てき》の水も飲みこめなかった。でも、がんばっていた。ひまわりの帰りを待っていた。かすかに目を開け、最後の力をふりしぼって、ひまわりに慈愛《じあい》に満ちた微笑《ほほえ》みを向けた。

ひまわりは服のボタンをはずし、ピンをとって、内ポケットから両手で、たくさんの小額紙幣《しへい》をつかみだして、おばあちゃんに言う。

「あたし、お金をたくさん、たくさんかせいだよ！」

おばあちゃんは手をのばして、ひまわりの顔をなでてやりたかった。でも、ついにその力はなかった。

わずか一日で、おばあちゃんは逝《い》ってしまった。

おばあちゃんは逝く前、母さんに自分がつけている腕輪《うでわ》をはずすよう合図した。それは、まだ話ができていたとき、母さんに言い置いていたこと。ひまわりにあげるのだ。「ひまわりが嫁《よめ》にいくとき、あげておくれ」とくれぐれもたのみこみ、母さんが引き受けた。

夕ぐれどき、おばあちゃんは埋葬《まいそう》された。いい墓地に。

暗くなってから、野辺送りの大人たちはひとりひとり去っていった。

けれど、青銅《チントン》とひまわりは居残っていた。大人たちがどんなに説得しても、ふたりは言うことをきかなかった。おばあちゃんの墓の前の干し草の上で、寄りそっている。

青銅は手にちょうちんをさげていた。ちょうちんの明かりが、おばあちゃんの墓の新しい土を照らしている。ふたりの顔の、風に吹《ふ》かれてかわいた涙《なみだ》のあとも照らしていた。

（1）東海《トンハイ》　日本では「東シナ海」という。
（2）歓喜《ホアンシー》だんご　もち米と砂糖で作る甘い揚《あ》げ菓子《がし》。その丸くかわいい形と名前で愛されている。

# 第九章　大きな藁《わら》にお

## 1

ひまわりは、五年生になった。

秋に入って以来、あるニュースが、黒雲のように、大麦地《タァマイティ》にたゆたっていた――「都会の人がひまわりを城内に連れて帰る」。

このニュースが、どこから伝わってきたのかは、はっきりしない。だが、大麦地の人は、ほんとうだと信じている。このニュースが伝わっていく間に、大麦地の人の想像が加わって、ことがとても具体的になり、ますます真実味が出てきた。

青銅《チントン》のうちの人は、このニュースを知らなかった。

だから、大麦地の人はこのことを話すとき、青銅たちがその場にいないかどうか、ふりむいて見た。ちょうど話しているときに、青銅のうちの人がきたのを見ると、散っていくか、別の話題――「今日はすげえ寒いな」とか、「今日はなんでこんなに暑いんだ」とかに、そらした。

みんなは、この最悪のニュースを、青銅《チントン》のうちの人に聞かせたくなかった。青銅たちは、大麦地《タァマイティ》の人の不自然なまなざしから、みんなが自分のうちに関わることを言い合っているんだと感じていた。ただ、青銅一家は、だれもそっちのほうへは考えなかった。いくらか疑ってはいたものの、家族みんな、やはりしゃべったり笑ったり、ふだんどおりの日々を過ごしている。

いちばん何かあると思いながら、家族にかくしているのは、ひまわりだ。ひまわりは、翠環《ツゥエイホアン》たちが何かをかくしてて、それが自分に関わっていると、たびたび感じた。女の子たちはいつも隅《すみ》っこで、ひまわりを横目で見ながら、ひそひそと何かを言い合っている。ひまわりがやってきたのを見ると、大きな声で呼ぶ。

「ひぃちゃん、石けりしよう！」

「ひぃちゃん、ハンカチ落としししよう！」

女の子たちはずっと、ひまわりにやさしかった。今、これまでのどんなときよりも、もっとやさしい。

ひまわりがつまずいて転び、ひざ頭をちょっとけがした。翠環たち女の子は、ぐるっと取りかこみ、しきりに「痛い？」とたずねる。放課後、何人かが順ぐりにひまわりを背負って送っていく。まるで、ひまわりのために何かできる機会が、一回でも、少なくならないように。

先生も、ひまわりに格別やさしいように見える。

大麦地じゅうの人が、ひまわりに、ことのほか親切に見える。

この日、ひまわりはとうとうこのニュースを耳にした――。

ひまわりは、翠環たち数人の女の子と、村の中で鬼《おに》ごっこをしていた。ひまわりは藁《わら》におの穴にもぐりこんでから、藁で入り口をふさいだ。翠環たちはぐるり一帯をさがしたが、ひまわりは見つからず、最後に藁におの下へさがしにきた。藁におのまわりをひと回りしたが、見つからず、そばに立ちどまって、しゃべりだした。

「どこにかくれたんかな？」

「ほんと、どこにかくれたんかしら？」

「ひぃちゃんと、あと何回遊べるんだろね？」

「大人たちが言うとった。すぐにも城内から人がきて、ひぃちゃんを連れていくって」

「青銅《チントン》ちがいかせないで、ひぃちゃん自身がいこうとせんかったら、その人たちもどうしようもないよ」

「大人が言うてた。そんなに簡単じゃないって。あっちの人は青銅ちにいかんで、直接、役場にいくって。エライさんがつきそってくるんだってよ」

「いったい、いつくるん?」

「父さんが言うてた。くるっていう話になったら、すぐにくるって」

しばらくして、女の子たちはしゃべりながら、いってしまった。

藁《わら》におの穴の中のひまわりは、みんな聞いてしまった。すぐには穴から出ず、翠環《ツゥエイホアン》たちが遠くへいってしまっただろうと思えるころ、やっと出てきた。

ひまわりは、もう翠環たちと遊びにはいかず、まっすぐ家に帰った。

ひまわりは、心ここにあらずというふうだ。

「どうしたんだい?」母さんが、疑わしそうにひまわりを見ている。

「なんでもないよ」ひまわりは、母さんに笑いかける。

家に帰ってから、ひまわりは敷居《しきい》に腰《こし》かけて、ぼんやりしていた。

夕飯のときも、うわの空で、ご飯を食べてはいるのだが、そのご飯は自分ではなく、ほかの人が食べているみたいだった。

家族みんな、チラチラとひまわりを見る。

ふだんは夕飯がすむと、ひまわりは、村の前の空き地へ連れてってと、青銅にまとわりつく。そこは、夜に子どもたちが集まって遊びほうけるところ。なのに、今日は夕飯を食べると、ひとりで庭に出て、木の下の藁ざぶとんにすわって、空の月や星を、さびしそうに見ている。

秋の夜、空はとてもすっきりしている。星は淡《あわ》い黄色、月は淡い水色。空はとても高くて、遠い。春や夏や冬の空に比べると、だいぶ軽いような。

ひまわりはほおづえをついて、星空をあおぎ見ている。うつけたように。

だれもじゃまはしなかったが、みんないぶかしかった。

まもなく、青銅もたまたま、このニュースを耳にした。青銅はニュースを聞くとすぐ、急いで家へ走った。途中《とちゅう》、つまずいて転びさえした。父さんと母さんを見ると、大急ぎで聞いたことを告げた。

父さんと母さんは、このごろ大麦地《タァマイティ》の人が自分たちを見るときの表情を思いだして、たちまちさとった。ふたりはいっとき、ほうけたようにその場に立ちつくした。

「ほんとかい?」と青銅《チントン》。

父さんと母さんは、どう答えたらいいのかわからない。

「ひぃちゃん、いっちゃダメだ!」と青銅。

「ひぃちゃんはいかないよ」父さんと母さんがなぐさめる。

「いかせちゃダメだ!」

「いかせやしないさ」と父さん母さん。

父さんは村長の家へいき、単刀直入にたずねた。そんなことがあるのかと。

「あるんだよ」と村長。

父さんは、闇夜《やみよ》に木づちで頭をなぐられたみたいに、くらくらした。

「あちらさんじゃ、たしかにひぃちゃんを迎《むか》えにきたがっとる。けどな、きたがっとると言うて、すぐにということもないさ。あんたんとこには、どうしたって話があるはずじゃ」と村長。

「わしら、なんも話はいらねえ。あっちの人らに言うてくだされ。だれだろうと、あの子を連れていくこたぁなんねえ!」

「そうともさ!」

父さんはしきりに心細さを感じた。

「話もそうなっとる。まあ、気にしなさんな」

「そんときにゃ、口ぞえしてくださいよ！」父さんが村長に言う。

「もちろんさ！　おぉ、連れて帰りたいから、すぐに連れていく？　世の中にそんな道理があるもんか！」

「そんな道理はねえ！」父さんも言う。

「そんな道理があるもんか！」村長がまた言った。

そんな道理がないからには、何か心配することがあるだろうか？　父さんはすぐに帰宅し、母さんに言った。「迎えにこようがこまいが、わしらにゃかかわりねえ！」

「そうよ！」母さんが言う。「だれがひぃちゃんを連れてけるか、あたしが見ててやる！」

口では、こうきっぱりと言ったものの、このことはやはりふたりの心をおさえつけていた。そのうえ、ますます重くなった。夜中、父さんも母さんも、なかなか眠《ねむ》れなかった。やっとのことで眠ったと思ったら、またふいにビクッとして、目が覚める。目覚めたあとはもう眠れず、気をもむのだった。

母さんはベッドからおり、ランプに火をつけると、ひまわりの小さなベッドに近づき、その明かりで、ひまわりの顔をながめた。

ときには、ひまわりも目を覚ましていて、母さんが自分のほうへくるとわかると、すぐに目を閉じた。

母さんは、長いことひまわりを見ていることがある。手をのばして、ひまわりのほっぺたをそっとなでることさえある。

母さんの手はざらざら。でも、ひまわりを気持ちよくさせる。

真っ暗ななかで、別のふたつの目もくるくると動いていた。それは青銅《チントン》の目。このごろ、青銅はいつもびくびくしている。いつの日か、ひまわりが路上でとつぜんさらわれはしないかと。だから、ひまわりが学校へいくときは、遠くからあとをついていき、放課後は早くから学校の入り口で待ち受けている。

ひまわりは、父さん母さんと兄さんにかくしていた。父さん母さんと兄さんも、ひまわりにかくしていた。

ある日、白い小型汽船が大麦地《タアマイティ》の船着き場に停泊《ていはく》して、やっとどちらもうちあけた。

その船は、午前十時ごろ、船着き場に横づけになった。

「ひまわりを迎《むか》えに、城内の人がきたぞ!」

だれが見かけたのか、だれが言いだしたのかもわからない。

すばやく、だれかが青銅の家に知らせた。

それを聞くと、父さんは川べりへかけていった。果たして、白い汽船が見えた。すぐに家にかけもどり、青銅に言う。

「早いとこ学校にいけ。ひとまず、ひまわりとどっかにかくれとけ。あいつらと話がついてから、いっしょに出てこい！」

青銅は一気に学校へかけていき、先生が授業しているのもかまわず、教室にとびこみ、ひまわりを引っぱって、外へかけだした。

ひまわりも何もたずねず、青銅についてアシ原へ走った。

アシ原の奥深くにきて、やっとふたりは足を止めた。

「おまえを城内に連れもどしにきた！」

ひまわりがうなずく。

「知ってたのか？」

ひまわりが、また、うなずく。

兄妹ふたりはぴったりと寄りそって、アシ原の奥の池のそばにすわっていた。

ふたりは不安で、じっと外の様子をうかがっている。

昼ご飯どきになって、母さんがふたりを呼ぶ声が聞こえた。間に、翠環《ツゥエイホアン》たちの声も混じっている。それは、〈警戒警報《けいかいけいほう》〉が解けた呼び声だ。

聞こえたけれど、青銅《チントン》とひまわりは、すぐには出ていこうとしなかった。しばらくして、青銅が先に、出ていってもいいと感じた。でも、ひまわりが青銅の手を取ったまま動こうとしなかった。だれかが外で待っていて、自分を連れ去るのを、とてもこわがっているようだった。青銅が、「もう大丈夫《だいじょうぶ》、きっと大丈夫だ」と教えて、ひまわりの手を引いて、やっとアシの茂《しげ》みから連れだした。

母さんを見つけたひまわりは、飛ぶようにかけていき、母さんのふところにとびこんで、涙《なみだ》をボロボロこぼして泣きだした。

「大丈夫、大丈夫よ」母さんが背中をたたく。

これは、ただびっくりしただけ。あの白い汽船は県のだった。県知事が乗って、田舎へ視察にきて、大麦地《タァマイティ》を通りかかった。大きな村で、まわりはみなアシだと見て、「いってみよう」とひと言。船が大麦地の船着き場に泊《と》まったのだった。

## 2

風の音は、だんだんと弱くなっていく。

ただ、秋風は日ごとに冷たくなる。木の葉はカラカラになり、次々と落ちてくる。最後のガンの編隊が、大麦地のひっそりした空を飛びすぎたあと、大麦地は一面光沢《こうたく》のない褐《かっ》色《しょく》になる。風が強まると、あたり一面、枯《か》れた小枝や葉っぱがこすれあうザワザワという音ばかり。

青銅一家の、張りつめていた心の糸も、しだいにゆるんできた。

毎日が、雨風のないときの大川のように、太陽の下を、月明かりの下を、東に向かって、同じように流れていく。

一か月ほどが過ぎると、秋が終わり、冬になった。

見たところなんの変わりもないある日、城内の人が五人、とつぜん大麦地にやってきた。その人たちは、村役場のエライさんにつきそわれてきた。大麦地に着くと、ひまわりの家にはいかず、まっすぐ村民委員会に向かった。

村長は、いた。

五人は、自分たちがきた理由を村長に説明した。

「むずかしいですな」と村長。

「むずかしくても、やってもらわにゃ」エライさんが言う。

城内の人も、わけがわからない。城内の小さな女の子を大麦地《タァマイティ》で何年も育ててもらって、忘れたみたいだったのに、ふいに気にしはじめ、そのうえその子を連れ帰るのを最も重要なことだとしているなんて。市長まで「必ず子どもを連れてきなさい！」と発言したのだ。

市長はもとこの市の市長だったが、何年も職務を離《はな》れ、辺ぴな土地で肉体労働をしていた。今またこの市にもどってきて、もとの地位に返り咲《ざ》き、また市長になった人だ。自分の市を視察しているとき、広場で青銅《せいどう》のヒマワリを見かけた。そのとき、陽はうららかで、青銅のヒマワリは明るく輝き、神聖で、生き生きしていた。この青銅のヒマワリは、かつて市長が在任中に建てさせたものだ。むかしを思いだして、心が動き、たずねた。

「作者はどこにいる？」

「もう亡くなりました……幹校へいって労働に参加し、大麦地村で水死しました」と随行《ずいこう》員《いん》。

聞き終わると、市長は黙《もく》して語らない青銅のヒマワリをながめた。ふいに悲しみが胸にきて、目に涙《なみだ》が浮《う》かんだ。わずか数年の間に、この世の中で、天地がひっくりかえるようなことが[1]、どれだけ起きたろう！　市長は心をゆさぶられた。

そのあと、市長はたまたま、作者の娘《むすめ》がまだ大麦地村で里子になっていると聞き知って、重要事項《じこう》として会議にかけ、急いで女の子を大麦地村から連れ帰るよう、関係部門に言いつけた。困ったように言う人がいた。

「当時は状況《じょうきょう》が特殊《とくしゅ》で、いったい現地の農家の里子になったのか、それとも養子になったのか、あいまいなんです」

「里子だろうと、養子だろうと、連れてきなさい」と市長。地図の大麦地を見ながら、

「子どもはつらい思いをしたんだ。わたしたちは、どうやって父親に申し訳がたつ！」

市長自らの肝入《きもい》りで、少なくない額の費用が支出され、ひまわりだけのために、基金が設立された。ひまわりが城内にもどったあとの勉学や生活、その将来に対して、ゆきとどいた手はずが整えられた。

市がこのすべてを進めているとき、大麦地村はいつもどおり、ニワトリの鳴き声や犬のほえ声のなか、ありきたりで素朴《そぼく》な日々を過ごしていた。青銅《チントン》のうちのひまわりは、大麦地の女の子みんなと同じように、平々凡々《へいへいぼんぼん》、はつらつと暮らしていた。ひまわりは、フッ

ウの大麦地《タアマイティ》の女の子だった。

市はほんとうに、ひまわりを城内へ帰らせようとしていた。

「どんな条件だろうと、応じます。子どもをこんなに大きくするのは、大変だったでしょうから」市役所の人が村長に言う。

「あんたがたは知っとりなさるか？　どうやってここまで育てたか」村長の目が赤くなった。「わしは話しにいってもいいが、なるかならんか、よう言えんな」

エライさんは、村長をかたわらに引っぱっていく。

「ほかに方法がないんだ。このことは、なんと言うても、なしとげにゃならん。あそこの人らが子どもを手放しとうないんは、みんなわかっとる。犬をこうても、情が移るんじゃ。まして、人の子じゃもんな。いって相談してみようや。城内の人がどう思うとるんか、どうするんか、みんな話してやろう。ひとつだけ、とくに強調するんさ。これは子どものためにいいことだ！　となし
「わかった、わかった。いくよ。いって話す」

村長は、青銅《チントン》の家へ出かけた。

「あちらさんがこられたぞ」と村長。

それを聞くと、父さんと母さんはすぐに、青銅に外で遊んでいるひまわりをさがしにいかせ、ひまわりを連れて急いでかくれるよう言いつけた。

「かくれんでもええ。あんたらと相談しにこられたんだ。人さらいなんかじゃねえ。それによ、ここはどこだい？　大麦地だぞ！　大麦地の人間が、村の子どもが連れていかれるんを見ておれるか？」村長は、青銅に言った。「いって、ひぃちゃんといっしょに遊んでこい。大丈夫《だいじょうぶ》じゃ」

村長はすわりこんで、青銅の両親にひととおり話して聞かせた。

「この状況《じょうきょう》じゃあ、とどめるんはむずかしいぞ！」

青銅の母さんが泣きだした。

ちょうど、ひまわりが帰ってきた。

「母さん、あたしいかないよ！」

ひまわりが、母さんのふところにもぐりこむ。

村の人がきて見ていたが、この様子に、多くの人が涙《なみだ》をこぼした。

「だれも、この子を連れてっちゃダメ！」と母さん。

村長はため息をついて、青銅の家を出た。道々、会う人ごとに言いふらす。

「ひぃちゃんを連れていくんだとさ！　村民委員会におる人らが！」

まもなく、村じゅうの人に知れわたった。知ると、みんな村民委員会の事務所にかけつけた。ほどなく、人の群れが、十重二十重に事務所をぎっしりと取りかこんだ。

エライさんが窓をおしひらいて見て、村長にきく。

「こりゃ、どうしたことだね？」

「わしも、どうしたことかわからんですな。なんでこんなに大勢の人が？」と村長。

人垣《ひとがき》ははじめ黙《だま》っていたが、まもなくしゃべったり、わめいたりしはじめた。

「連れていきてえと思うたら、連れていくんか？　世の中、そんな道理もあるんか！」

「あの娘《むすめ》は、あたしら大麦地の子だよ！」

「あいつら知っとるんか？　えぇ、あの娘がどうやって大きゅうなったんか。夏、あの家にゃ、蚊帳《かや》がひとつしかなくてよ。家族みんな、ガマの穂《ほ》を何本か燃やして、蚊をいぶし、蚊帳をあの娘に使わせたんだぞ」

「ばあちゃんが生きてたころは、夏になると、夜はいつだって、ガマ扇《おうぎ》であおいでやって、あの娘の汗《あせ》がかわいてからやっと、自分は寝《ね》たんだよ」

「あの子が、青銅《チントン》の家の入り口を入った日から、わたしら思ったね。あぁ、あの子はあそこんちの娘だって」

「暮らしは死ぬほど苦しかったさ。けど、どんなに苦しくたって、あの娘を苦しめやせんかった」

「あの娘もようわかった子でな。あんなによくできた娘は見たこともねえ」

「あの一家の、仲のええこと！　あれこそが家族ってぇもんだ！」

……。

何人かが、村民委員会の事務所に入っていった。

「出て、出て！」と村長。

その人たちは立ったまま動かず、冷ややかに市役所の人を見ている。

市の人は、外の黒山の人だかりを見て、ショックを受けた。

「わたしたちは子どもを奪いにきたんじゃありません」と村長に言う。

「わかっとる、わかっとります」と村長。

「あんたら、子どもを連れていくこたぁなんねえ！」

なかに入ってきた男のひとりが、ついに大声をあげた。

「子どもを連れていくこたぁなんねえ！」外の人たちが、いっせいに声を張りあげた。

村長が戸口へいく。

「な、何わめいとるんじゃ？　相談にこられとるんじゃないか？　ほら、この人らはじかに青銅《チントン》の家へいかんと、わしにまず話してみてくれと」

「あんたら、さっさと帰ってくれ」やはり、さっきの男が、市の人に言う。

「なんちゅう言い方じゃ？　無礼だろう」と村長。

村長は奥の部屋にいって、舌打ちをした。

「あんたがたも見なさったろう。子どもを連れていくんは、むずかしい、むずかしいですな！」

市役所の人はこの状況《じょうきょう》に、何を言えるだろう。つきそってきた村役場のエライさんに言う。

「それじゃ、おいとましましょう。市に帰って、上の者に報告してからまた」

エライさんは、外の人だかりをチラッと見て言った。「今日はこれが関の山だな」ふりむいて、小声で村長にひと言。「この件は終わりじゃないぞ。言っとくがな！」

村長はうなずいた。

「みなさん、どうか帰ってください」エライさんが言う。

村長が出てきた。

「さあ、解散、解散！　あちらさんは帰られる。ひぃちゃんを迎《むか》えにはいかん！」

村長が一行を連れて出てきたとき、大麦地の人は丁重に道を開けた。

3

年が明け、あたたかくなりはじめると、うわさがまたさしせまってきた。

村長は村役場に呼ばれた。

「この件は、もう相談の余地もない。帰って説得するんだ。三日三晩でダメなら、十日半月でもかまわん。どのみち、向こうは待っとる。この件は、いちばん上からおりてきたもんだ。やらんわけにはいかん」

市長はこれを重大な事案とした。自分の市に、まだ良識があるか、責任感があるかどうかの重大なことだと。市長は、「貧しく辺ぴな村に忘れられていた女の子が、とうとう自分の市に帰ってくる」ということを、全市民に知ってほしいのだ。ただ、市長はくりかえし言いつけた。ちゃんと仕事をするように。子どもの現在の両親に、はっきりと説明すること。子どもは、やはりあの人らの子どもだと。子どもの前途《ぜんと》を考えて、城内に帰らせるだけだと。こうするのは、実の父親への責任を果たすことでもある。市長は、子どもの現在の両親は物事のよくわかった人たちだと信じた。自ら村長に手紙まで書き、市全体を代表して、大麦地《タァマイティ》の人たちゃ、子どもの現在の両親に敬意を表した。

村長がまた青銅《チントン》の家にやってきて、両親の前で、その手紙を読んだ。

父さんは口をひらかず、母さんは泣くばかり。

「どうするかね？」と村長。「あちらには道理がある。たしかに、ひぃちゃんのためにいい。考えてもごらん。あの子が大麦地にとどまるとしたら、どうだね？　城内へいったら、どうなる？　ふたつの運命だ！　だれも知らんわけじゃねえ。あの子がいってしもうたら、あんたがたがどんなにつらいか。知っとる、みんな知っとる。あちらも知っとる。ここ数年、災害続きじゃった。あの娘《むすめ》は、幸いあんたんちにおった。さもなけりゃ……あぁ！　大麦地にゃ、目の見えんもんはおらん。みんな、ちゃあんと見とる。あんたがた一家は、心を取りだして、あの子にやったんだ！　ばあちゃんがおらっしゃったころは……」村長が涙《なみだ》をぬぐいはじめた。「大事に大事にしとらした。こわれやせんか、溶《と》けてしまいはせんかと。いつもいつも頭の上にのせとけたらと思うておられた……」

村長は腰《こし》かけにすわったまま、しゃべり続ける。

父さんは黙《だま》りこくっている。

母さんは泣きどおし。

青銅とひまわりは、ずっと現れなかった。

「子どもたちは？」村長がきく。

「どこへいったんかな」と母さん。

「かくれとるのもよかろう」と村長。

青銅とひまわりは、ほんとうにかくれていた。ひまわりが我を張ってかくれたのだ。

こんどは、アシ原にはかくれなかった。母さんが、「アシ原には毒ヘビがいるから、長いこといちゃダメ」と言ったからだ。

ふたりは苫《とま》のついた船にかくれ、船を大川の流れにまかせた。

ふたりがその船にかくれたのを知っているのは、カァユイただひとり。

カァユイはアヒルを追って小船をこぎながら、苫舟《とまぶね》のそばを通りかかったとき、青銅とひまわりを見つけたのだ。「安心しろ、言わないから」カァユイは言った。

青銅もひまわりも信じた。

「おまえらの父ちゃん母ちゃんに、教えるか？」とカァユイ。

青銅《チントン》がうなずく。

「あたしたち、かくれたって言って。でも、どこにかくれたかは言わないで」とひまわり。

「わかった」カァユイは自分の船をこいで、アヒルの群れを追っていった。

カァユイは、こそっと青銅の母さんに教えた。母さんの心配そうな様子に、「安心して、おいらがついとる！」とカァユイ。

大麦地《タァマイティ》の人は、年寄りから子どもまで、みんな義侠心《ぎきょうしん》に目覚めていた。

このあと、カァユイは苫舟《とまぶね》から適度な距離《きょり》をおいて、アヒルを放した。

「おまえの母ちゃんが、出てくるなって」カァユイが青銅とひまわりに言う。これは、青銅の母さんではなくて、カァユイ自身の考え。

ご飯どきになると、カァユイは青銅の母さんが作ったご飯とおかずを、カゴに入れて、こそっと自分の船にのせ、またこっそり苫舟に届けた。

城内の人がまたやってきた。こんどは県の白い汽船に乗ってきた。五、六人いた。村役場から、つきそってきたのが、ほかに五、六人。今回きた人のなかのふたりは、大麦地の人みんな知っていた。あの年、ひまわりをエンジュの老木の下に連れてきたおばさんたちだった。ふたりはだいぶ年を取り、だいぶ太ってもいた。村長に会うと、ふたりはその手をぎゅっとつかみ、何か話そうとしたが、のどがつまって声が出ず、涙《なみだ》で目もかすんだ。村長はふたりを連れて、大川の向こうの幹校を見にいった。ふたりは草のおい茂《しげ》った荒《あ》れ地に立って、なぜか、泣きだした。

しまいにはまた、ひまわりを城内へ連れ帰る話をはじめた。

「ちょうど話しとるとこさ。子どもの両親も、わしの話で少しばかり気持ちが動いたようなんじゃ。まあ、ゆっくりいこう。あんたがたもいっしょにきて、口ぞえしてくだされ。情愛があまりに深いんじゃ！」村長が言う。

ふたりは、ひまわりに会いたがった。

「あんたがたが連れにくると聞いて、娘《むすめ》っ子は兄さんといっしょに、かくれてしもうた」村長は笑った。「ちびっ子ふたり、どこにかくれとるんやら？」

「さがしましょうか？」とおばさんたち。

「さがしたんじゃが、見つからん」そして、続けた。

「かまわん、まあ、かくれさしとこう」

カァユイは、青銅とひまわりに次に会ったとき、「城内から人がきたぞ。おめえら、ぜったい顔を出すなよ！」と言った。

船倉にかくれている青銅とひまわりに、自分が近くにいることを知らせようと……。

大きな声で。

アヒルたちを追っていった。途中《とちゅう》、ひっきりなしに「グワグワグワ……」とアヒルを呼ぶ。

「大丈夫《だいじょうぶ》だ、おめえら船の上におっとけ」そう言うと、カァユイは小船をこいで、また

青銅《チントン》とひまわりがうなずく。

4

村長の案内で、城内のふたりのおばさんが青銅の家にやってきた。

腰《こし》かけにすわっていた父さんと母さんは、ふたりを見ると、ハッとなって、すぐに立ちあがった。

父さんと母さんは、おばさんたちより少し年上。

ふたりは、「大姐《タアチエ》！　大哥《タアク》！(2)」と呼ぶと、サッと両手をのばし、それぞれ青銅の父さんと母さんの手をにぎりしめた。

数年会わないうちに、青銅の両親はひどく老けたなと、おばさんたちは思った。ふたりのつやのない、くすんだ顔や、背中の曲がりかけた体を見ながら、おばさんたちは思わず

胸がジンとして、にぎったふたりの手を、長いこと放そうとしなかった。

「あんたがた、つもる話をしなされ。わしは先にいくで」と村長は帰っていった。

おばさんのひとりは背が高め、ひとりはやや細め。ひとりはメガネをかけ、ひとりはかけていない。メガネをかけているのは黄《ホアン》さん、かけていないのは何《ホー》さん。

腰《こし》をおろしてから、黄さんが言う。

「ここを去って、はや数年。いつも、ひぃちゃんに会いたい、あなたがたにお会いしにきたいと思ってました。でも、あなたがたご一家がなかよく暮らしておられるのに、おじゃまするのは悪いと思って」

「あの子のここでの状況《じょうきょう》は、わたしたちもたびたび問い合わせて、楽しく暮らしていると知っていました。わたしたちは相談して、だれも大麦地《タアマイティ》へいかないようにしようと決めたんです。あの子にも、あなたがたにも迷惑《めいわく》にならないのがいちばんだと」と何さん。

話題が、しだいにひまわりを城内へ連れ帰ることへ移っていった。

おばさんたちは、城内での具体的な、いきとどいた手はずを、ひとつひとつ教えた。どの学校（城内でいちばんいい学校）で勉強するか、どこの家で暮らすか（黄さんの家。黄さんちには、ひまわりと同じ年ごろの女の子がいる）、いつ父さん母さんに会いに大麦地へ帰ってくるか（冬休み、夏休みは大麦地《タァマイティ》で暮らす）などなど。聞いただけで、城内の人がとても気をつかっていて、あっちもこっちも周到《しゅうとう》に考えているのがわかった。

「あの子はいつまでもあなたがたの娘《むすめ》です」と黄《ホアン》さん。

「あの子に会いたくなったら、城内に遊びにきてもいいのよ。市長自ら、市の委員会の宿舎に通知して、いつでもあなたがたを接待させるわ」と何《ホー》さん。

「手放すにしのびないのはわかるわ。わたしがあなたがただったら、わたしだってそうだもの」と黄さん。

「あの子自身も、きっといきたくないわよね」と何さん。

母さんが泣きだした。

おばさんたちはそれぞれ、両側から母さんの肩《かた》を抱《だ》いて、「タァチエ、タァチエ……」と呼びながら、ふたりとも泣いた。

なかにも外にも、大勢の大麦地の人が立っている。

黄さんが、みんなに言う。

「ほかではないの、あの子のためを思ってなの」

大麦地の人は、もう前のときほど、ひまわりを城内へいかせまいとはしていない。だんだんと、城内の人の思いや考えがわかってきていた。

おばさんたちは、その晩、青銅《チントン》の家に泊《と》まった。

次の日、村長がやってきた。「どうかね？」

「タァチエが許してくださいました」と黄さん。

「どちらも承知したんかね」と村長。

「タァクも、許してくださいました」と何さん。

「おぉ、よかった、よかった！　これは、子どものためだでな。大麦地は、貧しいところじゃ。わしらは、あの娘に申し訳なくてな」村長が言う。

「あの子がものわかった娘なら、大麦地のご恩は、一生忘れやしませんよ」と黄さん。

「あんたがたは、あの子がどんだけようわかっとるか、知りなさらん。ほんとに、いじらしい子でな。あの子がいってしもうたら、ふたりは心臓をえぐられるんよ！」村長は、青銅の父さんと母さんを指さした。

おばさんたちが、しきりにうなずく。

「それから、あの口のきけん兄貴……」村長はツーンとしてきた鼻をもんだ。「ひぃちゃんがいってしもうたら、あの子は気がふれるかも……」

母さんがのどをつまらせ、声も出せず泣きだした。

「な、何を泣く！　帰ってこんわけじゃなし。どこへいこうと、あんたの娘《むすめ》じゃ。泣くんじゃない。話はついたんじゃ。子どもが出発するとき、泣いてはいかんぞ。考えても見なよ、あの子には、すばらしい将来が待っとるんじゃ、喜ばねば！」村長が、指で目じりをぬぐう。

母さんがうなずいた。

村長は、青銅《チントン》の父さんにタバコを一本さしだし、火をつけてやる。大きくひと口吸うと、たずねた。「いつ出発させるんじゃな？」

「急ぎませんよ」とおばさんたち。

「汽船があそこに停泊《ていはく》しとるんじゃぁ？」と村長。

「おたくの県知事さんとうちの市長で、話がついてるんです。何日でも、汽船もここで待ちます」と黄《ホアン》さん。

「そんなら、早いとこ子どもたちを呼んできなされ。二、三日ゆっくり過ごすとええ」と村長。

「あたしも、ふたりがどこにいったんか、知らんのです」と母さん。

「わしが知っとる」

村長はとっくに、苫舟《とまぶね》が水上をただよっているのを見ていた。

5

村長は船をこいで、青銅の母さんを苫舟まで送った。

「ひぃちゃん！」母さんが呼ぶ。

だれも答えない。

「ひぃちゃん！」母さんがまた呼ぶ。

やっぱりだれも答えない。

「大丈夫《だいじょうぶ》だから、出ておいで」と母さん。

青銅とひまわりは、それでやっと船倉のふたを開けて、頭を出した。

母さんは、青銅とひまわりを連れて、家へ帰った。

母さんは、ひまわりのために用意を始めた。言うべきことは言い、すべきことはして、しきりに忙《いそが》しくしている。

ふたりの子どもはいつも、そばに立っているか、すわっているかして、ぼけーっと見ている。ふたりはもうかくれなかった。かくれてももうなんの意味もないとわかっていた。

母さんは、ひまわりのために用意をしながら、ずっと口をきかなかった。あれやこれやと取りそろえているうちに、ふいに手を止めて、ぼんやりしている。

大麦地《タアマイティ》の人はもう心のなかで、ひまわりはまもなくいってしまう、という事実を認めていた。

母さんは箱の底から、おばあちゃんが死ぬまぎわにひまわりに残した玉の腕輪《うでわ》を取りだした。見ているうちに、おばあちゃんがつけていた耳飾《みみかざ》りと指輪を思いだして、ため息をついた。

「おばあちゃんは、身につけていた服のほかは、なんにも自分のために残されんかった」

腕輪を布で念入りに包んで、ヤナギで編んだ小箱に入れた——そのなかにはもう、ひまわりの物がいっぱいつまっていた。

夜、母さんはひまわりといっしょに寝《ね》た。

「家が恋しくなったら、帰っておいで。あちらは約束したんだ。ひぃちゃんが帰りたいって言ったら、送ってきてくれるって。向こうにいったら、しっかり勉強するんだよ。大麦地のことばっかり、考えてちゃだめよ。大麦地は飛んでいきやしない。ずっとここにあるんだ。あたしらのことばっかり気にかけるんじゃないよ。こっちはみんな元気だから。あたしらがひぃちゃんに会いたくなったら、すぐにいくから。喜んで旅立つんだよ。ひぃちゃんがうれしかったら、父さんも兄ちゃんも母さんも、うれしいんだ。手紙を書いてね。兄ちゃんにも書いてもらうから。母さんはそばにいないんだ。これからは、自分のことは自分でちゃんとするんだよ。黄《ホアン》おばさんも何《ホー》おばさんも、よくしてくれるはず。あの年、エンジュの木の下で、あの人たちを見て、顔も心もいい人たちだって思った。おばさんたちの言うことをきくんだよ。夜中に寝てるとき、腕をふとんの外に出しとくんじゃないよ。夜は自分で足を洗うんだよ。黄おばさんに面倒《めんどう》かけちゃダメよ。それに、ひぃちゃんも小さくはないんだ。自分で足を洗わなきゃ。なんたって、一生、母さんに洗わせるわけにはいかないんだからね！　道を歩くときは、空ばっかり見るんじゃないよ。都会には自動車がいるんだ。田舎とは違《ちが》う。田舎なら転んでも、サイアク泥《どろ》をかむぐらいだけど。兄ちゃんや翠環《ツゥエイホアン》たちといるときみたいに、むちゃくちゃするんじゃないよ。相手がそうしたいかどうか、よく見るんだよ……」

母さんの話は、大麦地村の前を流れる川の水みたいに、絶え間なく流れていく。

ひまわりが大麦地を離《はな》れる前の日々、大麦地の人はよく見かけた。夜に、ひとつのちょうちんが、田畑や野っぱらをあちこち動いているのを。ヒマワリ畑で止まったかと思うと、青銅《チントン》のおばあちゃんの墓の前で止まったり。

村長がやってきた。

「子どもを出立させるかね？」

青銅の父さんがうなずく。

「そのときになって、青銅がいかせないんじゃないかしらん」母さんが心配そうに言う。

「ちゃんと言いきかせたんじゃないのかね？」

「言いきかせはしたんだけど。でも、村長さんも知っとられるでしょ。あの子は、ほかの子とは違《ちが》う。いったんこじれたら、だあれもどうしようもない」と母さん。

「なんとか用事を作って、しばらくよそへいかせとこう」と村長。

その日の朝、母さんは青銅に言いつけた。

「母さんの実家へ、布ぐつの見本を取りにいってきてくれないかい。ひぃちゃんに、もう一足、新しいのを作ってやりたいんだ」

「今いくんかい？」

「今すぐいって」

青銅はうなずいて、出かけた。

「さあ、お立ちなされ、出立じゃ」村長が急いで城内の人に言う。

ずっと村の前の公共埠頭《ふとう》に停泊《ていはく》していた白い汽船が動きだし、青銅のうちの船着きにやってきた。

父さんが、ひまわりの物を船に運びこむ間、ひまわりはずっと母さんの手をつかんだまま、川べりに立っていた。

大麦地《タアマイティ》のほとんどの人が、川べりに立っている。

「おそうなるぞ」と村長。

母さんが、そっとひまわりをおした。思いがけず、ひまわりが急に動こうとしなくなった。母さんの腰《こし》にぎゅっと抱《だ》きつき、大声で泣く。

「いやだ！　いかない、いかないよ……」

その場にいた人の多くが、顔をそむけた。

翠環《ツゥエイホアン》やカァユイ、大勢の子どもたちも泣きだした。

母さんが、ひまわりをおす。

村長はこのありさまを見て、ため息をついた。かけよって、ひまわりをむりやり抱きあげると、身をひるがえして船へ走った。

ひまわりは村長の肩《かた》の上で、両手をふりまわして叫《さけ》ぶ。

「母さん！」「父さん！」

そのあとは、ずっと「お兄ちゃーーん！」と叫び続けた。

人垣《ひとがき》の中には、兄さんはいなかった。

母さんがくるりと背を向けた。

村長はひまわりを船の上まで抱《かか》えていき、ふたりのおばさんがその手から、ひまわりを受けとった。

ひまわりは、けんめいに岸のほうへともがく。おばさんたちは、しっかりと抱《だ》きとめて、言い続ける。

「ひぃちゃん、ひぃちゃんはおりこうさん！　ひぃちゃんが家に帰りたくなったら、おばさんがきっといっしょに帰ってくるから。お兄ちゃんやお父さんお母さんに、城内へきてもらってもいいのよ！　ここはいつまでもあなたのおうちなんだから……」

ひまわりはだんだんと落ちついてきた。けれど、ずっとすすり泣いている。

「出航しなされ！」村長が言った。

エンジンが動きはじめた。黒煙《こくえん》が船尾《せんび》からひっきりなしに吐《は》きだされ、水面へ流れていく。

ひまわりは、あのヤナギの小箱を開けた。なかから玉の腕輪《うでわ》を取りだすと、舳先《へさき》にかけていって呼んだ。「母さん……」

母さんは、すぐに船着きにかけもどった。

ひまわりが腕輪を母さんの手にわたした。

「大事にあずかっとくよ」母さんが言う。

「お兄ちゃんは？」

「母さんの実家へいかせたんだ。あの子がいたら、おまえをいかせやしないもの」

ひまわりの涙《なみだ》が、ぽろぽろと落ちてくる。

村長が大声をあげた。

「出航じゃ！　出航じゃーー！」

村長が力いっぱい舳先をけりつけ、母さんとひまわりは分かれた。

ふたりのおばさんが船室から出てきて、それぞれ、ひまわりの手を取って、いっしょに舳先に立った。

船は向きを変え、ちょっと止まる。船尾に逆巻く水しぶきが見えた。船は水中に〈尻《しり》〉を沈《しず》めると、高速で大麦地《タァマイティ》を離《はな》れていった……。

6

青銅《チントン》は、ひまわりが家にいる時間がもう多くないのが気になって、いくときは、走って、帰りも、走った。

大麦地にもどってきたとき、青銅は大川の果てに見た。白い汽船が、ハトぐらいの大きさの白い点になっているのを。

青銅は泣かなかった。騒《さわ》ぎもしなかった。ただ、一日中ぼんやりしていた。それに、ひとりで、どこかの隅《すみ》っこにもぐりこみたがった。まもなく、大麦地の人は見つけた。青銅が朝早くから、川べりの大きな藁《わら》におの上にすわっているのを。

ここらの、藁におのなかには、ものすごく大きいのがある。小山みたいで、町の三階建ての建物ほど高い。

大きな藁におのそばに、ハコヤナギの木がある。毎朝早く、青銅はこの木をよじ登って、藁におのてっぺんに上がる。それから、東を向いてすわったまま、身じろぎもしない。

青銅は、大川のいちばん遠いところを見ることができた。

あの日、白い汽船はあそこで消えたのだ。

はじめは、藁におの下にきて、青銅をながめる大人や子どもたちがいた。けれど、一日一日と過ぎていくと、もうこなくなった。村の人はたまに頭を上げて、チラッと藁におのてっぺんを見るだけ。そのあと、ほかの人にか、自分にか、「青銅は、まだ藁におのてっぺんにすわっとるよ」と言う。さもなければ、口には出さず、心の中で「青銅は、まだ藁におのてっぺんだわい」と言うだけ。

風が吹《ふ》こうが、雨が降ろうが、青銅は一日中藁におのてっぺんにすわっている。ときには、夜でさえ、すわっているのが見えた。

その日、滝《たき》のような雨が降り、あたりは霧《きり》のような雨が立ちこめていた。

村の人は、青銅の母さんが青銅を呼ぶ声を聞いた。その涙声《なみだごえ》は、雨の幕をつきぬけ、大麦地の人の心をふるわせ、その心にもしきりに雨を降らせた。

けれど、青銅は母さんの呼ぶ声にも知らんぷり。

青銅の髪《かみ》は、藁におの草と同じように、雨に流されて、まっすぐにたれている。髪の毛は顔にはりつき、両の目をおおってしまうほど。雨水が絶え間なく、おでこから流れてくるときでさえ、青銅《チントン》は何度も何度も目を開けて、大川の果てを見た。雨が見え、果てしない水が見える。

雨がやんだあと、村の人はみな頭を上げて、藁《わら》におをながめた——

青銅は相変わらず、藁におのてっぺんにすわっていたが、ひと回り小さくなったようだった。

もう夏、日の光はとてもまばゆい。

昼どき、あらゆる植物の葉っぱは、だらんとなったり、丸まったり。牛が村の前の土ぼこりだらけの道を歩いていくとき、ポコポコと音がする。アヒルは木陰《こかげ》にかくれ、平たいくちばしを開け、胸をフーフーさせて、あえいでいる。麦打ち場をつっきっていく人は、太陽に焼かれるので、足を速める。

青銅は、大きな藁におのてっぺんにすわっている。

「あん子は、ひなたで焼け死ぬぞ」年寄りが言う。

母さんがひざまずかんばかりにしてたのんでも、青銅は心を動かさない。

だれもが、青銅がやせたのに気づいた。やせて、サルのようになっていた。

日の光が、青銅の目の前で、渦《うず》のようにぐるぐる回っている。大川はわきたち、金色の熱気を吹《ふ》きだしている。村や、木や風車や船や、道いく人が、夢の中のように、もやもや、ゆらゆらしている。天までとどく雨の幕の後ろにいるみたいでもあり、形が定かではない。

汗《あせ》の玉が、青銅のあごの下からしたたり、藁の中に落ちた。

目の前が、金色になったり、黒くなったり、赤くなったり、色とりどりになったり。

まもなく、藁におがふるえはじめたのを感じた。ふるえはどんどんひどくなり、あとからは、ゆれてきた。船が波の上にいるときのようなゆれ。

いつから始まったのかわからないが、体がぐるぐると回った。もう大川は見えない。目の前は一面の野っぱら。野っぱらが水の中にあり、空も水の中にあるような。

青銅は前を見たとき、思わずハッとした。汗で痛くなった目をこすったら、ひまわりが帰ってきたのが見えたのだ！

ひまわりが、いつまでもつきぬけられないような厚い水のカーテンを通りぬけて、青銅の大きな藁におに向かってかけてくる。

けれど、ひまわりの声はしない――音はないのに、動いている世界。

青銅は藁におの上から、ゆらゆらと立ちあがった。

水のカーテンの下を、藁におに向かってかけてくるのは、たしかにひまわりだ。

青銅《チントン》は、自分が高い藁《わら》におのてっぺんにいるのを忘れ、足を踏《ふ》みだし、ひまわりに向かって走った――

青銅は音も立てず、じっと地べたに横たわっている。どのくらいたったろうか、青銅は目を覚ました。藁におにもたれながら、ゆっくりと立ちあがる。ひまわりが見えた――やっぱり水のカーテンの下を走ってくる。自分に手をふりながら。

青銅は大きく口を開け、力のかぎり、叫《さけ》んだ。

「ひぃーまぁーわぁーりぃー！」

涙《なみだ》がわいてきた。

アヒルを追っていたカァユイが、ちょうど通りかかり、ふと、青銅の叫び声を聞きつけ、ぽかんとなった。

「ひぃーまぁーわぁーりぃー！」青銅がまた叫んだ。

ことばはっきりしないが、声はたしかに青銅ののどから出たものだ。

カァユイはアヒルの群れをほっぱらかして、パッと青銅の家へかけだした。走りながら、大声で大麦地《タァマイティ》の人たちに知らせた。

「青銅がしゃべったー！　青銅はしゃべれるぞー！」

青銅が藁におの下から、野っぱらへまっしぐらにかけていく。

そのとき、太陽の光がサンサンとふりそそぎ、見わたすかぎりのヒマワリ畑の、何千何万ものヒマワリの、大きくて丸い花は、いっせいに、空中を動いていく金色の天体を向いていた……

（1）天地がひっくりかえるようなこと　文化大革命を指す。

（2）大姐《タアチエ》、大哥《タアク》　自分より年上の女性、男性に対する呼称《こしょう》。

# 美しい苦しみ（あとがきにかえて）

曹《ツァオ》　文軒《ウェンシュエン》

『青銅《チントン》とひまわり』は、享楽主義《きょうらくしゅぎ》がはびこる今の世の中では、たしかに別の種類の「声」です。この作品が進めているのは、ある種、逆向きの考え方。「苦難」や「苦しみ」というものを明確にし、それらを説きあかすことでもあります。

苦難というものは、ほとんど逃《のが》れられません。苦難には、大自然の突発的《とっぱつてき》な「暴力」、人類の野蛮《やばん》な本性の「激発」、人の心の世界の「暴風雨」なども含《ふく》まれます。わたしたちは毎日、こんな苦難を見たり聞いたりしています——アフリカの難民が土ぼこりの舞《ま》う荒野《こうや》でいきだおれてしまったり、そこから移動していったり。東南アジアの津波が、防ぐいとまもなく、あっという間に多くの命をのみこみ、おだやかだった町や村を、見る影《かげ》もなく変えてしまったり。アルプス山脈で大雪崩《おおなだれ》が発生し、人びとの喜びや笑いをたちまちのうちに雪の下にうずめたり。中国の炭鉱が次々とガス爆発《ばくはつ》を起こし、多くの命の火が数万年の暗闇《くらやみ》の中に消えてしまったり。……わたしたちも、まさかこの世は「楽しみ」と「幸せ」ばかりだとは思いません。でも、こんな苦難は一時的なものです。もっとこまごました、些末《さまつ》なのに、際限がなく、いたるところにある心の苦しみは、より深く内側まで入りこみ、長く続きます。志を得ず、落ちぶれ、落ちこみ、曲折し、破滅《はめつ》し、零落《れいらく》し、見すてられ、息の根を止められ、踏《ふ》んだりけったり、弱り目にたたり目……たいていの人の一生は、こんなものです。

なのに、わたしたちは、それを忘れてしまいます。

わたしたちは、「明日は明日の風が吹《ふ》くさ」とか、「まず楽しんでからのことにしようや」というような軽薄《けいはく》な享楽主義におちいってしまいました。

こんな享楽主義は、わたしたちが苦難や苦しみに直面したときの「いくじのない」表現ですが、命に対する深い体験や理解が足りないので、必然的にそうなるのです。そして、このことに対して、いささかの反省もありません。それだけでなく、こんな享楽主義のために多くの言い訳を見つけだしました。今どきの中国は、「苦しい」というため息が満ちあふれるなかで、狂《くる》ったように快楽をむさぼりはじめました。わたしたちが目にした現象は、享楽主義を鼓吹《こすい》する西洋もたぶん足もとにも及《およ》ばないでしょう。ネオン街はにぎわい、豪華《ごうか》でぜいたくな生活をし、世の中は軽々しく、上っ調子で、なんの精神世界もない歓楽《かんらく》の中に落ちこんでいます。楽しみ、楽しみ、もっと楽しみ、死ぬまで楽しむのです。

快楽の追求《ついきゅう》は、非難されるべきではないし、罪でもありません。問題は、苦難を忘れた快楽は、突然に苦難が降りかかってきたとき、いったいどれほど立ちむかう力があるかです。それはただの享楽《きょうらく》主義で、楽観主義ではありません。楽観主義というのは、苦難を深く認識したあとの快楽であり、それこそが真の、質の高い快楽なのです。

わたしたちが、苦難の必然性を軽視し、苦難の命に対する価値を軽視し、苦難に向きあうときの態度を軽視し、苦難に対する本質的な理解を軽視したために、苦難がやってきたとき、わたしたちはなんの節度もなく、大げさに苦しみを訴《うった》えるしかなく、どうしていいかわからず、その一撃《いちげき》にも堪《こら》えられません。ある種の苦難は、実は、わたしたちが成長する過程において避《さ》けることのできない大切な「要素」でもあります。わたしたちが成長するには、苦難とともに歩まねばなりません。美しい宝石が、溶岩《ようがん》から見いだされた原石を破砕《はさい》しなければ生まれないように。

このような社会環境にあって、ひとりの子どもがある種のストレスのために、自分の命を断ったとき、一見、とても深く人間性を重んじるこの社会が、大急ぎで、いささかもためらうことなく、悲劇をもたらした社会に対して、各方面から検討を加え、糾弾《きゅうだん》さえしはじめるのを、わたしたちは目のあたりにします。でも、だれかが立ちあがって、この子の「苦難に耐《た》える能力」に対して、ほんの少しでも反省するのを見たことはありません。わたしたちは、無意識に社会を弁護し、教育制度を弁護します――。この社会や教育制度にはたしかに多くの問題が存在し、それは非常に重大な問題でさえあるのにです。でも、どんな問題でも、社会におしつけ、教育制度におしつけることが、ほんとうに理にかなっているのでしょうか。実際は、どんな社会も、どんな教育制度も、完全無欠ではありえません。検討するなら、この子の「苦難に対する理解と受けとめる能力」を培《つちか》うことも含《ふく》めるべきではないでしょうか。

民主、自由、快楽に対するせまい理解のせいで、わたしたちはその是非《ぜひ》を問わず、「楽しい人生」の代弁者の役割をつとめたがります。「正常な」苦難に耐《た》えられず不平を言う子どものために、どこまでも「楽しい天国」を作ってやろうとします。児童文学を語るとき、わたしたちは「児童文学とは子どもに〈快楽〉をもたらす文学である」と言います。十数年前、わたしはこのあきらかに大して信頼《しんらい》もできない定義を正したことがあります。わたしは、「児童文学は子どもに〈快い感情〉をもたらす文学である。ここでいう〈快感〉は、喜劇的快感を含《ふく》むが、悲劇的快感も含む——ときには、後者のほうが前者よりももっと重要である」と言いました。アンデルセンの作品は、大部分が悲劇的であり、憂《うれ》いや、苦難や、苦しみに満ちています。けれど、美しくもあります。中国では信頼《しんらい》のおけない理念が社会全体に広まったせいで、アンデルセンの現代的意義が否定され、さらには、アンデルセンの顔に唾《つば》する人が出てくるまでになってしまいました。アンデルセン生誕二百年を記念する今日、世界中にアンデルセンの顔に唾する人がいったいどれほどいるか、わたしにはわかりません。どうも、これはたぶん中国——享楽《きょうらく》主義が横行している世界——だから起こったことでしょう。とんでもないことです。これはまさに、わたしたちの苦難に対する認識が足りず、〈快楽〉に対して軽薄な見解を抱《いだ》いている有力な証拠《しょうこ》なのです。

苦難は、ほとんど永遠に続きます。どの時代にも、その時代の苦難があります。苦難は、けして今にはじまったものではありません。今の子どもは、自分の苦難を大げさに騒《さわ》ぎたてる必要はありません。まして、きみたちのところから苦難や苦しみがはじまったと思うことはないのです。人類の歴史は、苦難の歴史であり、その歴史はこれからも続いていくのです。わたしたちに必要なのは、苦難に直面したときの、何ごとにもあわてない優雅《ゆうが》な態度です。

『青銅とひまわり』を書き終えてまもなく、わたしはロマン・ロランの文章の一節を読みました。

わたしたちは恐《おそ》れることなく、苦しみを正視し、苦しみを敬うべきだ！　楽しみは、もとより称賛《しょうさん》に値する。苦しみは、どうして称賛に値しないだろうか！　このふたりは姉妹であり、どちらも〈聖なるもの〉である。彼女たちは、人類が偉大《いだい》な魂《たましい》をはぐくむよう鍛《きた》えてくれる。彼女たちは力であり、生であり、神である。およそ、楽しみと苦しみを共に愛せないものは、楽しみも愛さず、苦しみも愛しない。彼女たちをじっくり味わえるものだけが、人生の価値や、人生に別れを告げるときの幸せな楽しみを理解するのだ。

『青銅とひまわり』が子どもたちに言いたいのは、このようなことです。

北京大学　藍旗営にて

**曹文軒**（ツァオ・ウェンシュエン Cao Wenxuan）
1954年江蘇省塩城市生まれ。作家。北京大学教授。
過酷な運命に立ちむかう強い少年像を創り出し、「児童文学は文学である」と主張、1980年代中国児童文学の旗手として活躍。代表作『草房子』は『草ぶきの学校』として映画化。邦訳に『とおくまで』『風のぼうけん』『樹上の葉 樹上の花』（以上、樹立社）、『サンサン』（てらいんく）、『よあけまで』（童心社）、『はね』（マイティブック）などがある。2016年国際アンデルセン賞作家賞受賞。

**中 由美子**（なかゆみこ）
長崎市に生まれる。縁あって中国語を学び、中国の児童文学と幸せな出会いをして現在に至る。
著書に『中国の児童文学』（久山社）、訳書に『ともだちになったミーとチュー』『木の耳』『ゆめみるへや』『たのしい森をさがして』（以上、樹立社）、『絵本西遊記』『よあけまで』『京劇がきえた日』『火城』『父さんたちが生きた日々』（以上、童心社）、『パオアルのキツネたいじ』（徳間書店）、『学校がなくなった日』（素人社）など。

装画　菅沼満子
装丁　オーノリュウスケ（Factory701）
協力　中山義幸（Studio GICO）
編集・制作　株式会社 本作り空 Sola
http://sola.mon.macserver.jp/

中国少年文学館
青銅《チントン》とひまわり

2020年8月10日　初版第1刷発行

作　　曹 文軒
訳　　中 由美子
発行者　向 安全
発行所　株式会社 樹立社
〒102-0082　東京都千代田区一番町15-20-502
TEL 03-6261-7896　FAX 03-6261-7897
http://juritsusha.com
印刷・製本　錦明印刷株式会社

ISBN 978-4-901769-94-5　C8097　NDC923

# 発刊の辞――中国の同時代の児童文学の刊行への期待

渡邊晴夫（日中児童文学美術交流センター副会長、会長代理）

中国の絵本の翻訳は日中韓三国の平和絵本として出版された『京劇がきえた日』などのほかに二〇一六年に国際アンデルセン賞作家賞を受賞し、名実ともに中国を代表する児童文学作家となった曹文軒の『はね』などの絵本がここ数年の間に出版されているが、まだまだ十分とはいえない状況にある。それは中国の児童文学作家によるオリジナル絵本の出版の歴史は浅く、ここ十年くらいの間に少しずつ本格化したと言ってもよいからである。

中国の児童文学は一九五〇年代に葉紹鈞「かかし」、張天翼「宝のひょうたん」、謝冰心「タオチーの夏休み日記」などの名作がすでに翻訳、出版されている。その後かなり長い間空白に近い時期があって一九八〇年代の後半からは文化大革命の終結後に新しく書きはじめた作家の作品が翻訳、出版されるようになった。劉心武『ぼくはきみの友だちだ』、程瑋『フランスから来た転校生』、陳丹燕『ある15歳の死』、秦文君『シャンハイ・ボーイ チア・リ君』、鄭春華『すみれほいくえん』などで、二〇〇〇年代に入っては曹文軒の名作『サンサン』が刊行されている。

一九八九年に創立された日中児童文学美術交流センターは機関誌『虹の図書室』（第一期二〇号、第二期十八号）を刊行して中国児童文学の翻訳、紹介に一定の役割を果たしてきた。私は同誌の編集に加わり、現在は編集責任者をつとめている。また翻訳者としては一九九〇年に曹文軒の出世作『弓』を翻訳して以後、秦文君、張之路、新進の湯湯などの有力な作家たちの四十篇を超える作品を翻訳、紹介してきて、中国の児童文学の豊かさを身をもって知るとともに、書籍として出版される作品のあまりにも少ないことを痛感してきた。

読者は「中国絵本館」と「中国少年文学館」に収められる諸作品を通じて中国の同時代の絵本と児童文学の豊かな可能性を知ることができるだろう。この二つのシリーズが読者に歓迎されて、末永くつづいてゆくことを心から願ってやまない。